Klaus Wanninger

Schwaben-Zorn

KBV
KRIMI

1. Auflage 2003
2. Auflage 2004
3. Auflage 2006

Telefon: 0 65 93 - 99 86 68
Fax: 0 65 93 - 99 87 01
www.kbv-verlag.de
E-Mail: info@kbv-verlag.de
Umschlagillustration: Ralf Kramp
Satz: Volker Maria Neumann, Köln
Druck: Grenz-Echo AG, Eupen
www.grenzecho.be
Printed in Belgium
ISBN 3-937001-31-X

Josef Klein

als Anerkennung für sein vorbildliches Leben

Die Personen, Namen und Handlungen dieses Romans sind frei erfunden. Jede Ähnlichkeit mit lebenden Personen oder tatsächlichen Ereignissen wäre rein zufällig. Leider beruhen die Hintergründe jedoch auf Tatsachen.

1. Kapitel

Die Frau an der Orgel blickte erschrocken von ihrem Notenbuch auf, als sie das laute Schreien hörte.

»Wo warst du, als es passierte?«, rief eine kräftige männliche Stimme, »warum hast du ihr nicht geholfen?« Die Worte hallten laut durchs Kirchenschiff.

Sie hatte den Pfarrer um Erlaubnis gebeten, das betagte, aber hervorragend gewartete Instrument der Tübinger Vorort-Kirche benutzen, ihre vor Jahren erlernte Fähigkeit wieder auffrischen zu dürfen. Dieser war Zeuge ihrer musikalischen Fertigkeit geworden, hatte auf ihren Wunsch erfreut reagiert. »Wenn es Ihnen Spaß macht, unsere Orgel zu spielen, möchten wir Sie dabei gern unterstützen.«

Sie hatte einen eigenen Schlüssel für das Gotteshaus erhalten, pflegte seither vor allem am frühen Mittag unter der Woche zu üben, weil die Kirche zu dieser Zeit nicht anderweitig benötigt wurde.

»Warum hast du nichts getan?« Die Stimme des Mannes wurde lauter, verlieh seinen Worten einen vorwurfsvoll drohenden Ton.

Weil sie vom Pfarrer wusste, dass sich selten ein Fremder in das Gotteshaus verirrte, hatte sie die Eingangstür nicht abgeschlossen. Die evangelische Kirche in Pfrondorf hatte keine besonderen Schätze zu bieten, die Touristen oder Kunstinteressenten anzulocken vermochten. Gemeindemitglieder erschienen im Normalfall zu den gewohnten Gottesdienstzeiten.

Nicht nur die seltsamen Worte, allein schon das Auftauchen des Mannes war außergewöhnlich.

Sie löste sich von der schmalen Orgelbank, wandte sich zur Seite; der Stelle der Empore zu, die ihr einen Blick ins Innere des Kirchenschiffs ermöglichte. Von unten drang wütendes Scharren und Stampfen zu ihr hoch, dann hallte wieder die kräftige, jetzt deutlich von Zorn und Aggressionen geprägte Stimme durch das Gotteshaus. »Was hast du davon mir das anzutun, du grausamer Gott?«

Sie schob sich an den eng hintereinander aufgereihten Sitzbänken vorbei, erklomm einen der wackligen Stühle, die unmittelbar vor der Holzbrüstung standen, stützte sich an dessen Lehne ab, starrte nach unten.

Der Mann stand aufrecht im Mittelgang der Kirche, blickte zu dem Kreuz hoch, das auf dem Altar thronte. Er trug eine dunkle Regenjacke, deren Kapuze auf seinem Rücken hing. Sie sah das Profil seines Gesichts von der Seite, merkte, dass er noch relativ jung, wahrscheinlich unter vierzig war, groß und kräftig, von geradezu stämmiger Figur. Er schien in Gedanken versunken, starrte wie in Trance nach oben.

Sie wollte nicht stören, den Mann nicht aus seiner – wenn auch zornigen – Andacht reißen, hatte ihren unsicheren Standort aber nicht bedacht. Der Stuhl war der Belastung nicht länger gewachsen, rutschte zur Seite, schlug mit lautem Getöse auf dem Boden der Empore auf.

Erschrocken sprang sie zurück, stützte sich an der Bank hinter ihr ab. Sie benötigte mehrere Sekunden Halt zu finden, richtete sich erneut auf, trat nach vorne an die Brüstung.

Als sie wieder nach unten blickte, war der Mann verschwunden. Einzig das Schlagen der Eingangstür verriet, dass jemand die Kirche verlassen hatte.

2. Kapitel

Sie stand mit weit ausgebreiteten Armen mitten auf dem regennassen Beton am Rand des Gartens, starrte mit zusammengekniffenen Augen auf die Kante des Daches. Die Nacht war weit fortgeschritten, Stille lastete über der Umgebung. Kein Rascheln eines unter den Büschen verborgenen Tieres. Nicht ein Windstoß, der durch die dank der kalten Jahreszeit fast vollständig blattlosen Zweige fuhr. Kein Auto, das irgendwo in der Umgebung mit röhrendem Motor die Ruhe der Nacht terrorisierte – nur das gleichmäßige sanfte Plätschern des Nieselregens, der seit Stunden über dem Land niederging.

Sie starrte auf die Kante des Daches, sah die leicht bekleidete Gestalt des Mädchens über die nassen Ziegel balancieren, schrie, bettelte, flehte zu Gott und allen Mächten dieses Universums, ihr Kind zu bewahren und es auf Engelsflügeln wieder ins Haus zurückzugeleiten. Das Mädchen war in Trance, unzugänglich für alle Rufe, die ihr entgegenklangen, unempfänglich auch für die verzweifelten Versuche des Mannes, sie mit ausgestreckten Armen von der Kante des Dachfensters aus zu erreichen.

Sie zitterte vor Angst, starrte nach oben, bettelte um ein Wunder, dass ihrem Kind nichts geschehen möge, spürte doch immer deutlicher, wie irreal, ohne jede Grundlage ihre Wünsche waren. Was hatten sie sich gefreut vor wenigen Wochen, als die Ärzte den Zustand der jungen, fast schon erwachsenen Frau als »erfolgreich therapiert« definiert hatten – erfolgreich therapiert, wo so lange jede Hoffnung auf Besserung als unmöglich erklärt worden war. Monatelang hatten sie sie von Arzt zu Arzt, von Klinik zu Klinik geführt, erst voller Optimismus, dann aufs Neue enttäuscht, bangend, flehend, um Besserung heischend. Und dann, als sie mit ihren Kräften fast am Ende waren, das überraschende Angebot der Klinik, sie doch noch aufzunehmen, ihr eine Therapie anzubieten, die buchstäblich letzte Chance zu nutzen. Wochen hatte sie dort verbracht, umsorgt und behandelt von den besten Fachleuten, die es gab, und dann war das Wunder tatsächlich geschehen, die Heilung doch noch erfolgt. Sie hatten es anfangs nicht glauben wollen, die Nachricht der Ärzte als Täuschung empfunden, doch sie war zurückgekehrt – schwach und entkräftet zwar, doch gesund und beseelt von neuem, unverbrauchtem Lebensmut. Wir haben es geschafft, hatten sie sich gegenseitig zugeflüstert, leise, um das Schicksal nicht doch noch herauszufordern.

Wir haben es wirklich geschafft. Sie ist wieder gesund.

Sie starrte wieder nach oben, sah, wie der Vater aus dem Fenster kletterte, sich selbst in Gefahr begebend. Genau in dem Moment verlor sie den Halt. Sie fiel der Länge nach auf die Ziegel, rutschte über die Kante und kam ihr, durch die Luft wirbelnd, blitzschnell entgegen. Das schreckliche Geräusch, als das Mädchen vor ihr auf den Boden prallte – nie würde sie es vergessen. Sie wähnte unzählige Messer in ihrem Leib, mit scharfen Klingen all ihre Eingeweide zerschneidend, spürte, wie das Leben aus ihr selbst zu entschwinden drohte, versuchte zu schreien, so laut sie konnte. Ihre Arme ruderten durch die Luft, suchten Halt, fanden nichts als die nasse Wand des Hauses.

Sie schnappte nach Luft, riss ihren Oberkörper mit letzter Kraft hoch, starrte ins Dunkel der Nacht. Schweiß troff ihr von der Stirn, ihr Herz jagte. Als der Bettrost unter ihr knarzte, begriff sie, wo sie sich befand. Sie sah den fahlen Lichtschein, der durch das breite Fenster von der Straße ins Zimmer fiel, hörte das sachte Miauen der Katze. Am ganzen Leib zitternd drückte sie sich vollends vom Bett hoch.

Seit Monaten ging es so, fast jede Nacht: Wie in einem wiederholt ausgestrahlten Spielfilm lief das Geschehen vor ihr ab. Sie sah das auf dem Dach balancierende Mädchen, ihre vergeblichen Versuche, das Unglück zu verhindern, den Schlag und die Schmerzen. Verschwitzt und mit jagendem Puls schoss sie in die Höhe, versuchte sich von dem Albtraum zu lösen und wieder zur Realität zu finden.

Lisa Neumann blickte sich im Zimmer um, hörte auf die Geräusche der weit fortgeschrittenen Nacht. Irgendwo, mehrere Straßenzüge entfernt, hupte ein Auto. Bremsen quietschten, ein Motor heulte auf, ein Fahrzeug preschte durch menschenleere Häuserschluchten. Die Geräusche einer normalen Nacht.

Und doch war heute irgendetwas anders. Sie wusste zuerst nicht, was sie irritierte, benötigte einige Sekunden, vollends zu sich zu kommen. Dann wurde sie sich der Ursache ihrer Verunsicherung bewusst.

Leise, vorsichtige Schritte. Das Ächzen einer Schranktür, eine Schublade, die etwas zu hastig aus ihrer Verankerung gerissen wurde. Die Geräusche kamen aus dem Nebenraum, dem Wohnzimmer.

War er zurückgekehrt? Ohne sich anzukündigen, mitten in der Nacht?

Vielleicht hatte er etwas vergessen, wichtige Unterlagen, die er für seine aktuellen Recherchen benötigte. Aber warum hatte er sie dann nicht angerufen, sie gebeten, ihm das Material zu schicken oder zu faxen? Weil es zu wichtig, vielleicht zu brisant für seine Ermittlungen war?

Sie wusste es nicht, fühlte sich zu müde, länger darüber nachzudenken. Die Katze miaute leise, starrte misstrauisch zu ihr hoch. Sie fremdelte, zeigte kein Zutrauen zu der Frau, die erst seit zwei Tagen in ihrem Revier hier lebte. Wahrscheinlich war sie für das lautlos durch die Wohnung streifende Tier ein unerwünschter Eindringling, der es in seiner Ruhe und seinem Frieden störte. Vielleicht sollte sie die Katze in den nächsten Tagen mit besonders üppigen Portionen Dosen- und Trockenfutter verwöhnen, um sie für sich zu gewinnen. Erkaufte Liebe, nicht gerade der aufrichtigste Weg zu einem freundschaftlichen Verhältnis – aber verliefen menschliche Beziehungen nicht oft genug nach einem ähnlichen Strickmuster?

Sie musste sich zusammenreißen, ihre Gedanken nicht abschweifen zu lassen, hörte aus dem Nebenzimmer das Geräusch einer schlecht geölten Schranktür. Jemand war dabei das Mobiliar zu durchsuchen. War Martin Gronau tatsächlich in seine Wohnung zurückgekehrt?

Leise richtete Lisa sich auf, erhob sich vom Bett.

* * *

»Ich bin mit langwierigen Ermittlungen beschäftigt«, hatte er ihr vor einer knappen Woche erzählt, als sie sich zufällig im *Café Schweickhardt* mitten in der Stuttgarter Innenstadt getroffen hatten.

»Immer noch in Sachen Spionage?«, hatte sie gefragt. Sie wusste von früher, dass er als Journalist arbeitete und sich auf Industriespionage spezialisiert hatte.

»Immer noch«, war seine Antwort, »wenn du eine Chance haben willst, an die Hintermänner heranzukommen, brauchst du Zeit, viel Zeit. Nicht Monate, sondern Jahre. Und wenn es dir gelingen soll, wenigstens einen zu überführen und als Drahtzieher dieser Geschäfte zu entlarven, musst du dein halbes Leben investieren.«

Schon im Studium war er übereifrig und wie besessen am Werk gewesen. Kein Schein, keine Seminararbeit, für die er nicht Wochen, manchmal gar Monate aufwendigster Nachforschungen investiert hatte. Kein Wunder, dass er sein Biologie-Diplom mit einer glatten Eins absolviert hatte und gleich von zwei verschiedenen Prüfern aufgefordert worden war, sein Studium mit der Promotion zu krönen. Gronau jedoch hatte es abgelehnt, Lisa erinnerte sich noch genau an die Enttäuschung der Heidelberger Professoren. Er hatte stattdessen ein Volontariat beim *Norddeutschen Rundfunk* in Hamburg absolviert – wie nicht anders zu erwarten, mit Erfolg. Wodurch sein Interesse am Journalismus ausgelöst worden war – sie hatte es nie erfahren.

Jahre später, Gronau hatte längst eine Anstellung als Redakteur beim damaligen *Süddeutschen Rundfunk* in Stuttgart gefunden und sich auf Industriespionage spezialisiert, waren ihre Kontakte abgebrochen – bis zu dem überraschenden Aufeinandertreffen vor einer Woche. Er hatte von zwei gescheiterten Ehen und seiner starken Beanspruchung als inzwischen frei arbeitender Journalist gesprochen, war deutlich gealtert, mit grauen Haaren und einer großflächig gewachsenen Glatze geziert.

»Und du? Wie geht es dir?«, hatte er dann gefragt und, nach ihrem Zögern, aufgezählt, was er von ihr wusste. »Du bist an der Schule, verheiratet, ein Kind – ein Mädchen, wenn ich richtig erinnere?«

Der Widerwille, über sich selbst zu sprechen, hatte sich kaum überwinden lassen. »Das ist vorbei.« Ihre Worte waren nur mit Mühe zu verstehen gewesen.

»Geschieden?«

Ihre Antwort hatte ihn eines Besseren belehrt. »Ein Unfall. Sie waren sofort tot.«

Was sollte sie auch sonst sagen?

Dass sie die Schule nicht mehr schaffte seit jenem Tag, den Anforderungen des Unterrichts nicht mehr gewachsen, stattdessen von Angst und depressiven Anfällen geplagt war, dass Albträume und Attacken in einer Kombination von Niedergeschlagenheit und Verzweiflung sie heimsuchten, wo immer sie sich aufhielt, was immer sie unternahm? Anna und Michael, ihre Tochter und ihr Lebensgefährte, existierten nicht mehr – was interessierte sie der Rest der Welt?

»Du willst nicht darüber reden?«, hatte Gronau gefragt.

Ihr Kopfschütteln war Antwort genug. Er hatte sich damit begnügt zu erfahren, dass sie für die nächsten drei Monate krankgeschrieben und krampfhaft damit beschäftigt war, den Schmerz zu überwinden und zu einem neuen Leben zu finden. Wie sie auf die Idee verfallen waren, dass sie während seiner

Abwesenheit in seine Wohnung ziehen könne, wusste sie nicht mehr.

»Du brauchst einen Tapetenwechsel«, hatte er irgendwann erklärt, »Stuttgart bietet mehr Abwechslung als dein kleines Dorf.«

Das war ohne jeden Zweifel richtig. Das Leben in Walddorfhäslach brachte nicht viel mehr als die unablässige Erinnerung an Anna und Michael. Die Stunden, die Tage, die Jahre mit ihnen waren eingebrannt in jeden Winkel der Umgebung.

»Meine Wohnung liegt zentral.«

Von der Libanonstraße aus waren es nur wenige Minuten per Bus oder Stadtbahn ins Zentrum, selbst zu Fuß benötigte sie kaum mehr als eine Viertelstunde. Und Martin Gronau zeigte sich froh und dankbar darüber, dass er nicht schon wieder seine unfreundlichen Nachbarn um Hilfe bei der Versorgung seiner Katze angehen musste.

* * *

Das Quietschen der Schranktür im Nachbarzimmer riss Lisa aus ihren Gedanken. Sie tastete sich im Dunkeln durch den Raum, spürte an ihrem rechten Bein den weichen Körper der Katze, schob sich zur Tür vor. Genau in dem Moment, als sie sie erreicht hatte, erschütterte ein lauter Schlag die Stille der Nacht. Irgendein schwerer Gegenstand war im Wohnzimmer auf den Boden gefallen.

Erschrocken blieb sie stehen, lauschte.

Sekundenlang herrschte Totenstille, nur ihr Puls rauschte in den Ohren. Dann hörte sie neue Geräusche. Schritte, das Rascheln von Papier, das leise Klappern einer Computer-Tastatur. War Gronau doch zurückgekehrt?

Lisa drückte ohne jede weitere Überlegung die Klinke, öffnete die Tür. Der Raum lag im Dämmer, nur vom Flimmern des Computer-Bildschirms erhellt. Die Person, die auf den kleingedruckten Text starrte, war nur schemenhaft wahrzunehmen.

»Martin?«, fragte sie laut.

Der Schlag traf sie von der rechten Seite, mitten ins Gesicht. Der große, schwarze Gegenstand tauchte unverhofft vor ihr auf, prallte auf ihre Nase, die Stirn, die Wangen. Sie spürte noch die höllischen Schmerzen, fühlte Tränen aus den Augen schießen, verlor den Kontakt zur Welt. Ohne jede Gegenwehr sackte sie in sich zusammen, fiel auf den Boden. Undurchdringliche Dunkelheit nahm sie in sich auf.

3. Kapitel

Das Gesicht sah aus, als ob sich der Teufel persönlich damit befasst hätte. Die Wangen, die Partien um die Augen und die Stirn bis zur Unkenntlichkeit zerkratzt, das Kinn und der Mund zertrümmert und seltsam verrenkt. Wäre es dem schaudernden Publikum in einem Horrorfilm via Mattscheibe oder Kinoleinwand präsentiert worden – jeder Zuschauer hätte, eine eiskalte Gänsehaut auf dem Rücken und ein unablässiges Zittern in allen Gliedern, geschworen, dass es sich um die von einem hervorragenden Maskenbildner gestaltete Fratze einer Gummipuppe handelte. Nur Steffen Braig, der an diesem trüben Novembermorgen an den Ort des Verbrechens gerufene Kommissar des Stuttgarter Landeskriminalamtes, war gezwungen, sich mit der kaum begreifbaren Tatsache auseinander zu setzen, dass es sich um die Überreste einer bis vor kurzer Zeit noch lebendigen jungen Frau handelte.

Es war, bei aller Routine und der jahrelangen Konfrontation mit den Schattenseiten der Gesellschaft, einer der grauenvollsten Anblicke, denen er bisher ausgesetzt war. Irgendjemand hatte der Frau, die hier am Rand eines von brüchigem Asphalt geprägten Parkplatzes an der Waiblinger Fronackerstraße lag, bestialisch mitgespielt. Braig fragte sich nicht zum ersten Mal in seiner Karriere als Ermittler, welche Kräfte am Werk waren, Menschen zu derartiger Aggression verrohen zu lassen. *Homo homini lupus,* hatte der englische Philosoph Thomas Hobbes schon im 17. Jahrhundert unter dem Eindruck fortwährender Bürgerkriegsgräuel erklärt; der Mensch ist des Menschen Wolf. Aber waren Tiere wirklich so brutal zueinander?

»Da hat sich einer in einen wahren Blutrausch gesteigert«, brummte der Arzt, der die Tote seit mehreren Minuten untersuchte, »so ein Ende wünsche ich nicht mal meinen schlimmsten Feinden.«

Er hatte sich Braig als Dr. Raile vorgestellt, zeigte deutlich seine Abscheu vor dem unbekannten Verbrecher.

»Sie glauben, es war ein einziger Täter?«

»Das müssen Ihre Spurensicherer herausfinden.« Er deutete auf Rössle und Hutzenlaub, die in wenigen Metern Entfernung den Asphalt des Platzes untersuchten. »Ich würde es nicht ausschließen. Auch wenn die Frau so übel zugerichtet wurde – wenn es ein starker Mann war, ist das kein Problem. Wahrscheinlich hat er sie im Dunkeln überrascht.«

»Wurde sie vergewaltigt?«

Der Arzt schüttelte den Kopf. »Sie sehen doch – sie ist vollständig bekleidet.«

Braig betrachtete den mit einer braunen Cordjacke und einer hellen Hose versehenen Körper der Toten, konnte nur am Oberteil der Jacke Spuren einer Auseinandersetzung erkennen. Knöpfe fehlten, der Kragen war an mehreren Stellen eingerissen. Das Sweatshirt darunter schien in Ordnung.

»Der ging ihr nur ans Gesicht und den Hals«, setzte Dr. Raile hinzu.

»Vielleicht kam er nicht zu seinem Ziel, weil sie sich heftig wehrte.«

»Und vor lauter Wut darüber verging er sich an ihrem Gesicht?«

»Wäre doch möglich, oder?« Braig starrte auf die völlig deformierten Wangen, das zertrümmerte Kinn der Toten, spürte selbst, wie wenig überzeugend seine Worte klangen. Nein, nach einem Sexualdelikt sah die Sache hier nicht aus, zumindest nicht auf den ersten, noch recht oberflächlichen Blick. Er musste sich noch um weitere Informationen bemühen, ehe er auf die Beweggründe des oder der Täter eingehen konnte.

»Wie lange ist sie tot?«, fragte er. »Können Sie schon etwas dazu sagen?«

Dr. Raile richtete sich kurz auf, schaute auf seine Uhr. Er ließ sich einige Sekunden Zeit, die Frage des Kommissars zu bedenken. »Jetzt ist es kurz nach acht. Heute Nacht hatten wir recht niedrige Temperaturen, ich denke mal, kaum über fünf Grad. Wenn sie die ganze Zeit hier auf dem Platz lag ... Die Leichenstarre hat schon vor einer ganzen Weile eingesetzt. Auch wenn es auf den ersten Blick unwahrscheinlich klingt, aber acht, neun Stunden schätze ich schon.«

»So lange?« Braig zeigte sich überrascht. »Hier in der Stadt?« Er schaute die Straße auf und ab, betrachtete die Umgebung. Auf beiden Seiten der Straße Mehrfamilienhäuser mit Wohnungen, Büros und Geschäften, am Ende des Parkplatzes das lang gezogene Gebäude der Verkaufsstelle des Bauernmarktes, gleich daneben ein Kinderspielplatz und ein schmaler, betonierter Weg, der zur Bahnhofstraße hochführte. Die Waiblinger Kollegen hatten alle Hände voll zu tun, die Neugierigen fernzuhalten.

»Vor Mitternacht also«, setzte Braig hinzu. »Das kann doch wohl nur bedeuten, dass sie woanders getötet und erst heute Morgen hier abgelegt wurde, oder?« Er konnte sich nichts anderes vorstellen, angesichts der Lage der Straße mitten in der Stadt.

»Da bin ich mir nicht sicher. Ich wüsste nicht, was dagegen spricht, dass es hier geschah. Medizinisch, meine ich. Und die Flecken dort vorne ...« Der Arzt deutete auf die Stelle, die die beiden Kriminaltechniker seit einiger Zeit analysierten.

»Blut«, rief Helmut Rössle, »von wie viele Persone wisset mir noch net. I denk, die hent hier kämpft. Arme Frau.«

»Und niemand hat sie gehört oder früher entdeckt?« Braig blickte sich fragend um. Kurz nach sechs am frühen Morgen war ein Mann, der seinen Hund ausführte, auf die Leiche aufmerksam geworden und hatte sie der Polizei gemeldet. Das Tier war wenige Meter vor ihm gelaufen, hatte sich plötzlich auf einen dunklen Schatten unmittelbar am Rand des Parkplatzes gestürzt und seltsam gebellt. Beunruhigt war Franz Weifler seinem Hund gefolgt, hatte in der Dämmerung der frühen Stunde die Umrisse der jungen Frau entdeckt.

»Ich rannte sofort nach Hause und benachrichtigte Ihre Kollegen«, hatte er Braig erklärt, »meine Frau ist diese Woche bei ihrer Schwester und hat ihr Handy dabei, darum konnte ich nicht sofort anrufen.«

Der Kommissar hatte ihn gleich nach seinem Eintreffen in Waiblingen befragt und sich den Vorgang genau beschreiben lassen. Zwischen sechs und halb sieben morgens pflegte Weifler seinen Hund auszuführen, weil er danach zur Arbeit musste, jeden Tag auf den gleichen Wegen. Braig sah keinen Anlass, dem Mann zu misstrauen.

»Nachts ist hier nicht viel los«, erklärte Dr. Raile, »zumindest an einem normalen Wochentag im November wie heute. Am Wochenende schon eher.«

Braig nahm die Aussage des Arztes zur Kenntnis, hatte Schwierigkeiten, sich auf die weitere Ermittlung zu konzentrieren. Die kalte, feuchte Luft und das blasse Licht machten ihm zu schaffen. Er fröstelte, öffnete mit klammen Fingern seine Jacke, zog seinen Schal fester.

Kurz nach halb sieben war er geweckt worden, die Botschaft des Waiblinger Leichenfundes am Ohr. Ohne Frühstück hatte er sich zum Fundort begeben, hungrig, verschlafen und mit bohrenden Schmerzen im Kopf.

Es war spät geworden am Abend zuvor. Den ganzen Tag über hatten sie sich – auf besonderen Wunsch des Wirtschaftsministeriums, wie die Sache vornehm umschrieben wurde – ohne Pause bemüht, einen als vermisst gemeldeten führenden Manager eines großen Konzerns aufzuspüren – ohne jeden Erfolg. Bis dann kurz nach 21 Uhr klar geworden war, dass der Mann einen geschäftlich bedingten Auslandsaufenthalt dazu genutzt hatte, einen privaten »Wellness-Tag« anzufügen, wie auch immer dies zu interpretieren war. Mitten in all dem Frust und der Hektik ihrer mühseligen Arbeit hatte Braig erfahren, dass Ann-Katrin Räubers Operation im Stuttgarter Diakonissenkrankenhaus am selben Morgen nicht ohne Komplikationen verlaufen war. Kurz vor 16 Uhr, mitten in ihren Ermittlungen um den Verbleib des Managers, hatte er die Klinik aufgesucht, von den betreuenden Schwestern jedoch nur erfahren, dass seine Freundin noch zu erschöpft und in den nächsten Stunden nicht ansprechbar war. Auch sein Besuch am späten Abend hatte keine Neuigkeiten gebracht. Ann-Katrin Räubers Zustand hatte sich in den letzten Monaten aufgrund der immer noch nicht verheilten Schussverletzungen kontinuierlich verschlechtert, bis den Ärzten als Ausweg nur die erneute Operation geblieben war. Braig hatte Mühe, seine Gedanken von den Sorgen um seine Freundin zu lösen und sich auf den akuten Mordfall zu konzentrieren.

Er zog den Reißverschluss seiner Jacke wieder nach oben, starrte erneut auf die Leiche. »Woran ist sie gestorben? Haben Sie schon einen Befund?«, fragte er.

Dr. Raile schüttelte den Kopf. »Das muss ich dem Pathologen überlassen. Sie hat so viele lebensgefährliche Verletzungen, dass ich mich nicht festlegen will. So schnell jedenfalls nicht. Innere Blutungen, Würgemale am Hals ...« Er untersuchte den Kehlkopf mit einer kleinen Taschenlampe, wies auf die Hautabschürfungen unterhalb des Halsansatzes. »Vielleicht durch Erwürgen. Sehen Sie, hier!«

Braig folgte seinen Fingern, sah die Umrisse schmaler, lang gezogener Druckstellen.

»Möglicherweise war das der endgültige Schlusspunkt, ich weiß es noch nicht. Auf jeden Fall hat sie schrecklich leiden müssen.«

»Wer macht so was?«, schimpfte Rössle. Er hatte sich erhoben, kratzte einen Spatel sauber, mit dem er vorher den Boden abgesucht hatte. »Des muss doch a bsonders auskochter Deifel sei, oder?«

»Du glaubst, wir können den Kreis der potentiellen Täter eingrenzen?« Der Kommissar sah skeptisch zu seinem Kollegen auf. »Aufgrund der Brutalität des Verbrechens?«

Rössle zuckte mit der Schulter. »Keine Ahnung. Du bisch der Ermittler.«

»Nein«, sagte Braig, »das können wir leider nicht. Jeder ist dazu fähig. Und wenn die Tat noch so bestialisch ausgeführt wurde.«

Er merkte, dass der Arzt mit überraschtem Gesichtsausdruck zu ihm herschaute, so als hätte er etwas Obszönes von sich gegeben. Wahrscheinlich schickte es sich nicht, alle Menschen gleichermaßen dafür geeignet zu erklären, solch unvorstellbare Aggressionen zu entwickeln. Aber die Erfahrungen der letzten Jahre und die Begegnungen mit Menschen aus allen Schichten der Gesellschaft, die als Totschläger, Sadisten oder Mörder überführt worden waren, ließen ihm keine andere Wahl. Er hielt inzwischen jeden und jede fähig zur Bestie zu werden, vorausgesetzt, die jeweiligen Umstände trugen ihren Teil dazu bei.

»Wie alt war sie?», fragte Rössle.

Braig nahm den Ausweis der Toten, den er in ihrer Geldbörse gefunden hatte, zur Hand, überflog die Daten der Frau. »Christina Bangler. 1982 geboren. 21 Jahre jung. Am Anfang ihres Lebens.« Er sah, wie der Kriminaltechniker den Kopf schüttelte, konzentrierte sich wieder auf die Kennkarte. »In Stuttgart zur Welt gekommen, in Schwaikheim gemeldet. Familienstand ledig.«

»Ein eifersüchtiger Liebhaber«, meinte der Arzt, »oder ein verlassener. Irgendein heißblütiger Südländer vielleicht, ein Italiener, Spanier oder Türke. Das könnte ich mir am ehesten vorstellen. Wenn wirklich nichts gestohlen wurde ...«

Braig betrachtete den Mann mit großen Augen, überlegte, ob er ihm antworten, ihn auf etwaige rassistische Vorurteile ansprechen solle, ihm berichten, dass er in Belgrad geboren, von einer dieser heißblütigen Killernationen abstammte.

Er seufzte laut auf, blieb aber ruhig. Es war zu früh am Morgen, jetzt schon den ersten heftigen Streit vom Zaun zu brechen.

Sollte der Arzt glauben, was er wollte. Er, Braig, hatte hier in der Umgebung von Stuttgart schon viel zu viele von völlig normalen Bürgern hingerichtete Opfer vor sich liegen sehen, als dass er auf die Hypothese der heißblütigen Südländer angewiesen war. Der Hass und die Aggressionen, die dabei im Spiel gewesen sein mussten, waren jeder sizilianischen oder anatolischen Blutrache-Fehde ebenbürtig. Nein, die junge Frau hier am Rand der Waiblinger Innenstadt konnte jedem im Normalfall noch so seriös auftretenden Mitbürger zum Opfer gefallen sein – aus welchem Grund auch immer.

Nach einem Sexualdelikt sah es nicht aus, nach einem Raubüberfall ebenso wenig, jedenfalls war es nach dem gegenwärtigen Stand der Ermittlungen nicht sonderlich wahrscheinlich, dass einer dieser Gründe der Anlass des Verbrechens gewesen sein sollte. Die Geldbörse enthielt an die siebzig Euro: einen Teil Scheine, der Rest Münzen, dazu Giro- und Telefonkarte, Ausweis und Führerschein. Welcher potentielle Dieb schlug minutenlang – so hatte der Arzt den Vorgang beschrieben – auf ein Opfer ein, um es dann mit allen wertvollen Besitztümern zurückzulassen?

»Und wenn sie einen anderen, besonders teuren Gegenstand bei sich trug, auf den es der Täter abgesehen hatte?« Helmut Hutzenlaub blickte fragend zu ihnen her. »Dann musste er nur das Geld und die Ausweise dalassen und schon ermitteln wir in eine völlig falsche Richtung.«

»Welche teuren Gegenstände sollen das sein?«

»Schmuck zum Beispiel, ein Ring, eine Halskette, eine Brosche.«

Dr. Raile schüttelte den Kopf. »Es gibt keinerlei Anzeichen dafür, dass der Frau etwas gewaltsam von den Fingern gerissen wurde. Und von der Brust oder vom Hals ...« Er ließ die Antwort offen, zeigte eine skeptische Miene.

Braig schloss sich insgeheim dem Urteil des Arztes an. Verletzungen in einem solchen Ausmaß und einer solchen Intensität resultierten in den allermeisten Fällen aus gestörten persönlichen Beziehungen, wusste er aus Erfahrung. Wer seinem Opfer physisch so bestialisch zusetzte, war selbst monate- oder gar jahrelang psychisch gequält worden – sei es bewusst, unbewusst oder der eigenen wahnhaft veränderten Wahrnehmung nach. Meist waren es Männer, die aus verletztem Stolz oder vermeintlicher Brüskierung heraus allein mit körperlicher Gewaltanwendung wieder zu ihrem Recht zu finden glaubten. Kam dann im Moment des Aufeinandertreffens noch eine unglücklich geäußerte, allein durch die aufgeladene Situation problematische Bemerkung hinzu, drohten die Emotionen außer Kontrolle zu geraten. Christina Bangler, so schätzte Braig, musste in dieser Nacht einer Person begegnet sein, die sie näher kannte.

Braigs Aufgabe war es, das persönliche Umfeld der jungen Frau zu untersuchen, um den Verbrecher zu finden. Er musste sich sofort auf den Weg machen, um die notwendigen Ermittlungen einzuleiten. Es war der einzige Dienst, den er dem grauenvoll entstellten Opfer noch leisten konnte.

4. Kapitel

Mit dem langsam aufleuchtenden Licht kamen die Schmerzen. Zuerst war es nur ein undefinierbares Brummen in sämtlichen Regionen des Kopfes, ein sich ständig verstärkendes, immer unerträglicher tobendes Geräusch, dann kamen der Druck und das Stechen dazu; der Druck auf den Schädel, die Stirn, die Augen; das Stechen in den Muskeln, den Knochen, der Haut. Zeitgleich zerstob die Dunkelheit – milchig weißer Nebel waberte vor den Augen, machte nach und nach einer in dämmriges Morgenlicht getauchten Umgebung Platz.

Lisa Neumann glaubte zu träumen, zum ersten Mal seit Monaten ein völlig anderes als das Nacht für Nacht ständig wiederkehrende Geschehen, begriff nur langsam, dass es Realität war, in die sie Minute um Minute immer weiter vordrang. Die Schmerzen machten jeden vernünftigen Gedanken unmöglich; das Ringen nach Luft, der Versuch, ihrem Körper auf dem harten Boden eine möglichst erträgliche Haltung zu geben, verlangten all die Konzentration und Aufmerksamkeit, zu der sie überhaupt fähig war. Sie stierte ins Nichts, versuchte das Toben ihrer Nerven zu ertragen. Erst der Anblick der kleinen, grau getigerten Katze, die scheu und in gebührendem Abstand um sie herumstrich, rief ihr endgültig ins Bewusstsein, wo sie sich befand.

»Joschka«, hatte Martin Gronau erklärt, als sie seine Wohnung zum ersten Mal gemeinsam betreten hatten, »meine Katze ist zwar weiblichen Geschlechts, hört aber folgsam auf diesen Namen.«

»Ein politisches Bekenntnis?«, hatte sie augenzwinkernd gefragt.

Er war nicht darauf eingegangen, hatte nur leise gelacht.

Sie folgte Joschka mit ihrem Blick, betrachtete die Einrichtung des Zimmers aus der Perspektive des Tieres. Links von ihr der mächtige Korpus des massiven Spiegelschranks, rechts die schmale, mit einem dicken Kissen bedeckte Truhe. Die Tapete unmittelbar daneben zeigte deutliche Spuren scharfer Krallen.

Lisa spürte Brennen in ihren Wangen, als sie den Kopf zur Seite schob, sah die einen Spaltbreit geöffnete Tür vor sich, dahinter den toten Bildschirm des Computers im Nachbarraum. Mit einem Mal erinnerte sie sich, was geschehen war.

Sie blieb einen Moment ohne jede Bewegung liegen, versuchte über die tobenden Schmerzen hinaus fremde Geräusche wahrzunehmen. Irgendwo im Haus wurde eine Wasserspülung betätigt, in einiger Entfernung heulten Motoren. Nichts wies darauf hin, dass sich außer ihr und der Katze noch jemand in Gronaus Wohnung aufhielt.

Lisa winkelte die Arme an, drückte sich vorsichtig vom Boden hoch. Tränen schossen ihr in die Augen, ihr Kopf drohte zu zerspringen, die Schmerzen raubten ihr fast den Verstand. Mühsam kam sie auf die Beine.

Die ganze Einrichtung begann sich um sie zu drehen. Der Schrank, die Truhe, das Fenster, die Tür – alles jagte wie ein Karussell an ihr vorbei. Sie taumelte, klammerte sich am Türrahmen fest, hatte Mühe Halt zu finden. Die Katze verfolgte ihre Anstrengungen mit starrer Miene; sie saß im Eck hinter dem Bett, äugte gebannt zu ihr hoch.

Nach einigen Minuten hatte sie es geschafft: Das Karussell war zur Ruhe gekommen, setzte sich nur noch ab und an für wenige Sekunden wieder in Bewegung.

Lisa schob die Tür zum Nachbarraum zurück, warf einen Blick in das Zimmer. Die Spuren der nächtlichen Durchsuchung waren nicht zu übersehen. Herausgerissene Schubladen, auf den Boden verstreute Manuskript-Blätter, umgestürzte Aktenordner. Wer immer dafür verantwortlich zeichnete, er hatte sich nicht mehr die Mühe gemacht, das von ihm verursachte Chaos zu verschleiern.

Sie bückte sich nieder, nahm einige der Papiere in die Hand. Ein Schwindelanfall raubte ihr für einen Moment die Sicht, erinnerte sie an den Zustand, in dem sie sich befand. Sie legte die Papiere auf den Schreibtisch neben den Computer, stieg über die Aktenordner weg, schlich zur Diele. Die Tür zum Bad stand offen.

Sie betrat den kleinen Raum, stellte sich vor den Spiegel. Das Monster, das ihr entgegenblickte, hatte geschwollene Wangen, dunkelbraune Flecken auf der Stirn, unnatürlich dicke Lippen.

Lisa griff nach einem ihrer Handtücher, hielt es unter den Wasserhahn, bis es sich mit Wasser vollgesogen hatte, tastete dann vorsichtig die verletzten Partien ab. Die Schmerzen trieben ihr erneut Tränen in die Augen, kleine Tröpfchen perlten über die Wangen. Sie schnappte nach Luft, wartete, bis sich ihre Nerven wieder beruhigten, versuchte die Schwellung mit dem nassen Stoff zu besänftigen. Minutenlang verharrte sie vor dem Waschbecken. Die kühlende Wirkung des Tuches ließ sie langsam wieder zu sich finden.

Sie begab sich in die Küche, suchte eine große Schüssel, füllte sie mit Wasser, setzte sich an den Tisch. Das Tuch wieder und wieder eintauchend, linderte sie die Folgen des Überfalls. Sie spürte, wie sie an neuer Lebensenergie gewann, war sich darüber im Klaren, dass sie die Verletzungen ohne Arzt bewältigen wollte. Ohne Arzt und ohne Polizei! Nicht schon wieder die gleichen unerträglichen Prozeduren.

Wie lange sie so in der Küche gehockt hatte, konnte sie später nicht mehr erinnern. Sie war ununterbrochen damit beschäftigt, ihr schmerzendes Gesicht zu kühlen, erwachte erst wieder aus ihrer Trance, als sich Joschka schüchtern, aber mit unnachgiebiger Ausdauer an ihr Bein drückte.

Lisa schob die Schüssel und das Handtuch von sich weg, ging zum Vorratsschrank, nahm eine der kleinen Dosen, öffnete sie. *Mit extra feinem Fleisch und Thunfisch* prangte in dicken Lettern auf dem Etikett. Sie füllte die Hälfte des Inhalts in den Napf, hatte Mühe, den kleinen Löffel zurückzuziehen, weil sich die Katze ohne jedes Zögern über das Futter hermachte. Joschka schleckte das Fleisch der Reihe nach ab, schaufelte es dann mit gierigen Bissen in sich hinein. Sein Schmatzen übertönte jedes andere Geräusch.

Lisa spürte ebenfalls Hunger, kochte sich eine Gemüsebrühe, nahm ein Stück Brot dazu. Jede Mundbewegung schmerzte, Kauen war unmöglich. Sie legte das Brot zur Seite, begnügte sich mit der Suppe.

* * *

Langsam fühlte sie sich besser. Sie stand auf, trat ins Wohnzimmer, nahm einige der herumfliegenden Papiere zur Hand.

Industriespionage – deutsche Firmen als Opfer der USA?

Windenergietechnologie des 21. Jahrhunderts – in Deutschland konstruiert – von US-Geheimdiensten gestohlen – die Beweise.

Botschaftsangehörige als Industriespione – welche Länder sind aktiv?

Dazu seitenlange Ausführungen, detaillierte Erklärungen, Landkarten, die Namen bekannter Politiker. Gronau war offensichtlich bestens informiert, was die Geschäfte mit den schmutzigen Methoden anbelangte. So gut, dass bestimmte Leute an seinem Wissen interessiert waren. Nur an seinem Wissen?

»Ich kann nicht ausschließen, dass es gefährlich sein kann, sich in meiner Wohnung aufzuhalten«, hatte er ihr vorgestern noch erklärt. »Ich arbeite an brisanten Untersuchungen. Du musst es dir gut überlegen, ob du mein Angebot annimmst.«

»Du glaubst, es gibt Leute, die dir nachspionieren?«, hatte sie gefragt.

»Ich bin mir sicher«, war seine Antwort gewesen, »das hat mit Glauben nichts zu tun. Dass sie mich beobachten, ist so sicher wie das Amen in der Kirche.«

Sie betrachtete die Papiere, überflog die Texte. Sie beschrieben verschiedene Methoden, mit denen hochmoderne Technologien ausspioniert und in andere Staaten geschmuggelt wurden, listeten die Länder auf, die daran beteiligt waren, nannten konkrete Namen von Händlern und Politikern, die in die Geschäfte involviert waren. Lisa arbeitete Blatt für Blatt durch, merkte plötzlich, wie sich die Buchstaben in undefinierbare Hieroglyphen zu verwandeln begannen, um dann – nach einer Weile – in weißes, milchiges Nichts zu verschwimmen.

Ein Schwächeanfall. Sie kroch zum Sofa, legte den Kopf zurück. Ihre Schläfen pochten, das Blut rauschte in den Ohren. Noch war es zu früh, sich derartige Strapazen zuzumuten.

Sie wartete, bis ihre Kraft langsam wieder zurückkehrte, dachte daran, dass sie Gronau über den Vorfall informieren musste.

»Wenn etwas Unvorhergesehenes geschehen sollte, ruf mich an«, hatte er sie gebeten, »aber nur per Handy oder aus einer Telefonzelle, niemals vom Festnetz der Wohnung.« Er hatte ihr eine Nummer gegeben und eindringlich darauf hingewiesen, sie gut zu verwahren und niemandem mitzuteilen.

Lisa erhob sich vom Sofa, blickte zur Uhr. Kurz nach zwei. Sie hatte den ganzen Morgen damit verbracht, ihre Wunden zu kühlen und die Schmerzen zu lindern. Sie zog ihren Geldbeutel unter dem Kopfkissen vor, suchte das Papier mit Gronaus Geheimnummer. Als sie ihr Handy vom Nachttisch nahm, begann es zu läuten. Erschrocken starrte sie auf das kleine, schwarze Gerät. Wer wollte jetzt etwas von ihr?

Mit zitternden Fingern drückte sie die Empfangstaste.

Gronau selbst war am anderen Ende. »Alles klar?«, fragte er.

Sie benötigte einige Sekunden, bis sie sich konzentrieren konnte. »Ich hatte Besuch«, sagte sie, »heute Nacht.«

»Heute Nacht?«

»Einbrecher. Sie waren in deinem Wohnzimmer.« Jedes Wort bereitete ihr Mühe. Ihr Kiefer schmerzte. Die rechte Wange schien von unzähligen Nadeln durchstochen.

»Du hast es heute Morgen bemerkt?«

»Heute Morgen?« Sie lachte bitter, zum ersten Mal an diesem

Tag. »Ich bin aufgewacht, als sie Schubladen aus deinem Schrank zogen. Ich dachte, du seist zurückgekehrt.«

»Und dann?«

»Ich bekam einen Schlag ins Gesicht. Irgendwann am Morgen wachte ich wieder auf.«

»Oh nein! Du bist verletzt?«

»Es geht«, antwortete sie, »ich kann es aushalten.«

Gronau schwieg einen Moment, fragte dann leise: »Du hast die Polizei informiert?«

»Ich will keine Polizei«, sagte sie, »ich hatte in den letzten Monaten genug mit der zu tun. Der Unfall, verstehst du?«

Seine Antwort kam prompt. »Das ist gut. Mir ist es ebenfalls lieber, wir lassen sie außen vor. Ich möchte nicht, dass sie meine Unterlagen zu Gesicht bekommen und darin schnüffeln. Das wäre nicht gut.« Er verstummte, wartete auf ihre Reaktion. Als sie keine Antwort gab, fragte er, ob sie einen Arzt benötige.

»Ich hoffe, es geht so«, erklärte sie. »Ich mag keine Ärzte. Du weißt nicht, was ich mitgemacht habe – seit der Sache.«

»Du bist dir sicher?«

»Im Notfall besorge ich mir Salbe in einer Apotheke. Wenn es gar nicht anders geht.«

»Es tut mir Leid.« Seine Stimme klang besorgt. »Ich hätte dir die Wohnung nicht anbieten dürfen. Sie wollen unbedingt an mein Material.«

»Du hast mich gewarnt. Es war meine Entscheidung.«

»Was ist mit der Tür? Wie kamen sie in die Wohnung?«

»Wie?« Sie verstand die Frage nicht.

»Haben sie die Tür zertrümmert? Oder benutzten sie ein Fenster? Du weißt, ich habe ein Spezialschloss.«

Daran hatte sie noch nicht gedacht. »Ich habe noch nicht nachgeschaut«, gab sie zu, »ich hatte die ganze Zeit mit meinen Schmerzen zu tun.« Sie lief in die Diele zur Wohnungstür, überprüfte sie. »Nichts«, erklärte sie, »ich kann nichts erkennen. Die Tür scheint okay.«

»Was ist mit den Fenstern?«

Die Wohnung lag im ersten Obergeschoss, mindestens drei Meter oberhalb der Straße und dem Hof. Sie kontrollierte die Fenster dennoch, eins nach dem anderen, konnte keinerlei Beschädigung entdecken.

»Das waren Profis«, sagte Gronau, »das Schloss kostete fast tausend Euro.«

»Und jetzt?«, fragte sie. »Kommen die wieder?«

»Du willst zurück in deine Wohnung?«

Lisa überlegte nicht lange. »Nein, das will ich nicht. Sofern ich hier Überlebenschancen habe, werde ich mich weiter um deinen Joschka kümmern.«

»Ich will dir nichts garantieren«, antwortete er, »obwohl ich mir nicht vorstellen kann, dass sie es sofort wieder versuchen. Sie konnten nichts finden – jedenfalls nicht das, worauf sie scharf sind. Ich denke, sie haben begriffen, dass in der Wohnung nichts zu holen ist.«

»Dann kann ich bleiben.«

»Ich würde mich freuen. Für Joschka.«

Sie wollte nicht zurück, nicht daran erinnert werden, was geschehen war, wie ihr Leben von einem Tag auf den anderen zerstört, lebensunwert geworden war ...

»Du solltest die Wohnungstür zusätzlich sichern. Nimm einen Stuhl, belade ihn mit Geschirr. Er muss umfallen, wenn jemand die Tür von außen öffnen will. Lärm schreckt ab, das ist das Einzige, wovor sie sich fürchten. Öffentliche Aufmerksamkeit können sie nicht gebrauchen.«

Sie lachte leise, wusste nicht, was sie von seinem Vorschlag halten sollte. Er klang reichlich naiv. »Warum rufst du an?«

Gronau zögerte. »Ich wollte ...«

»Ja?«

»Das wird jetzt nicht gehen. Du bist verletzt?«

»Es wird besser.«

»Wie stark?«

Sie ging ins Bad, stellte sich vor den Spiegel. Das Monster trat ihr in einer neuen Farbmischung gegenüber. »Sei froh, dass du mich nicht sehen kannst.«

»Dann muss ich es auf andere Weise versuchen.«

»Es geht um deine Recherchen?«

Gronau zögerte erneut. »Eine Diskette. Ich benötige eine Information, die ich dort gespeichert ...« Er verstummte, wollte nicht zuviel verraten.

»Wo ist sie?«, fragte sie. »Ich werde sie holen.«

»Ich hatte sie vollkommen vergessen. Dabei bin ich dringend auf sie angewiesen.«

»Gib mir die Adresse. Ist es hier in Stuttgart?«

»Mario hat das Material. Ich kann ihn nicht erreichen. Wahrscheinlich ist sein Handy nicht eingeschaltet. Er arbeitet nachmittags und abends im Imbiss in der Marktstation im Hauptbahnhof.«

»Wie kann ich ihn erkennen?«

»Frag einfach nach seinem Namen. Erzähle ihm von Joschka und davon, dass die Katze hohes Fieber habe. Er wird dir die Diskette ohne weitere Fragen geben.«

»Und dann?«

»Sie steckt in einem adressierten Umschlag. Wirf ihn in den nächsten Briefkasten. Am besten in den im Hauptbahnhof. Der wird ständig geleert.«

Lisa Neumann überflog erneut ihr lädiertes Gesicht. »Kann ich warten, bis es draußen dunkel ist?«

»Kein Problem. Das dauert ohnehin nicht mehr lange. Wir haben November.«

Sie wusste, dass er Recht hatte, versprach seinen Wunsch zu erfüllen.

»Es tut mir wirklich Leid«; sagte er. »Ich hoffe, dass deine Schmerzen bald vergehen. Pass auf dich auf.«

Sie spürte impulsiv, dass sein Ratschlag das Wichtigste war, was sie in den nächsten Tagen beachten musste.

5. Kapitel

Das war uns seit langem klar, dass es mit ihr so enden wird. Gott lässt sich nicht spotten!«

Erika Bangler trommelte mit den Fingerspitzen ihrer rechten Hand energisch auf den weiß lackierten Küchentisch, starrte Braig mit vor Zorn glühenden Augen ins Gesicht. Sie saß hoch aufgerichtet auf einem der unbequemen Stühle, zeigte nicht einmal einen Ansatz von Mitleid oder Anteilnahme am Tod ihrer Adoptivtochter.

»Zwei Jahre lang ging das so«, hatte sie dem Kommissar mit kräftiger Stimme ins Gesicht geschleudert, »ein Kerl nach dem anderen. Und alles hinter unserem Rücken.«

Braig, der davon ausgegangen war, einem vor Schreck völlig paralysierten Elternpaar mit der Botschaft vom abrupten und unerwarteten Tod ihrer Tochter gegenübertreten zu müssen, hatte die Reaktion der Frau fassungslos hingenommen.

Das Haus war nicht einfach zu finden gewesen. Es lag an einer verwinkelten, leicht hügelanführenden Seitenstraße am Rand von Schwaikheim, schien dem schlichten Baustil nach den fünfziger Jahren des vergangenen Jahrhunderts zu entstammen. Die Fassade zeigte Schmutzflecken und Risse, der Verputz schrie unübersehbar nach Ausbesserung und frischem Anstrich. Eine kurze, mit brüchigen Steinplatten belegte Treppe führte zur Haustür. Braig war sie vorsichtig hochgestiegen, hatte zweimal kurz geläutet.

Erika Banglers Reaktion war umgehend erfolgt. Noch bevor er seine Hand von der Klingel zurückziehen konnte, hatte sie ihm mit neugierigen Augen geöffnet. Er war nicht sofort zur Sache gekommen, hatte sich erst vorgestellt und darum gebeten, eintreten zu dürfen. Die Frau hatte gezögert, ihn dann aber ohne Umweg in ihre Küche geführt und auf die Stühle am Tisch gezeigt.

»Polizei? Was führt Sie zu uns?«

Langsam und zögernd hatte er ihr gegenüber Platz genommen, war dann seiner traurigen Informationspflicht nachgekommen.

Erika Bangler hatte seine Worte schweigend und ohne sichtbare Reaktion hingenommen. Kein Aufschrei, keine Tränen, keine hysterischen Bewegungen. Stattdessen eine Antwort, kurz und emotionslos, die ihm fast das Blut hatte gefrieren lassen.

»Es braucht Ihnen nicht Leid zu tun. Strafe erhält, wer Strafe verdient.«

Er hatte geglaubt, nicht richtig zu verstehen, hatte seinen eigenen Ohren misstraut.

»Ihre Tochter Christina«, hatte er betont, langsam, Wort für Wort wiederholend, »Sie verstehen?«

Sie hatte verstanden, ohne Zweifel. »Sie ist nicht mehr unsere Tochter«, war ihre Antwort, »seit über einem Jahr nicht mehr.«

Braig hatte den Sinn ihrer Aussage zuerst nicht begriffen, sich dann den von Wut und Enttäuschung geprägten Bericht über den Zerfall einer angeblich vorbildlich intakten Familie angehört.

»Christina war drei Jahre, als wir sie zu uns nahmen. Aus dem Heim. Ihre leibliche Mutter hatte sich kurz nach Christinas Geburt das Leben genommen, der Vater war unbekannt. Wir haben alles Erdenkliche getan, ihr das Leben mit uns schön zu machen. Robert, mein Mann, brachte alle paar Tage Spielzeug mit, Lego-Bausteine, Möbel für die Puppenstube, Holz- und Stofftiere. Wir erweiterten das Haus, bauten zwei Zimmer an. Zwei Jahre später holten wir Rebekka, aus demselben Heim. Die beiden verstanden sich von Anfang an prächtig, ein Herz und eine Seele. Gottes Segen ruhte auf unserer Familie. Wir erzogen sie unter seinem Wort. So lange, bis der Satan unser Glück nicht länger mit ansehen wollte und sie in seine Gewalt bekam.«

Braig hatte die Frau ungläubig angestarrt, ihre hageren, abgehärmten Gesichtszüge betrachtet. Ihr Aussehen korrespondierte in extremem Ausmaß mit ihren von bitterer Enttäuschung geprägten Worten: bleiche, fast ledrige Haut, eingefallene, teilweise knochige Wangen, glasklare blaue Augen mit stechendem Blick.

»Wer sich dem Satan verschreibt, wird in der Hölle enden«, hatte sie hinzugefügt, Braig dann anschließend über die weiteren Verfehlungen ihrer Adoptivtochter informiert.

Christina war mit siebzehn der Sünde verfallen. Statt in die Schule zu gehen, wie sie es ihren nichts ahnenden Eltern erzählte, hatte sie ein Verhältnis mit einem älteren Mann begonnen, ihn fast jeden Tag in seiner Firma aufgesucht. Und das alles, obwohl sie Woche für Woche mit ihren Adoptiveltern gemeinsam sonntags den Gottesdienst und Montag für Montag am Abend die Bibelstunde besucht, dazu vor und nach den Mahlzeiten gebetet und streng nach Gottes Wort gelebt hatte.

»Nachbarn haben uns alles erzählt, verstehen Sie? Alle haben Bescheid gewusst, nur wir nicht. Fast zwei Jahre lang.«

»Sie war verliebt, wenn ich das richtig verstehe«, hatte Braig eingeworfen, die giftigen, hasserfüllten Blicke der Frau vor Augen, »ist das nicht normal mit siebzehn?«

»Das war Hurerei, nichts anderes!«, war ihre Antwort.

Sie hatten das Mädchen aus dem Haus geworfen, vor etwas mehr als einem halben Jahr, hatten die Verbindung zu ihr abgebrochen und sie enterbt, waren zudem dabei, die Adoption aufzulösen.

»Und was ist mit Rebekka, Christinas Schwester?«

Sie hatte die Familie ebenfalls vor wenigen Monaten aus Protest verlassen – »besessen vom Leibhaftigen«, wie Erika Bangler betonte, war zu ihrer Adoptivschwester gezogen, ohne jeden Kontakt zu ihrem ehemaligen Elternhaus.

»Der Satan hat sie in seinen Krallen, beide. Jetzt sehen sie selbst, wo das endet.«

Braig wusste nicht, ob er der Frau volle geistige Gesundheit zubilligen, sie in all ihren Aussagen ernstnehmen durfte. War das eine Form religiöser Verblendung oder musste man die Ursachen ihres Wahns in anderen Bereichen suchen?

Er blickte sich um, betrachtete die etwas spartanisch, nicht gerade gemütlich wirkende Einrichtung der Küche: eine in nachgedunkeltem Eichenholz furnierte Einbauzeile, der von einem großen Holzkreuz gekrönte Schrank, ein von schwarz lackiertem Holz eingerahmter Spruch an der Wand: *Sei Deinem HERRN gehorsam. Er wird Dich reich dafür belohnen.*

Braig spürte die Gänsehaut, die ihm kalt über den Rücken lief. Wärme strahlte dieser Raum nicht aus, in keiner Weise. War es wirklich so überraschend, dass die beiden Mädchen Reißaus genommen hatten?

»Sie haben keine Verbindung mehr zu ihren Töchtern?«

Die Frau starrte ihn voller Verachtung an. »Habe ich Ihnen nicht genug erzählt?«

»Es wäre wichtig für uns, die Freunde Christinas kennen zu lernen, den Kreis von Leuten, mit denen sie zusammen war.«

Die Miene Erika Banglers verkrampfte sich zusehends. »Mit den Dienern Satans haben wir nichts zu tun, wir nicht«, zischte sie.

Braig fühlte Übelkeit in sich aufsteigen, physisch spürbaren Ekel vor der Frau, die ihm gegenübersaß. Sein Magen verkrampfte sich, Gänsehaut erfasste ihn. Jeder Atemzug schmerzte. Die Luft in dem kleinen Raum schien von giftigen Gasen durchsetzt. Braigs Widerwille, noch mehr Zeit in dem bigotten Haus zu verbringen, ließ sich nicht länger verdrängen. Mit versteinerter Miene sprang er von seinem Stuhl auf, lief zum Fenster. Er schnappte nach Luft, musste an sich halten, nicht mit körperlicher Gewalt gegen die Frau loszugehen. »Die Adresse«, forderte er mit lauter, fast drohender Stimme, »wo Ihre Tochter zuletzt lebte. Wir benötigen sie. Jetzt sofort.«

Er merkte, wie sich ihr Gesichtsausdruck verwandelte, sie mit überraschten Augen zu ihm aufblickte. Die Änderung seines Tonfalls schien ihre Wirkung zu hinterlassen.

»Ihre Adresse?«

»Die neue Wohnung«, bestätigte er. »In Christinas Ausweis ist sie noch nicht eingetragen.«

Erika Bangler zuckte ratlos mit der Schulter. »Fragen Sie meinen Mann. Ich weiß es nicht.«

Braig atmete tief durch, starrte aus dem Fenster auf die schmale Straße. Graue Nebelschwaden hingen über den Dächern. Das triste Novemberwetter hatte die Umgebung fest im Griff.

Er blickte auf seine Uhr, sah, dass es kurz nach elf war.

Eine Stunde bis zum Mittag und immer noch trüb und düster. Wie das Haus, in dem er sich gerade aufhielt und die Person, die hinter ihm saß.

»Wo ist Ihr Mann?», fragte er.

»Im Büro.«

»Ich benötige seine Adresse und die Telefonnummer.« Er musste sich Mühe geben höflich zu bleiben, notierte sich die Angaben, die ihm die Frau nannte.

»In Stuttgart?«

Sie schüttelte den Kopf. »Fellbach. Nicht weit vom Bahnhof.«

Braig beeilte sich, das Haus zu verlassen. Zum ersten Mal an diesem Tag atmete er befreit auf, als er draußen in die kaltfeuchte Novemberluft trat.

6. Kapitel

Der Mann mit der dunklen Lederjacke war Lisa Neumann zum ersten Mal aufgefallen, als sie es im zweiten Anlauf endlich geschafft hatte, das lebensgefährliche Verkehrsgetümmel der Gerokstraße in Stuttgart zu überwinden und auf die andere Seite der Fahrbahn zu gelangen. Sie hatte den Pulk stadtauswärts fahrender Autos passieren lassen, war bis zur Mitte der in die düsteren Nebelschleier des späten Novembernachmittags gehüllten Straße gesprungen, hatte dort ängstlich zur Seite spähend darauf gewartet, dass die Gegenfahrbahn endlich frei wurde. Fahrzeug auf Fahrzeug raste in ungebremstem Tempo an ihr vorbei, mit gleißenden Scheinwerfern das trübe Dämmerlicht durchstoßend, Abgasschwaden und Wolken feinsten Gummiabriebs in die feuchte Luft wirbelnd. Als sie zu den nur schwach beleuchteten Stufen der Gerokstaffel abtauchte, sah sie den Mann in lebensbedrohender Manier die Straße hinter sich überqueren, wütend hupende und erst in letzter Sekunde bremsende Autos sträflich missachtend. Sie fing seinen Blick auf, sah, dass er genau in ihre Richtung spähte.

Lisa folgte der steilen Treppe nach unten, passierte den Urbansplatz und die um diese Tageszeit dicht belebten Anlagen des Schlossgartens, fügte sich in der Klettpassage in den dem Hauptbahnhof zustrebenden Menschenstrom ein. Mit Einkaufstaschen und Aktenmappen bewehrte Frauen und Männer eilten an ihr vorüber, wenige Meter entfernt torkelte ein Betrunkener durch die Menge. Niemand schien sie zu beachten, die meisten hatten ihre Gesichter den Auslagen der Geschäfte auf beiden Seiten zugewandt.

Lisa starrte auf die Schaufenster eines Ladens zu ihrer Rechten, versuchte ihr Spiegelbild zu erhaschen. Für Sekunden erkannte sie ihr Gesicht im Widerschein der Scheibe, das schmale, bleiche Antlitz einer etwas verbittert wirkenden Frau, suchte angestrengt aber vergeblich nach den Folgen des nächtlichen Überfalls. Die Person im Schaufenster schien unversehrt, ohne jedes Anzeichen von Prellungen oder anderen Wunden.

Sie fühlte sich unmittelbar erleichtert, hoffte, die Verunstaltung ihres Gesichts sei tatsächlich kaum zu erkennen, wandte sich der Rolltreppe zum Hauptbahnhof zu. Das stählerne Monstrum quietschte, bewegte sich ratternd und in unregelmäßigem Stakkato aufwärts. Sie reihte sich in die nach oben strebende Menschenmenge ein, blickte ein letztes Mal in das Schaufenster. Schmutzige Schlieren überzogen das Glas, vereitelten die Spiegelwirkung. Schwarze und rote Graffiti, wellige Linien mit Schnörkeln und Punkten reichten von der benachbarten Wand bis an den unteren Rand des Schaufensters. Die Plakate, die im Inneren aufgestellt waren und die Passanten mit dicken Überschriften ansprechen sollten, waren kaum mehr zu erkennen.

Lisa machte sich erst gar nicht die Mühe, sie zu entziffern, wandte sich ab, bemerkte den flüchtigen Blick des Mannes. Sie erkannte ihn sofort wieder. Den Kopf leicht nach vorne gebeugt, versuchte er, sich hinter dem breiten Rücken seines Vordermannes zu verstecken.

Sie sah, wie er sich in die Reihe der Passanten hinter ihr einordnete, die der Rolltreppe zustrebten. Eine Frau mit einer großen Tasche kam ihm in die Quere, drängte sich vor ihn. Lisa betrachtete ihn aus den Augenwinkeln, sah, dass er den Kragen seiner Jacke weit ins Gesicht gezogen hatte und krampfhaft auf den Boden starrte. Zufall?

Sie blickte wieder nach oben, spürte die nagenden Zweifel. Zwei völlig unterschiedliche Menschen auf genau demselben Weg. Erst oben auf der Anhöhe über dem Zentrum, dann – fünfzehn Minuten später – unten direkt vor dem Bahnhof. Derselbe Weg, dieselbe Zeit, dasselbe Ziel. Purer Zufall?

Sie griff sich vorsichtig an die rechte Wange, spürte sofort den Schmerz. Augenblicklich hatte sie das nächtliche Geschehen wieder vor Augen. Sie waren in Gronaus Wohnung eingedrungen, hatten alles durchsucht. Wonach? Irgendwelche Unterlagen über entlarvte Spione, ertappte Länder, überführte Diplomaten? War es ihnen nicht gelungen zu finden, was sie suchten, und fürchteten sie deshalb, von den Recherchen des Journalisten entlarvt und bloßgestellt zu werden?

Lisa spürte die harte Kante einer Aktentasche an ihrer Seite, sah zwei Männer hektisch an sich vorbeihasten. Sie war fast ganz oben angelangt, drehte sich um, warf einen letzten Blick zurück. Abgekämpfte, müde Gesichter. Männer mit Aktenmappen und Einkaufstaschen, Frauen in dicken Jacken. Zwei, drei Teenies, laut miteinander schreiend, Kaugummiblasen vor dem Mund. Kein Mann mit hochgezogenem Kragen, niemand in einer schwarzen Jacke. Der Unbekannte war verschwunden. Hatte sie es sich nur eingebildet, verfolgt zu werden?

Sie war oben angekommen, stolperte über einen harten Gegenstand, der sich in den Zähnen der Rolltreppe verfangen hatte. Sie blickte auf den Boden, sah, dass es sich um eine leere Flasche handelte, die irgendjemand achtlos weggeworfen hatte. War es wirklich Zufall, dass sie den Mann erst beim halsbrecherisch-lebensgefährlichen Überqueren der Gerokstrasse, dann Minuten später in der Klett-Passage gesehen hatte?

Lisa versuchte, den Gedanken neuerlicher Bedrohung zur Seite zu schieben, folgte der breiten Steintreppe des mittleren Eingangs nach oben, betrat die Bahnhofshalle.

Wenn sie die Wohnung heute Nacht vergeblich auf den Kopf gestellt und dabei von ihrer Anwesenheit überrascht worden waren – schien es dann nicht verständlich, in ihr die Mitarbeiterin, zumindest aber Gehilfin Gronaus zu sehen, deren heimliche Überwachung doch noch zum Ziel führen konnte?

Sie blickte sich aufmerksam um, tauchte in die wogende Menschenmenge ein. Die Bahnhofshalle war dicht bevölkert, Passanten waren in alle Richtungen unterwegs. Sie schaute nach oben, zur gewaltigen Abfahrtstafel, sah, dass es kurz vor vierzehn Uhr war. Züge nach Hamburg, Dortmund, Mailand standen zur Auswahl.

Ein weicher Körper berührte sie unterhalb ihres rechten Knies. Erschrocken starrte sie nach unten, bemerkte den struppigen Hund, den eine ältere Frau hinter sich her durch die dichte Menge zerrte. Das Tier stierte ängstlich zur Seite, sträubte sich mit eingezogenem Kopf gegen die Bemühungen seiner Herrin, ihn zu einem der Bahnsteige zu bewegen. Noch jemand, der sich nicht übermäßig wohlfühlt, überlegte sie, eine weiteres Wesen, dem das Menschengewühl hier nicht ganz geheuer erscheint.

Sie blieb stehen, schaute zur Seite, musterte aufmerksam die Gesichter um sich herum. Männer, Frauen, alle schienen in Eile. Kaum eine Person, die müßig vor einem der kleinen Zeitungs- oder Imbissläden stand und die hektisch vorbeieilenden Passanten betrachtete. Du hast dich getäuscht, versuchte sie sich zu beruhigen. Er ist nicht hier. Zufall, es war wirklich nur Zufall.

Die Lautsprecherstimme eines Bahnbeamten scholl durch die Halle, wies auf die Ankunft eines Zuges aus Tübingen hin. Lisa versuchte, ihre Besorgnis endgültig abzuschütteln, schob sich durch die Menschenmenge am Informationsstand der Bahn vorbei, betrachtete die üppig bestückten Auslagen der Buchhandlung. Bildbände über Stuttgart und seine Umgebung, Neuerscheinungen von Romanen, Krimis, historischer Literatur, stark ermäßigte Sonderausgaben. Sie überflog die Titel der Reihe nach, versuchte im Spiegel der hell erleuchteten Schaufenster die Gesichter zu identifizieren, die irgendwo hinter ihr im weitläufigen Areal der Bahnhofshalle unterwegs waren. Menschen jeden Alters, viele hektisch vorbeieilend, andere langsam um sich blickend. Er war nicht dabei.

Lisa drehte sich um, begab sich auf die andere Seite der Halle, betrat den Zeitungskiosk. Sie blätterte in verschiedenen Titeln, schaute aus den Augenwinkeln nach draußen, verließ den Laden auf der anderen, den Bahnsteigen zugewandten Seite. Ein älterer Mann folgte ihr, eine Zeitung in der Hand.

Sie blickte sich nicht weiter um, lief den Kopfenden der Bahnsteige entlang bis zu den Treppen, die zur S-Bahn hinunterführten, schwenkte dann wieder in die Bahnhofshalle um, blieb kurz stehen. Kein vertrautes Gesicht, niemand, der ihr auch nur entfernt bekannt vorkam.

Sie wollte dennoch nichts unversucht lassen, sich vollends Gewissheit zu verschaffen, starrte auf den gelb unterlegten Abfahrtsplan der Züge neben dem Pavillon der Bahnhofsmission, wartete drei, vier Minuten, blickte sich dann blitzschnell um. Ein großer Pulk Reisender quoll aus dem S-Bahn-Tunnel: Frauen, Männer, eine Gruppe Heranwachsender. Sie liefen auf die abfahrbereiten Züge zu, verteilten sich auf verschiedene Bahnsteige. Kaum weniger Menschen strebten in die Tiefe, einige auf den breiten Stufen, die meisten auf der leise ratternden Rolltreppe. Zwei junge Männer zwängten sich auf Inlinescatern durch die Menge, rollten ohne Anhalten direkt auf das stählerne Monstrum, verschwanden in der Unterführung. Alles unbekannte Gesichter, niemand, den sie bewusst schon einmal wahrgenommen hatte.

Lisa durchquerte die Bahnhofshalle, folgte den Treppen, die zur Post hochführten, lief auf die andere Seite zum *Café Naser,* rang einen Moment mit sich selbst. Ich kann nichts dafür, dass ich so aussehe, meine Schuld ist es nicht. Sie hoffte, nicht allzu viel Aufsehen zu erregen, öffnete die Tür.

Das Café war gut besucht. Sie begrüßte die junge Bedienung, die einem älteren Mann gerade einen Kuchen servierte, suchte sich einen Platz an der Brüstung. Zwei Frauen sahen von ihrem Kaffee auf, schielten unverhohlen neugierig zu ihr her.

Lisa spürte das Blut in ihren Wangen pulsieren, fühlte ihre Unsicherheit. Sie versuchte, die beiden Frauen nicht zu beachten, drehte sich zur Seite. Das Café bot einen hervorragenden Überblick über einen großen Teil der Marktstation hinweg direkt zum Imbiss mit seiner breiten Theke.

Sie bestellte sich grünen Tee, beobachtete das Geschehen im Erdgeschoss. Ein junger Mann mit langen, dunklen Haaren verkaufte warme und kalte Getränke, Obst, belegte Brötchen. Vor seinem Stand herrschte reger Betrieb, immer neue Kunden stellten sich an.

Lisa nahm den Tee entgegen, bezahlte sofort. Sie sah, dass eine der beiden Frauen immer noch zu ihr herschielte, schaute nach unten. Vor dem Imbiss wartete eine lange Schlange. Der junge Mann hatte alle Hände voll zu tun.

Sie trank von ihrem Tee, beruhigte sich langsam wieder. Mit Ausnahme der beiden unhöflichen Gafferinnen hatte ihr niemand auffällig nachgestarrt, also konnte es um ihr Aussehen nicht gar so katastrophal bestellt sein. Und was den vermeintlichen Verfolger anbetraf, hatte der sich wohl endgültig in Luft aufgelöst.

Sie trank ihre Tasse leer, betrachtete wieder das Geschehen im Erdgeschoss. Passanten eilten am Imbiss vorbei zu dem Laden im hinteren Teil der Marktstation, eine Gruppe junger Leute schlenderte, heftig miteinander diskutierend, auf die andere Seite, wo eine *McDonald's*-Filiale untergebracht war. Vor der breiten Imbiss-Theke war Ruhe eingekehrt, ein einziger Kunde wartete noch. Lisa sah, wie der junge Mann zwei kleine Flaschen über den Tresen reichte, das Geld entgegennahm und den Kunden verabschiedete. Als niemand nachkam, erhob sie sich, nickte der Bedienung freundlich zu, lief die Treppe nach unten, die direkt in die Marktstation führte.

Der Mann war gerade dabei, Teller zu reinigen, als sie den Imbiss erreichte. Sie stellte sich vor die Theke, versuchte, ihre rechte Gesichtshälfte im Schatten zu halten.

»Was darf es sein?«, fragte er.

Auf so kurze Distanz wirkte er weit älter als von ihrem Platz oben im Café. Die Haut seines Gesichts war von unzähligen kleinen Pickeln und Schrammen übersät, Falten zogen sich quer über seine Stirn. Allein die kohlrabenschwarzen Haare ließen ihn jünger erscheinen.

»Martin Gronau schickt mich. Ich suche Mario.«

Die Züge des Mannes hellten sich augenblicklich auf. »Martin? Das ist schön. Ich bin Mario.« Er reichte ihr die Hand über den Tresen, schüttelte sie kräftig. »Was ist mit ihm? Wieder unterwegs?« Sein italienischer Akzent war nicht zu überhören.

Lisa nickte, beschloss ihr Anliegen sofort vorzutragen. »Er hat mich gebeten, zu Ihnen zu gehen.«

Unmittelbar hinter ihr begann plötzlich ein Kind lauthals zu schreien. Erschrocken drehte sie sich um. Ein kaum mehr als drei Jahre alter Junge stand mit vor Zorn verzerrter Miene vor der *McDonald's*-Filiale, zeigte mit weit ausgestreckter Hand auf eines der farbigen Plakate, das knusprige Fleischbällchen avisierte, stampfte mit beiden Füßen auf den Boden. Sein Gebrüll schwoll an wie das Heulen einer Sirene. »Des do will i«, glaubte Lisa zu verstehen. Sie sah, wie eine junge Frau mit hochrotem Gesicht auf den Jungen zueilte, ihn kopfschüttelnd an der Hand packte und von dem Plakat wegzerrte. Das Schreien verstärkte sich, drohte hysterische Formen anzunehmen. Die junge Mutter reagierte nicht darauf, zog ihren Sohn mit sich. Erst als sie die Marktstation verlassen hatten, war wieder an eine normale Unterhaltung zu denken.

Lisa schüttelte den Kopf, wandte sich dem Mann hinter der Theke zu. »Joschka hat Fieber«, sagte sie kurz.

»Joschka?« Ihr Gesprächspartner schien nicht zu verstehen.

»Ich soll das Material holen.«

»Ach so. Das Päckchen.« Er nickte, eilte zu dem Wandschrank am anderen Ende der Theke, zog ein dünnes Kuvert vor. »Mein Handy ist kaputt«, sagte er, »deswegen. Martin kann mich nicht erreichen.«

Sie nahm das Kuvert in Empfang, bedankte sich. Ein Mann hatte sich wartend neben ihr aufgebaut, zeigte auf eines der belegten Brötchen. »Zwei Stück«, erklärte er mit kräftiger Stimme, »aber nur mit Käse.«

Lisa sah, dass weitere Kunden auftauchten, verabschiedete sich.

Der Verkäufer reichte ihr wieder die Hand. »Liebe Grüße an Martin«, sagte er, »ich freue mich, wenn er mich wieder besucht.«

Sie nickte ihm freundlich zu, betrachtete das Kuvert. Es hatte die Größe einer normalen Diskette, war bereits mit Briefmarken versehen und an Martin Gronau, *IntercityHotel*, Postfach, in Hamburg-Altona adressiert. Sie spürte deutlich die Polsterung, die den Inhalt vor unangemessener Handhabung schützen sollte, steckte das Päckchen in ihre Hosentasche, verließ dann die Marktstation und trat in die Bahnhofshalle.

»Der Intercityexpress aus Berlin fährt jetzt auf Gleis 8 ein«, verkündeten die Lautsprecher.

Der Mann stand ihr plötzlich, wie aus dem Boden gewachsen, mitten im Weg. Sie erkannte ihn sofort. Die dunkle Lederjacke, die leicht nach vorne gebeugte Gestalt, sie hatte ihn bereits zweimal hinter sich bemerkt.

»Her damit, sofort!«

Er sprach mit Akzent, betonte die Worte nicht korrekt. Welchem Land sein Slang zuzuordnen war, vermochte Lisa in der kurzen Zeit nicht zu entscheiden. Sie war viel zu schockiert vom drohenden Lauf der Pistole, der vorne aus seiner Jacke ragte und direkt auf ihre Brust zielte.

7. Kapitel

Steffen Braigs Stimmung war auf dem absoluten Nullpunkt angelangt. Die drastische Verschlechterung des Gesundheitszustandes Ann-Katrin Räubers, ihre erneute Operation, der brutale Mord an Christina Bangler, deren mutwillig zerstörtes Gesicht ihn seit seinem ersten Anblick am Waiblinger Fundort ununterbrochen begleitete, die Wut über die anstrengende, vollkommen sinnlose, bis in die Nacht reichende Plackerei auf der Suche nach dem angeblich vermissten Manager am Tag zuvor und die Begegnung mit den Adoptiveltern der getöteten jungen Frau hatten ihm jeden Gedanken an ein wenigstens in Ansätzen sinnvolles Dasein dermaßen verleidet, dass er nahe daran war, sich in depressive Grübeleien zu flüchten. Die Nebelschwaden, die in unnachgiebiger Beharrlichkeit dafür sorgten, dass es den ganzen Tag nicht einem einzigen Sonnenstrahl gelang, zur Erdoberfläche durchzudringen, um die vierundzwanzigstündige Dämmerung wenigstens für ein paar Stunden oder Minuten zu unterbrechen, schien ein Spiegel seiner seelischen Verfassung. Wozu die ganze Arbeit, weshalb die unaufhörlichen Bemühungen, wenn jeder Tag nur immer wieder neue Rückschläge brachte?

Braig spürte seinen hungrigen Magen, fühlte seine Kopfschmerzen. Seit Tagen hatte er sich – wieder einmal – keine vernünftige Mahlzeit gegönnt, war mit trockenen Brötchen und lieblos in sich hineingestopften belegten Broten, kalten Pizzastücken oder Schokoriegeln zufrieden gewesen. Was hatte es gebracht?

Er dachte an die Begegnung mit Robert Bangler, dem Adoptivvater des jungen Opfers, den er in dessen Mittagspause in seinem Büro aufgesucht hatte. Der Mann war ihm auf Anhieb unsympathisch gewesen. Der gleiche wehleidige Gesichtsausdruck wie bei seiner Frau, das gleiche unbegreifliche Gefasel vom satanischen Lebensstil der Ermordeten, wie er es vorher schon in Schwaikheim über sich hatte ergehen lassen müssen.

Ein perfektes Paar, war er sich klar geworden, beide zu Hause in einer Welt bigotten Wahns. Je länger der Mann den angeblichen Irrweg seiner abtrünnigen Tochter in drastischen Worten geschildert hatte, desto stärker war Braigs Widerwille angewachsen, sich die absurde Vorstellung noch länger anzuhören. Die Kindheit der beiden adoptierten Mädchen musste über weite Strecken hinweg zu einem psychischen Martyrium ausgeartet sein – ein Wunder nur, dass sie nicht schon früher aus dem unsichtbaren Gefängnis ausgebrochen waren.

Robert Bangler war Mitte fünfzig, hatte ein breites, rundliches Gesicht und graue Stoppelhaare auf dem Kopf, deren Bürstenschnitt ihm ein militärisch anmutendes Aussehen verlieh. Er arbeitete in der Verwaltung einer Versicherung nahe dem Fellbacher Bahnhof, hatte die von seinem Besucher übermittelte Todesbotschaft mit heftigem Kopfnicken schweigend entgegengenommen, geradeso, als habe er sie aufgrund des falschen Lebenswegs der bösen Tochter längst erwartet. Unmittelbar darauf war er in einen Monolog verfallen: wehleidiges Gejammer über die schlimmen Verfehlungen der Ermordeten; bar jeden Mitgefühls, wie es Braig erschien.

Der Kommissar hatte, bedrängt von stechenden Kopfschmerzen, seine wachsende Abscheu gespürt und keinen Grund gesehen, dem Mann weiterhin höfliche Rücksichtnahme vorzuheucheln, war ihm mitten ins Wort gefallen.

»Ihre Frau hat Sie nicht angerufen, Sie von meinem Besuch und dessen Anlass informiert?«

»Nein.« Bangler hatte seinen Kopf geschüttelt, dazu völlig unbeteiligt aus dem Fenster geblickt. »Weshalb sollte sie?«

Braig war es schwer gefallen, ruhig auf seinem Stuhl sitzen zu bleiben. »Wer kann es getan haben?«, hatte er in unüberhörbar schroffem Tonfall gefragt, »wo müssen wir Ihrer Meinung nach den Täter suchen?«

Banglers Augen waren ohne jedes Verständnis geblieben. »Was spielt das für eine Rolle?«

»Haben Sie kein Interesse daran, den oder die hinter Gitter zu bringen, die Ihre Tochter auf dem Gewissen haben?«

»Sie ist nicht mehr meine Tochter.« Der Mann hatte nicht einmal mehr ihren Vornamen ausgesprochen. »Es war ihre eigene Entscheidung, uns zu verlassen.«

Braig war fluchtartig aufgebrochen, nachdem er Robert Bangler wenigstens den letzten Aufenthaltsort der Ermordeten hatte entlocken können. »Beutelsbacher Straße in Endersbach.«

Er hoffte, dem Mann und seiner Frau nicht mehr gegenübertreten zu müssen. Was war das für eine religiöse Überzeugung, die Menschen nur Mitgefühl und Interesse zukommen ließ, solange sie dem eigenen, weltabgewandten Klüngel angehörten? Andersdenkende blieben ausgeschlossen, verdienten nicht einmal als Familienangehörige Aufmerksamkeit und Respekt. Sie wurden als »dem Satan verfallen« diffamiert und mit unerbittlicher Schärfe als minderwertige Sünder gebrandmarkt.

Braig hatte Mühe gehabt, den Zorn und den Frust über soviel Ignoranz zu bändigen. Mit rasenden Kopfschmerzen und bohrendem Hunger war er auf die Straße getreten, empfangen von dem feuchtkalten Nebelmeer, das an diesem Tag das ganze Land unter sich begrub. Er wusste nicht, was schlimmer war: die depressive Stimmung in seinem Inneren oder die jeder Lebensfreude abholde Wetterlage draußen.

Unterhalb des Fellbacher Bahnhofs blieb er stehen, griff nach seinem Handy, ließ sich mit Ann-Katrins Mutter in Ludwigsburg verbinden. »Wie geht es ihr?», fragte er direkt.

»Sie schläft immer noch«, antwortete Irene Räuber, »sie sagen, wir müssen ihr Zeit lassen.«

»Du warst dort?«

»Bis kurz nach elf. Ich bin gerade gekommen. Es geht über meine Kraft. Ich benötige Abstand. Theresa ist bei ihr. Sie will bis heute Abend bleiben.«

Braig kannte Ann-Katrins Schwester gut, hatte sich oft mit ihr unterhalten. »Ich werde ebenfalls nach ihr schauen«, sagte er. »Sobald ich mich von hier lösen kann.«

»Du hast einen neuen Fall?«

»Eine junge Frau. Heute Nacht in Waiblingen. Mir reicht es wieder voll und ganz.« Mehr brauchte er ihr nicht zu sagen. Sie kannte ihn inzwischen gut genug, um zu verstehen, was seine Worte zu bedeuten hatten.

Er wünschte ihr alles Gute, steckte das Handy weg. Eine Gruppe laut miteinander schwatzender Frauen trat jenseits der Straßenkreuzung aus einem Lokal, wartete an der Ampel. Nebelschwaden tauchten die gegenüberliegende Häuserfront in ein unwirkliches Licht.

Braig fühlte sich matt und verbraucht, spürte die Krämpfe in seinem Magen. Er trat zwei Schritte zurück, weil die Abgase der vorbeifahrenden Autos wie ätzende Säure in seine Lungen drangen, sah die dicken Lettern an der Fassade jenseits der Straße: *Restaurant Pizzeria Fellbacher Eintracht*. Seine Entscheidung fiel ohne jedes Zögern. Er wartete, bis die Ampel auf Grün sprang, überquerte die Straße, betrat das Lokal. Es war gut besetzt; Angestellte der umliegenden Firmen bevölkerten mehrere Tische.

Braig fand einen freien Platz, ließ sich die Speisekarte geben, bestellte Pizza funghi, dazu Cola. Er versuchte, die Sorge um Ann-Katrin und das entstellte Gesicht Christina Banglers sowie die Begegnung mit den Adoptiveltern der Ermordeten zu vergessen und sich aufs Essen zu konzentrieren. Eine Aufgabe, die nicht zu bewältigen war.

Die Frage, warum Glück und Unglück im Leben so ungleichmäßig verteilt waren, beschäftigte ihn seit den Ereignissen dieser Tage aufs Neue. Weshalb hatte Ann-Katrin seit ihrer schweren Schussverletzung vor zwei Jahren keine Chance, endlich wieder gesund zu werden? Wer war Schuld, dass sich ihr Zustand so verschlechtert hatte, dass eine erneute Operation unumgänglich war? Warum konnte auch dieser Eingriff nicht ohne Komplikationen verlaufen?

Braig schnitt seine Pizza lustlos in kleine Stücke. Weshalb hatten die einen Glück, die anderen Pech? Eine Gruppe junger Männer ein paar Tische weiter lachte laut. Braig sah auf, beobachtete, wie sie einander zuprosteten. Ihre Gesichtszüge waren vor lauter Vergnügen in tausend Falten gelegt. Warum ging es den einen gut, den anderen schlecht?

Braig schrak erst aus seinen Gedanken, als sein Handy piepste. Er wischte seine Hände sauber, griff nach dem Apparat.

Katrin Neundorf war in der Leitung.

»Wie geht es dir?«, fragte er überrascht. Sie war vor acht Tagen ihres geplatzten Blinddarms wegen im Waiblinger Krankenhaus operiert worden, in buchstäblich letzter Sekunde, wie ihr die behandelnden Ärzte später mitgeteilt hatten.

»Ich bin wieder gesund«, erklärte sie, »fast jedenfalls.«

»So schnell?«, fragte Braig. Er hatte sie vor drei Tagen an ihrem Krankenbett besucht, wunderte sich über ihre rasche Genesung.

»Gestern wurde ich entlassen. Ich fühle mich bedeutend besser.«

Sie erkundigte sich nach den aktuellen Ereignissen, ließ sich von ihm über den Mord und seine bisherigen Ermittlungen informieren.

»Erika und Robert Bangler«, erklärte er, »sei froh, dass du nicht dabei warst.«

Neundorfs Stimme wurde hart. »Schwäbische Heilige. Haben wir nicht genügend Exemplare in den letzten Jahren kennen gelernt? Die sprießen an allen Ecken in unserem Ländle.«

»Ich hoffe nur, dass es mir erspart bleibt, ihnen noch einmal gegenübertreten zu müssen.«

»Du hast den letzten Aufenthaltsort der Toten ermittelt?«

»Endersbach. Ich hoffe, ich kann dort jemand erreichen.«

Er verabschiedete sich von Neundorf, wählte die Nummer, die Robert Bangler ihm gegeben hatte. »Die leben mit einer ganzen Horde zusammen«, erinnerte er sich an die abfälligen Worte des Mannes, »Sodom und Gomorrha.«

Braig wusste nicht, was er mehr verabscheuen sollte: das krankhafte Selbstbewusstsein dieser frommen Heiligen, besser zu sein als andere, oder die Arroganz, mit der sie den Lebensstil Fremder in den Schmutz zogen. Er starrte trübsinnig durch die Scheibe der Pizzeria in die Nebelwolken draußen, hatte plötzlich eine Frauenstimme am Ohr.

»Michaela. Wer ist da?«

Braig musste sich erst aus seinen Gedanken reißen. »Christina Bangler. Ich rufe an wegen ihr.«

»Christina ist nicht da. Kann ich etwas ausrichten?«

»Ihre Schwester. Wohnt die bei Ihnen?«

»Rebekka? Ja. Aber die arbeitet jetzt. Vor sechs Uhr ist sie kaum zu erreichen.«

»Und wer sind Sie?«

Die Frau am anderen Ende stockte. »Was geht Sie das an?«

»Mein Name ist Braig. Ich bin Kommissar beim Landeskriminalamt.«

»Polizei? Verstehe ich das richtig?«

»Ja.«

»Was haben wir mit der Polizei zu tun?«

»Es geht um Christina«, sagte er, »kennen Sie sie?«

»Ich werde sie nicht kennen!«, antwortete die Frau. »Wir leben seit einem halben Jahr zusammen hier in unserer WG. Da lernt man sich kennen, allerdings. Was ist mit Christina?«

Braig zögerte, schaute auf seine Uhr. Kurz nach eins. Fellbach lag nur wenige Kilometer von Endersbach entfernt. »Ich würde es Ihnen gern persönlich erklären. Kann ich bei Ihnen vorbeikommen, jetzt, in einer halben Stunde etwa?«

Seine Gesprächspartnerin versuchte erst ihn abzuwehren, wies darauf hin, dass sie krank sei und im Bett liege, gab dann aber nach, als er auf seinem Besuch bestand und erklärte ihm, wo die Beutelsbacher Straße zu finden sei.

Keine dreißig Minuten später stand er vor dem Haus. Er hatte die nächste S-Bahn nach Endersbach genommen, die Wohnung dann knapp dreihundert Meter vom Bahnhof entfernt erreicht.

Michaela Schneitter war eine junge, zur Korpulenz neigende Frau mit langen, dunklen Haaren, führte Braig in einen roten Hausanzug gehüllt ins gemeinsame Esszimmer der von insgesamt vier Leuten bewohnten WG, bot ihm dort einen Stuhl an. Er hatte sich ausgewiesen, sich für seine Hartnäckigkeit entschuldigt, die Vier-Zimmer-Wohnung neugierig begutachtet.

»Vier Zimmer für vier Leute?«, fragte er. »Wie kommen Sie da zu einem gemeinsamen Raum?«

»Christina und Rebekka leben zusammen in einem Zimmer«, erklärte sie. »Rebekka kam überraschend zu uns. Sie war nicht eingeplant.«

»Ist das nicht zu eng?«

Michaela Schneitters Antwort kam blitzschnell. »Es ist auf jeden Fall besser als das Irrenhaus, aus dem sie davonliefen. Da spielen Quadratmeter keine Rolle.«

Braig nickte mit solcher Überzeugung, dass sie ihn kritisch anstarrte.

»Sind Sie etwa von ihren Alten beauftragt?«

»Nein«, sagte er, »nein.« Er hob seine Hände, wehrte ihre Vermutung so eindringlich ab, dass sich ihr Blick leicht entspannte.

»Christina ist tot«, erklärte er dann. »Deshalb bin ich hier.«

Die junge Frau reagierte wie die Personen in einem in Zeitlupe ablaufenden Film. Sie riss ihre Augen weit auf, schaute Braig fragend an. »Christina ist ...« Sie schüttelte den Kopf, öffnete den Mund, atmete schwer, verfiel in ein ängstliches Schluchzen, behielt ihren Besucher dabei immer im Blick. »Christina?«

Er nickte, blieb ruhig.

»Aber das«, sie stotterte, »das kann doch nicht sein!«

Zum ersten Mal während dieser Ermittlungen erfuhr Braig deutliches Mitgefühl. Was er bei beiden Elternteilen so schmerzlich vermisst hatte, wurde Christina Bangler hier umso vehementer zuteil: Anteilnahme, unverhohlene persönliche Betroffenheit. Endlich schien ihr Schicksal einen Menschen zutiefst zu berühren.

Michaela Schneitter war in Tränen ausgebrochen, gab sich ohne Scheu ihren Gefühlen hin. Sie schüttelte den Kopf, setzte an zu einer Frage, war unfähig, die Worte aus sich herauszulassen.

Braig ließ ihr Zeit, wartete, bis sie imstande schien sich zu äußern.

»Wie ist es ...?« Ihre Stimme versagte, erstickte in neuem Schluchzen.

Er griff zu einer Packung Papiertaschentücher, die auf dem Fensterbrett an seiner Seite lagen, reichte sie ihr, schaute weg, solange sie die Tränen abtupfte. »Wann haben Sie Christina zum letzten Mal gesehen?«, fragte er. Er wollte noch nicht auf den schrecklichen Tod der Ermordeten eingehen, weil er fürchtete, seine Gesprächspartnerin könne dann vollends die Kontrolle über sich verlieren und wäre vorerst zu keiner weiteren Auskunft mehr fähig.

»Ich?«

Er nickte, wartete auf ihre Antwort.

Sie überlegte, benötigte einige Sekunden, bis sie einen klaren Gedanken fassen konnte. »Gestern. Gestern Abend.«

»Hier in der Wohnung?«

Michaela Schneitter nickte. »Wir haben zusammen gegessen.«

»Um wie viel Uhr ungefähr?«

»Gegen sechs. Oder kurz danach.«

»Und dann?«

»Christina wollte nach Stuttgart. Sie traf sich mit einer alten Freundin, einer ehemaligen Mitschülerin.«

»Wissen Sie ihren Namen?«

Die junge Frau überlegte, wischte über ihr Gesicht. »Corinna«, sagte sie dann, »aber mehr weiß ich leider nicht. Sie müssen Rebekka fragen, die kennt sie.«

Braig nickte, erkundigte sich nach dem Beruf und der Arbeitsstelle der Ermordeten.

»Sie jobbt bei der Post in Waiblingen. Im Verteilzentrum direkt am Bahnhof. Heute hat sie ihren freien Tag.«

»Und was macht ihre Schwester?«

»Genau dasselbe. Christina hat ihr die Stelle besorgt. Rebekka hat die Schule abgebrochen, als sie zu uns herzog. Obwohl wir sie alle drei bestürmten, bis zum Abi zu bleiben. Sie ließ sich nicht erweichen.«

»Wie alt ist sie?«

»Neunzehn. Sie war in der 13. Klasse. Nächsten Juni hätte sie ihr Abitur gehabt.«

»Sie können sie nicht verstehen?«

»Doch. Ein Stück weit schon. Sie wollte alle Verbindungen zu ihrem bisherigen Leben abbrechen. Alle. Obwohl der Wahnsinn, den sie hinter sich haben, Rebekka und Christina«, sie unterbrach kurz ihren Redefluss, schaute Braig betroffen an, sprach dann langsam weiter, »obwohl dieser Wahnsinn allein auf ihre Alten zurückgeht und mit der Schule überhaupt nichts zu tun hat. Wenn Sie ihre Adoptiveltern kennen würden, könnten Sie sie verstehen. Unter Garantie.«

»Ich habe sie getroffen, heute Morgen«, sagte er, »die Mutter und den Vater.«

»Und?«

»Ersparen Sie mir bitte, mich dazu zu äußern.«

Michaela Schneitter nickte. »Sie müssen neu anfangen, vollkommen neu. Rebekka und Christina. Beide.« Sie merkte, was sie gesagt hatte, begann wieder zu weinen. Tränen liefen über ihre Wangen. »Wie ist es passiert?«

»Sie wurde ermordet. Heute Nacht.«

»Ermordet?« Sie starrte ihn ungläubig an, wie einen Besucher von einem fremden Stern, schluckte heftig. »Aber wer, wieso?«

»Wir wissen es nicht«, antwortete Braig, »wir haben überhaupt keinen Anhaltspunkt.«

Sie schüttelte heftig den Kopf, schluckte, schien zu ersticken. »Ihre Alten«, stieß sie schließlich hervor, »ihre Alten oder irgendeiner aus diesem frommen Haufen.«

Braig horchte auf. »Ihre Eltern?«

»Mord? Wer denn sonst?« Sie versuchte, sich die Augen trocken zu wischen, zog ein neues Taschentuch aus der Packung. »Was glauben Sie, wie die sie bedroht und bedrängt haben? Ununterbrochen. Können Sie sich vorstellen, was bei uns los war, die ersten Wochen nach Rebekkas Einzug?«

»Von welchen Drohungen sprechen Sie?«

»Von welchen Drohungen?« Michaela Schneitter faltete das neue Papiertaschentuch auseinander, rieb sich übers ganze Gesicht. Ihre Augen schienen immer noch wässrig verschleiert. »Zwei, drei Tage nach ihrem Umzug. Das Telefon läutete ohne Unterbrechung, Tag und Nacht. Und dann stand ihr Alter vor unserer Tür, samt Verstärkung.«

»Robert Bangler?« Braig war völlig überrascht. Er hatte nicht damit gerechnet, dass der Mann den von ihm als »Sodom und Gomorrha« bezeichneten Ort persönlich aufsuchen würde. »Er war hier?«

»Drei oder vier Mal. Zum Schluss sogar mit einem anderen Heiligen aus diesem Haufen.«

»Wen meinen Sie?«

»Was weiß ich? Fragen Sie Rebekka oder Caroline, die wissen Bescheid.«

»Und was wollte er?«

»Sie vom ›Weg des Verderbens wegholen, aus den Klauen des Satans befreien‹.« Michaela Schneitter hatte ihre Stimme verstellt, amte den Tonfall Robert Banglers verblüffend realitätsnah nach. »Wenn ihre Schwester schon nicht mehr zu retten war, sollte wenigstens Rebekka dem Bösen entrissen werden.«

»Er äußerte keine konkreten Drohungen?«

Seine Gesprächspartnerin stieß ein schrilles Lachen aus. »Sie sind gut. Der Typ war außer sich, als Rebekka nicht nachgab. Er schrie und tobte, verlor völlig die Kontrolle, bis wir ihr zu Hilfe eilten. Hier, in diesem Zimmer«, sie zeigte auf den Stuhl neben Braig. »Rebekka saß am Tisch, die wütende Bestie hinter ihr, als wir das Schreien hörten. Der Kerl hatte ihr die Hände um den Hals gelegt, ich sehe ihn noch genau vor mir, seinen hasserfüllten Gesichtsausdruck. Wer weiß, was damals passiert wäre, wenn wir nicht ...«

»Wann war das?« Braig fiel ihr mitten ins Wort, starrte sie aufmerksam an.

»Ich weiß nicht mehr genau. Vor vier, fünf Wochen etwa.«

»Er hatte die Hände um ihren Hals gelegt?«

»Fragen Sie Rebekka. Die Abdrücke seiner Finger waren deutlich zu erkennen.«

»Haben Sie Anzeige erstattet?«

»Anzeige? Sie sind gut. Das würde Christina nie erlauben. Sie will die Sache nicht an die Öffentlichkeit bringen, jedes unnötige Aufsehen vermeiden. Auch wenn der Alte sie für die Hauptverantwortliche hält und Rebekka nur aus ihrem Einflussbereich entfernen will, würde Christina es nie zulassen, gegen die zwei verrückten Alten vorzugehen. Ich glaube, sie sieht sie irgendwie selbst als Opfer. Opfer dieses beknackten Vereins. ›Immerhin haben sie fast zwei Jahrzehnte lang die Elternrolle für uns übernommen‹, sagt sie immer.« Sie stockte, schaute Braig betroffen an. Ohne es zu merken, hatte sie die ganze Zeit immer noch im Präsens von ihrer Mitbewohnerin gesprochen, als sei diese noch am Leben.

»Robert Bangler hält Christina für die eigentlich Verantwortliche«, hielt Braig fest. »Und Rebekka ist seiner Ansicht nach nur deshalb auf den falschen Weg geraten, weil ihre ältere Schwester sie dazu verleitet hat?«

»Auf jeden Fall. Christina ist«, sie schluckte, verbesserte sich dann, »war die Böse. Der Satan hat sie als Lockvogel auserkoren. Und Rebekka ist ihr voll auf den Leim gegangen, genauso wie Eva, die sich im Paradies von der Schlange verführen ließ. Das sind *seine* Worte, nicht meine.«

Braig starrte auf den Stuhl neben sich, versuchte sich vorzustellen, was hier vor wenigen Wochen geschehen war. Robert Bangler, der fromme Heilige, außer sich vor Wut. Hass auf das angeblich lasterhafte Leben seiner Töchter. Wochenlang aufgestauter Frust in seinem Inneren, Rebekka, die Abtrünnige, vor ihm. Besinnungslos vor Wut hatte er sie gepackt, ihr die Hände um den Hals gelegt.

Braig dachte an seinen Besuch bei der Versicherung, versuchte sich den Körperbau Banglers in Erinnerung zu holen. Der Mann war kräftig, ohne Zweifel. Ein gefühlsmäßig schnell außer Kontrolle geratender, vielleicht gar jähzorniger Typ?

Nach allem, was er bisher gehört hatte, leicht möglich. Nicht auszudenken, was passiert wäre, hätten die anderen Bewohnerinnen der WG nicht den Raum betreten.

War der Mann heute Nacht in Streit mit seiner älteren Tochter geraten? Braig hatte das Bild der Ermordeten deutlich vor Augen. Die bis zur Unkenntlichkeit zerkratzten Wangen, das seltsam verrenkte, völlig zertrümmerte Kinn. »Da hat sich einer in einen wahren Blutrausch gesteigert«, hatte der Arzt formuliert, »ein eifersüchtiger Liebhaber vielleicht.«

War Robert Bangler dieser Mann? Der eifersüchtige, verlassene Liebhaber?

Nicht im körperlichen, sexuellen Sinn, wohl aber im psychischen. Hatte er seine ältere Tochter als die in seinen Augen für das Zerbrechen seiner Familie Hauptverantwortliche zur Rechenschaft gezogen, für ihre schlimme Tat bestraft?

Braig wusste, was nun folgte, auch wenn er sich noch so sehr dagegen sträubte. Er musste Rebekka Bangler aufsuchen und sie wegen der Ereignisse der letzten Wochen befragen und sich dann erneut ihren ehemaligen Adoptivvater vornehmen, so wenig Sympathie er dem Mann auch entgegenbrachte. Mörder waren im Allgemeinen nun mal keine sonderlich sympathischen Existenzen.

8. Kapitel

Lisa Neumann stand wie erstarrt inmitten der Menschenmenge, stierte mit ungläubigen Augen auf den Mann vor sich. Mit allem hatte sie gerechnet, nicht jedoch mit dieser unverblümten Attacke. Kreuz und quer war sie durch den Bahnhof gerannt, hatte sich blitzschnell umgedreht, die Umgebung abgesucht, nichts Auffälliges entdeckt, sich stattdessen von Minute zu Minute sicherer gefühlt. Und jetzt stand er plötzlich, wie aus dem Boden gewachsen, direkt vor ihr.

»Den Umschlag!«, zischte er.

Sie starrte auf den Lauf einer Pistole, die zwei, drei Zentimeter weit aus seiner Jacke ragte, sah das nervöse Zucken seiner Hand, mit der er die Waffe hin und her bewegte. Links und rechts eilten Menschen an ihr vorbei, startende Züge oder einen der vielen Läden des Bahnhofs als Ziel. Gab es eine Chance, dem Mann zu entkommen?

Es schien, als habe er ihre Gedanken erraten. »Los, her damit!«

Seine Bewegungen wurden hastiger, die Stimme aggressiver. Der Lauf der Pistole schwankte hektisch auf und ab. Der Mann drohte die Kontrolle über sich zu verlieren.

Lisa schaute auf, blickte mitten in sein Gesicht. Schmale, verschlagene Augen. Das rechte Lid zuckte nervös, zwei tiefe Falten auf der Stirn unterstrichen seinen gewalttätigen Ausdruck. Der Typ schien zu allem fähig: ein Risiko einzugehen, viel zu gefährlich.

Sie verlor jeden Gedanken an Gegenwehr, griff in ihre Hosentasche, tastete nach dem Kuvert. Der Mann verfolgte argwöhnisch ihre Bewegung, bemerkte ihre Resignation.

Sie sah, wie sich sein Blick leicht zu entspannen schien, ein hämisches Grinsen von ihm Besitz ergriff.

Ein aus Leibeskräften brüllender, der Kontrolle seiner Mutter völlig entglittener Junge prallte ihm genau in dem Moment in den Leib, als Lisa das Kuvert in ihrer Hosentasche ertastete. Der Mann wurde zur Seite gestoßen, die Waffe schlug unmittelbar vor ihren Füßen auf den Boden. Entgeistert starrte sie auf das helle, glänzende Metall. Das Schreien des Jungen setzte nur für den Bruchteil einer Sekunde aus. Der zornige Wildfang grapschte nach der Pistole, fiel der Länge nach über den rechten Fuß des strauchelnden Verbrechers. Kreischend schlug er auf dem Boden auf und riss Lisa damit aus ihrer Trance. Was sie so geistesgegenwärtig reagieren ließ, wusste sie später nicht mehr zu erinnern. Bevor der Mann nach der Waffe greifen konnte, stieß sie sie mit einem kräftigen Tritt von sich weg. Das gefährliche Ding glitt mit einem leichten Knirschen über den Boden der Bahnhofshalle, verschwand mitten in einem dichten Pulk von Passanten.

Lisa nutzte die unverhoffte Chance. Sie sprang über den ungezogenen Jungen, kämpfte sich mitten durch die Menschenmenge. Wütende Stimmen, Schimpfworte, Verwünschungen schallten hinter ihr her. Sie rannte quer durch die Halle, sah die erschrockenen Gesichter der ihr entgegeneilenden Passanten, versuchte auszuweichen, sich zwischen den den Gleisen Zustrebenden durchzulavieren. Wenige Meter hinter der Buchhandlung prallte sie auf eine ältere, mit zwei Taschen beladene Frau, warf sie zur Seite. Sie schaute sich nicht um, rannte einfach weiter, zeterndes Gekeife hinter sich. Der Bahnhofslautsprecher kündigte die Ankunft verschiedener Züge an, wies auf eine zusätzliche Fahrtmöglichkeit hin.

Lisa achtete nicht auf den Inhalt der Worte, erreichte das Ende der Halle. Sie beschloss, den Ausgang zum Busbahnhof zu nehmen, rannte auf die schmale Treppe zu. Im selben Moment öffnete sich die Fahrstuhltür des Bahnhofsturms. Sie reagierte blitzschnell, spurtete nach links, warf sich zwischen den sich schließenden Türen in den Lift.

Ein älteres japanisches Paar betrachtete sie stirnrunzelnd, als der Fahrstuhl in die Höhe schoss. Abgekämpft lehnte sie in der

Ecke, wischte sich den Schweiß von der Stirn. Sie hoffte, ihrem Verfolger endgültig ein Schnippchen zu schlagen, konnte sich nicht erinnern, den Mann in den letzten Sekunden ihrer Flucht noch wahrgenommen zu haben.

Der Lift fuhr ohne Halt bis zum obersten Stockwerk, kam dann abrupt mit leichtem Schwanken zum Stehen. Sie wartete, bis das japanische Ehepaar ausgestiegen war, trat in den Gang, hatte den würzigen Kaffeeduft sofort in der Nase. Die Tür zum Turmbistro stand einen Spaltbreit offen. Lisa sah das japanische Ehepaar die Stufen zur Aussichtsplattform hinauf verschwinden, entschloss sich zum Besuch des Lokals.

Sie öffnete die Tür, betrat den Innenraum, sah, dass er nur spärlich besetzt war. Drei Frauen, ein junges Paar, zwei ältere Männer. Sie schaute zum Fenster, bemerkte die Lichter auf den umliegenden Höhen, deren Schein nur schemenhaft durch den Abendnebel drang. Neben ihr läutete die Glocke des zweiten Turmfahrstuhls, kündigte die Ankunft eines Lifts an. Sie stand genau davor, als die Tür zur Seite schwang, erstarrte vor Schreck: die hasserfüllte Miene des Mannes überzog sich innerhalb von Sekundenbruchteilen mit hämischem Grinsen.

»Den Umschlag«, zischte er, »her damit!« Der harte Akzent seiner Sprache war nicht zu überhören.

Lisa reagierte impulsiv. Sie drehte auf der Stelle um, sprang die Treppe hoch, öffnete die gläserne Außentür. Die Plattform war fast menschenleer, nur die beiden Japaner lehnten in einer Ecke vor dem hohen Metallgitter und starrten in die Tiefe. Von der Stuttgarter Innenstadt war nicht viel zu erkennen, allein das Lichtermeer verschiedener Kaufhäuser schimmerte bunt durch die Nebelschwaden. Die rings um den Talkessel aufragenden Höhenzüge ließen sich noch gerade schemenhaft erahnen.

Sie überquerte die Plattform, sprang auf die andere Seite, wo die Treppe nach unten führte. Der Mann stand wie aus dem Boden gewachsen vor ihr, als sie die Tür aufzog. Die verschlagen blickenden Augen, das zuckende Lid, sein hämisches Grinsen. Statt sie zu verfolgen, war er ihr entgegengelaufen.

»Den Umschlag!«

Sie spürte ihren Puls jagen, wich vor dem Mann zurück. Er folgte ihr, ließ sie nicht aus den Augen. Sie bewegte sich in die Richtung des japanischen Paares, wurde von ihrem Verfolger zur Seite gedrängt.

»Den Umschlag«, wiederholte er drohend.

Sie blickte sich um, erkannte die Aussichtslosigkeit ihrer Situation. Rings um die Plattform ein etwa drei Meter hohes, eng geschmiedetes Metallgitter, um Unfällen und Selbstmorden vorzubeugen, dahinter wabernde Nebelschwaden und das im Abenddämmer versunkene Zentrum Stuttgarts. Sie blickte in die Tiefe, erkannte einzelne Passanten, die wie Spielzeugfiguren durch die Fußgängerzone liefen und nach wenigen Augenblicken vom dichten Nebel verschluckt wurden.

Plötzlich spürte sie die Hand des Mannes. Er drückte sie ans Gitter, tastete ihre Hose ab. Sie schrie laut auf, versuchte die Japaner auf sich aufmerksam zu machen, sah die erschrockenen Blicke des Paares. »Hilfe«, kreischte sie, »bitte ...«

Der Mann schob sie gewaltsam zur Seite, hielt ihr die Hand über den Mund, drückte ihren Kopf nach hinten. Sie versuchte sich ihm zu entwinden, kam für Sekundenbruchteile wieder nach oben, sah das fremde Paar gerade noch im Eiltempo im Treppenhaus verschwinden. Ihre Wangen, von den Verletzungen der Nacht ohnehin noch lädiert, brannten wie Feuer. Sie hatte höllische Schmerzen, spürte die Tränen, die ihr aus den Augen rannen. Es hatte keinen Sinn, länger Widerstand zu leisten. Selbst wenn die Japaner Hilfe holen sollten, konnte der Verbrecher sie längst erledigt haben. Mit dem Kerl war nicht zu spaßen.

Sie wehrte sich nicht mehr, als er in ihre Hosentasche griff und nach dem Paket tastete. Er zog es gierig heraus, legte es auf dem Boden ab, packte sie erneut an ihrer Jacke, schob sie ein, zwei Meter weiter, direkt am Gitter entlang. Vor Überraschung gelähmt, leistete sie keinen Widerstand. Sie sah, wie der Mann in seine Hose griff, ihr ein Messer oder ein ähnlich großes Werkzeug entnahm und sich dann am Gitter zu schaffen machte. Sie ahnte, was er vorhatte, sah seine emsigen Bemühungen, mit denen er an einer der Metallstreben schraubte. Plötzlich ertönte unten, irgendwo in der Stadt, eine schrille Sirene. Sie starrte durch die Gitterstäbe hindurch, hatte nur dichte Nebelschwaden vor Augen. Das Geräusch in der Tiefe schwoll an, steigerte sich zu einem nervenaufreibenden Heulen. Lisa lauschte, hörte, wie sich die Sirene durch die engen Straßenschluchten bewegte. Bremsen quietschten, Autofahrer hupten in nervösem Stakkato. Dann erlosch die Sirene im Bruchteil einer Sekunde.

War das Auto im Wagenburgtunnel verschwunden? Sie kam nicht dazu, sich länger damit zu beschäftigen, weil ein neues Geräusch in ihre Ohren drang. Ein ohrenbetäubendes Quietschen in ihrer unmittelbaren Nähe. Erschrocken starrte sie zur Seite, sah, wie der Mann einen Teil des Metallgitters öffnete.

Sie begriff sein tödliches Unterfangen in dem Moment, als das Tor nach innen schwang und der dunkle Abgrund direkt vor ihr gähnte. Er packte sie an ihrer Jacke, schob sie zu dem neu geschaffenen Loch. Stuttgarts Innenstadt lag zu ihren Füßen. Vierzig, fünfzig Meter tiefer. Sie begann zu schreien.

9. Kapitel

Rebekka Bangler war eine auffallend schlanke, junge Frau mit bleicher Gesichtsfarbe und großen, dunklen Augen. Braig hatte sich telefonisch bei ihr vorgestellt und sie mit der Bemerkung, ihre Schwester habe einen Unfall erlitten, um einen schnellen Termin gebeten.

»Einen Unfall?«, hatte sie sofort gefragt. Der besorgte Tonfall ihrer Stimme war nicht zu überhören gewesen.

»Ich bin in zwanzig Minuten bei Ihnen.«

Sie hatte keinerlei Einwände dagegen erhoben, erwartete Braig in dunkelblauer Dienstmontur: Jacke, Hose, dazu helle Sportschuhe. Der Raum, in den sie ihn führte, war äußerst spärlich möbliert: Ein quadratischer Tisch mit grünen Metallbeinen, zwei dazu passende, unbequeme Stühle, ein Plakat an der Wand: *Kein Alkohol während der Arbeitszeit.*

Wenn das unser einziges Problem wäre, überlegte Braig, mein Leben wäre ein Traum.

»Was ist mit Christina?« Rebekka Bangler hatte ihn sofort bei seinem Eintreffen mit der Frage konfrontiert, wiederholte sie jetzt mit besorgter Miene, nachdem er sich genau vorgestellt und ausgewiesen hatte.

Er zögerte mit seiner Antwort, wollte ihr erst noch ein paar Informationen entlocken. »Sie war unterwegs, gestern Abend.«

Die junge Frau nickte.

»Sie wissen mit wem?«

»Christina traf sich mit Corinna, einer Klassenkameradin von früher. Sie haben sich seit dem Abitur nicht mehr gesehen.«

»In Stuttgart?«

»Das hatten sie vor, ja. Corinna studiert Biologie in Hohenheim. Sie wohnt, glaube ich, in Birkach. Was ist denn jetzt mit Christina?«

»Sie kennen diese Corinna näher?«

»Ja, klar. Ich war in derselben Schule: das Georg-Büchner-Gymnasium in Winnenden. Nur zwei Klassen unter den beiden. Wir gingen gerne hin, die Atmosphäre stimmte.«

Braig ließ sich den vollen Namen, die Adresse und Telefonnummer Corinna Fischers geben. »Haben Sie sich nicht gewundert, dass Christina heute Nacht nicht nach Hause kam?«

Rebekka Bangler schüttelte den Kopf. »Christina hat heute ihren freien Tag. Sie sagte, sie wolle bei Corinna übernachten. Die hat eine kleine Wohnung.«

Er schwieg einen Moment, überlegte, wie er der jungen Frau die schreckliche Nachricht einigermaßen schonend beibringen könne. Einigermaßen schonend. War das überhaupt möglich?

In Gedanken versunken schüttelte er seinen Kopf. Nein, das war nicht möglich. Der Tod kannte keine Rücksicht, keinen schonenden Umgang mit menschlichen Gefühlen. Er war der unerbittlichste, niemals wieder rückgängig zu machende Einschnitt in die menschliche Existenz.

»Wollen Sie mir nicht endlich sagen, was passiert ist?«

Braig sah die Angst im Gesicht seiner Gesprächspartnerin, spürte, dass er sie nicht länger hinhalten durfte. »Ihre Schwester hatte einen Unfall«, wiederholte er seine Worte vom Telefon, um nicht sofort mit der gesamten Tragweite des Geschehenen auf sie einzustürmen, »heute Nacht.«

»Was für einen Unfall?«

»Sie wurde überfallen.«

Rebekka Bangler erbleichte sichtbar. »Sie ist verletzt?«

Braig schwieg einen Moment, rang nach Worten. »Schlimmer«, sagte er.

»Christina?«

Er nickte.

»Aber doch nicht?« Ihr Gesichtsausdruck ließ erkennen, dass sie seine schlimme Botschaft ahnte.

»Sie ist tot«, sagte er, »so Leid es mir tut.«

Sie starrte ihn an, rang nach Luft, kippte dann, ohne ein weiteres Wort zu sagen, seitwärts vom Stuhl. Braig sprang auf, warf sich ihrem Körper entgegen, fing ihn auf, bevor sie sich verletzen konnte. Er streckte seine Arme aus, barg ihren Kopf in seinen Händen. Sie atmete röchelnd, bewegte lautlos ihre Lippen.

Braig schälte sich aus seiner Jacke, warf sie auf den Boden, ließ die junge Frau vorsichtig darauf nieder. Sie war leicht wie ein schlecht ernährtes Kind, wog kaum mehr als vierzig Kilogramm. Ihr bleiches Gesicht hatte den letzten Rest Farbe verloren, glich in seiner Leblosigkeit dem Aussehen verstorbener junger Menschen, wie er sie schon so oft in den letzten Jahren hatte ansehen müssen.

Er tätschelte ihre Wangen, versuchte, sie wieder zu Bewusstsein kommen zu lassen, spürte die wachsende Verzweiflung, die ihn selbst übermannte. Weshalb war er dazu verurteilt, ständig Hiobsbotschaften zu überbringen, die Menschen Schmerz und Leid in einem Ausmaß zufügten, das selbst von einer gesunden Psyche kaum zu bewältigen war?

Das Verhältnis Rebekka Banglers und ihrer Schwester musste eng gewesen sein, soviel wurde aus dem Zusammenbruch der Frau deutlich: Ihre Ohnmacht war nicht simuliert, ihre Reaktion auf seine schlimme Botschaft kein Spiel. Nein, die junge Frau hatte einen der wichtigsten Menschen ihres Lebens verloren, das war Braig klar, vielleicht sogar *den* wichtigsten.

Er sah, wie sie den Mund bewegte, irgendwelche unverständlichen Worte stammelte, dann mit heftigem Blinzeln die Augen aufschlug.

Sie schaute überrascht zu ihm auf. »Was, wer sind Sie?«

Er reichte ihr die Hand, half ihr, in die Höhe zu kommen.

Plötzlich wusste sie wieder Bescheid. »Christina«, fragte sie mit flüsternder Stimme, »ist sie wirklich ...?«

Braig nickte.

»Warum?«

»Ich weiß es nicht.« Er wollte nicht genauer auf das Geschehene eingehen, war sich darüber klar, dass die junge Frau Ruhe benötigte, um den erlittenen Schock zu verarbeiten.

»Was ist passiert?«

»Später«, antwortete Braig, »ich werde es Ihnen später erzählen. Sie müssen erst wieder zu sich selbst finden.«

Sie betrachtete ihn mit großen Augen, hatte Schwierigkeiten, die Bedeutung seiner Worte zu verstehen. »Was soll ich tun?«, fragte sie.

»Ich schlage vor, Sie gehen nach Endersbach. Ihre Mitbewohnerin, Frau Schneitter, ist zu Hause. Sie ist krank. Ich werde sie verständigen, einverstanden?«

Braig wartete, bis er ihr zustimmendes Nicken sah, zog dann sein Handy aus der Tasche. Michaela Schneitter stimmte seinem Vorschlag sofort zu. Sie versprach, sich um Rebekka Bangler zu kümmern.

Fünfzehn Minuten später stand er mit ihr am Bahnhof, begleitete sie zu ihrer S-Bahn. Er hatte ihre Vorgesetzte verständigt, der Frau mitgeteilt, was geschehen war. Diese hatte dann keinerlei Einwände vorgebracht.

»Sie kommen allein zurecht?«

Die junge Frau nickte, stieg mit bleicher Miene in den Zug. Er sah durch die Scheiben, wie sie nach einem Platz suchte, sich dann auf der anderen Seite des Wagens niederließ. Sie schaute nicht mehr zurück, hielt den Kopf auf den Boden gesenkt.

Braig seufzte laut auf, als die S-Bahn aus dem Bahnhof schoss und in den über den Gleisen wabernden dichten Nebel eintauchte. Nein, es gab keine Gerechtigkeit in dieser Welt. Es traf fast immer die, die ohnehin schon Opfer ihrer Umgebung geworden waren.

Er spürte, wie die Kälte in seinen Nacken kroch, schlang sich den Schal fester um seinen Hals. Nur jetzt nicht krank werden, überlegte er, nicht auch noch das.

Er griff in seine Tasche, tastete nach Handschuhen, merkte, dass er sie heute Morgen, in der Hektik des Aufbruchs, im Schrank vergessen hatte. Wütend hüllte er sich in seine Jacke. Die nasskalte Witterung bekam weder seiner Seele noch seinem Leib.

Auf der anderen Seite des Bahnhofs fuhr ein Zug Richtung Backnang ein. Braig sah mehrere Reisende hastig zu den Türen eilen, beobachtete eine schlanke Frau, die in einen dünnen Mantel gehüllt aus dem Zug stieg. Von der Silhouette her erinnerte sie ihn an Rebekka Bangler. Sofort hatte er wieder das bleiche Gesicht der jungen Frau vor Augen.

Welcher Zukunft ging sie entgegen? Hatte sie Chancen, sich von den albtraumhaften Geschehnissen ihrer Kindheit und Jugend zu befreien? Er dachte an die Worte Michaela Schneitters, wusste, dass er nicht darum herum kam, sich Robert Bangler noch einmal vorzunehmen. Er wolle sie »vom Weg des Verderbens« wegholen, hatte sie den Mann zitiert, aus den »Klauen des Satans« befreien. War Christina Bangler diese Verkörperung des Satans gewesen, die ihre Schwester auf den Weg des Verderbens geführt hatte? Dann gab es einen triftigen Grund, weshalb sie einem solchen Gewaltausbruch zum Opfer gefallen war.

Braig zog das Blatt mit der Telefonnummer Banglers heraus, versuchte es bei der Versicherung. Trotz des Todes seiner Adoptivtochter war er immer noch in seinem Büro. Braig erklärte dem Mann, dass er ihn noch einmal sprechen müsse.

»Wieso das?«

Er gab keine Antwort, schaute auf die Uhr, die vor ihm über dem Bahnsteig hing. Zehn vor vier.

»In einer halben Stunde«, erklärte Braig, »bei Ihnen im Büro.«

Bangler wagte nicht zu widersprechen, legte grußlos auf.

Plagte ihn sein schlechtes Gewissen? Oder war ihm der Tod seiner Adoptivtochter nicht einmal die Zeit wert, die ihm ein erneutes Gespräch mit der Polizei abverlangte?

Braig spürte förmlich die Antipathie, die er dem Mann gegenüber empfand. Er wollte ihm nicht mehr allein gegenübertreten, überlegte, wen er im Amt als Verstärkung anfordern konnte.

Neundorf war krank, Felsentretter auf Fortbildung wegen irgendwelcher neuer effizienterer Fahndungsmethoden, Beck und Wintterlin jagten seit Tagen einer internationalen Bande hinterher, die Luxuskarossen in andere Länder verfrachtete. Ihre Abteilung war hoffnungslos unterbesetzt, jeder Einzelne von ihnen schob Überstunden in einem Ausmaß vor sich her, das irgendwann einmal monatelangen Zwangsurlaub versprach, falls sie je dazu kamen, die Zeit abzufeiern. Er wusste von Kollegen, dass es in anderen Sektionen des LKA und in den meisten Landespolizeidirektionen nicht anders aussah. Kein Geld für neues Personal, verlautete es ständig aus den Kreisen der zuständigen Politiker. Sollte sich bis zur Erschöpfung verausgaben, wer so dumm war, im operativen Bereich der Polizei des Südwestens zu arbeiten. Aber Milliarden für ständig neue Straßen in allen Ecken des Ländles, für gigantomanische Wahnsinnsprojekte wie Olympia-Bewerbung, neue Landesmesse oder einen unter die Erde verlegten Stuttgarter Hauptbahnhof waren trotz aller finanziellen Probleme immer vorhanden.

Braig schüttelte den Kopf, verzichtete auf den Anruf im Amt. So sehr er es verabscheute, er musste dem Mann wieder allein gegenübertreten.

* * *

Robert Bangler ließ seinen Besucher deutlich spüren, was er von seinem erneuten Vorsprechen hielt. Mit mürrischer Miene bot er ihm einen Stuhl an, blieb regungslos hinter seinem breiten Schreibtisch sitzen. Die grauen Stoppelhaare glänzten im Licht der grellen Deckenlampe, sein breites Gesicht war rot angelaufen. Auf der Stirn zeigten sich einzelne Schweißperlen.

Braig überlegte, ob der Mann durch sein erneutes Auftauchen beunruhigt war oder den Tod seiner Adoptivtochter doch nicht so leicht wegsteckte, wie er es ihm weiszumachen versucht hatte – weshalb auch immer.

»Christinas Tod hat Sie getroffen?«, fragte er.

Robert Bangler reagierte leicht gereizt. »Darüber haben wir uns heute Morgen schon unterhalten.«

»Ich wundere mich nur, dass Sie sich immer noch in Ihrem Büro aufhalten. Benötigt Ihre Frau keinen Trost?«

»Das ist unsere eigene Angelegenheit. Ich glaube nicht, dass ich der Polizei gegenüber zur Rechenschaft über den Zustand meiner Ehe verpflichtet bin.«

»Nein, das sind Sie nicht«, antwortete Braig. Er musste sich zurücknehmen, durfte sein Gegenüber nicht zu offen angehen, um den Mann nicht zu grundsätzlicher Blockade zu verleiten. Ohne weiter auf Banglers seltsames Verhalten einzugehen, sprach er deshalb sein eigentliches Thema an. »Sie kennen die neue Wohnung Christinas und Rebekkas.« Er brachte den Satz im feststellenden, nicht im fragenden Tonfall.

»Na und?«

»Sie haben die Mädchen dort besucht.«

»Ist das verboten?« Bangler beugte sich vor, wischte sich den Schweiß von der Stirn.

»Verboten?« Braig schüttelte den Kopf. »Nein, mich wundert es nur, weil Sie mir gegenüber heute Morgen die Wohngemeinschaft in Endersbach nicht gerade freundlich beurteilten.«

»Wie ich etwas beurteile, ist allein meine Sache.«

»Richtig. Wenn Sie dann allerdings andere bedrohen, bleibt die Angelegenheit nicht mehr privat. Vor allem, wenn diesen Drohungen handgreifliche Aktionen folgen.«

»Wer behauptet das?« Robert Banglers Gesicht war vollends rot angelaufen, spiegelte seine innere Nervosität.

Braig war überzeugt, dass der Mann etwas zu verbergen suchte. »Augenzeugen«, sagte er kurz und in barschem, Furcht einflößendem Ton. »Sie haben Ihre Töchter mehrfach telefonisch und persönlich in der Wohnung in Endersbach bedroht. Ihr Zorn auf die beiden ist offensichtlich so groß, dass sie zu allem bereit sind. Die Mädchen haben einige Male erlebt, wie sie vor lauter Wut vollkommen die Kontrolle über sich verloren. Sie wollten Rebekka erwürgen, konnten nur von deren Mitbewohnerinnen davon abgehalten werden. Buchstäblich in letzter Sekunde.«

»Wie bitte?« Robert Bangler war aus seinem Stuhl aufgesprungen, starrte Braig mit vor Entsetzen geweiteten Augen an. »Was sagen Sie da?«

»Geben Sie es zu?« Braigs Tonfall hatte deutlich an Schärfe zugelegt. »Sie hätten Ihre eigene Tochter erwürgt, wenn Sie nicht ...«

»Aber das ist doch nicht wahr!« Der Mann stand händeringend vor Braig, starrte mit hochrotem Kopf und flehendem Gesichtsausdruck zu ihm hinunter. »Ich wollte Sie doch nicht erwürgen!«

»Was dann?«

Bangler warf den Kopf zur Seite, ruderte mit beiden Armen durch die Luft. »Ich war außer mir, das ist wahr. Es hätte nicht passieren dürfen. Wer sich ins Reich des Satans begibt, wird von den Dämonen, die dort herrschen, erfasst. Ich habe Rebekka am Hals gepackt. Aber doch nicht, um sie zu erwürgen!«

»Wozu sonst?«

»Ich hatte die Kontrolle über mich verloren, ja. Zuerst Christina, dann auch noch Rebekka. Ich wollte sie zurückholen, weg vom Weg des Verderbens, heim zu uns, das ist alles. Können Sie das nicht verstehen?«

Braig verzichtete auf eine Antwort.

»Wissen Sie, was es bedeutet, wenn man zwei Kinder großzieht, sie fast von Geburt an begleitet, ihr ganzes Leben auf sie ausrichtet und ihnen alles schenkt, was man zu geben hat,

Liebe, Zeit, Geld, alles, fast zwanzig Jahre lang – und plötzlich gehen sie, eine nach der anderen, auf und davon?«

»Sie kamen jedenfalls so in Rage, dass Sie Rebekka beinahe erwürgten«, antwortete Braig, ohne auf Banglers Verständnis heischende Worte einzugehen. »Zu Ihrem und Ihrer Tochter großem Glück aber wurden Sie noch rechtzeitig daran gehindert, die Tat vollends auszuführen. Dann wurde Ihnen allerdings klar, dass Christina die Hauptverantwortliche für das Zerbrechen Ihrer Familie war, weil sie nämlich als Erste davongelaufen war und Rebekka, wie Sie glauben, dazu verführte, ihr zu folgen, und deshalb beschlossen Sie ....« Er verstummte, ließ den Rest des Satzes offen, weil er die Veränderung in Banglers Gesicht bemerkte.

Der Mann hatte offensichtlich begriffen, worauf Braig hinauswollte. Er riss seinen Mund weit auf, japste wie einFrosch nach Luft und schlug mit seinen Armen um sich.

»Aber Sie, Sie wollen doch nicht wirklich be... behaupten ...« Bangler stotterte, hielt dann mitten in seiner Frage inne, starrte Braig ungläubig an, gab keinen Ton mehr von sich. Auf seiner Stirn perlten die Schweißtropfen.

»Wo waren Sie gestern Abend?«, fragte der Kommissar. Der eigentliche Zielpunkt seiner Frage lag unausgesprochen in der Luft.

Robert Bangler ließ sich wieder auf seinen Stuhl fallen, schüttelte den Kopf. »Sie glauben doch nicht wirklich?«

»Wo waren Sie?«

»In der Bibelstunde.« Er sprach so leise, fast zaghaft, dass Braig Mühe hatte, ihn zu verstehen.

»Bibelstunde?«

»Wie jeden Montag, ja.«

»Wo?«

»Bei den Geschwistern Vogelmann. In Winnenden. Wir treffen uns jede Woche.«

»Von wann bis wann?«

»Von acht bis zehn.«
»Und dann?«
»Normalerweise fahren wir dann nach Hause. Aber gestern ...«
»Ja?«
»Gestern wurde es später.«
»Wie spät?«
»Kurz vor halb elf waren wir daheim.«
»Kurz vor halb elf? Wieso?«
»Wir mussten noch unseren Missionseinsatz fürs Wochenende vorbereiten. Bruder Stöckle nahm uns mit.«
»Bruder Stöckle?« Braig betrachtete misstrauisch die aufgeregte Miene seines Gegenübers. Der Mann schwitzte vor lauter Aufregung, wischte sich immer wieder mit dem Rücken seiner rechten Hand über die Stirn.
»Er wohnt in unserer Nähe und geht wie wir treu unter Gottes Wort.«
»Wie kamen Sie dann nach Waiblingen?«
Robert Bangler seufzte: »Was sollte ich dort?« Er schüttelte energisch den Kopf. »Sie können es nicht wirklich glauben, nein, das können Sie nicht!« Er erhob sich ruckartig von seinem Stuhl, lief unruhig hinter seinem Schreibtisch hin und her. »Ich weiß, dass Sie es nicht glauben.«
»Christina wurde gegen 23 Uhr ermordet. Erwürgt«, betonte Braig.
»Ich war es nicht!«, schrie Robert Bangler. Er starrte Braig an, überrascht, fast entsetzt über seinen eigenen Wutausbruch, schüttelte wieder seinen Kopf. Das Echo seiner heftigen Worte hing in der Luft, ließ beide für mehrere Sekunden verstummen.
»Fragen Sie meine Frau«, sagte Bangler dann, setzte sich wieder auf seinen Stuhl. »Der HERR«, er betonte das Wort, sank in sich zusammen, »ist mein Zeuge.«
»Sie gingen nicht mehr außer Haus?«
»Nein. Sie war unsere Tochter, was glauben Sie denn?«

Braig fragte nach den Telefonnummern und Adressen der erwähnten Personen, nahm sich vor, die Aussagen zu überprüfen. »Christina wurde erwürgt. Jedenfalls, soweit es unsere vorläufigen Untersuchungen ergaben«, setzte er hinzu.

»Aber doch nicht von mir«, erklärte der Mann, »wir leben doch nach Gottes Wort.«

Braig hatte keine Lust, auf die Floskel seines Gesprächspartners einzugehen, erinnerte sich an den Bericht Michaela Schneitters. »Wer war der zweite Mann, mit dem Sie die jungen Frauen in Endersbach bedrohten?«

Bangler schaute ihn nachdenklich an, zog ein Stofftaschentuch aus seiner Hose, wischte sich damit übers ganze Gesicht. »Bedrohten?«, fragte er zögernd.

Braig gab keine Antwort, nickte nur.

»Bruder Stöckle war einmal mit mir dort. Er wollte mir beistehen, Rebekka und Christina auf den rechten Weg zurückzuführen.«

Braig fühlte sich von den Phrasen dermaßen genervt, dass er sich ohne jeden weiteren Kommentar von seinem Stuhl erhob und zur Tür des Büros schritt. Er wusste, dass er die Angaben Banglers schleunigst überprüfen musste, schon um zu verhindern, dass der Mann im Nachhinein noch versuchen konnte, Absprachen zu treffen, um seine Aussagen trotz anderweitigen Verhaltens bestätigen zu lassen. Wenn er kurz vor halb elf zu Hause eingetroffen war, hatte er immer noch genug Zeit gehabt, um nach Waiblingen zu fahren und seine Adoptivtochter zu ermorden. Von Schwaikheim zum Fundort der Leiche waren es gerade mal sieben, acht Kilometer: eine Angelegenheit von wenigen Minuten. Das verunstaltete Gesicht des toten Mädchens wies deutlich genug darauf hin, dass es sich um eine Tat handelte, die in großer emotionaler Erregung ausgeführt worden war. Wer, wenn nicht der um seine beiden Töchter betrogene, offenkundig leicht erregbare Adoptivvater kam dafür in Frage? Er hatte die junge Frau zur Rede gestellt, war von ihr abgewiesen worden, hatte dann, besinnungslos vor Wut, auf sie eingeschlagen, sie erwürgt und mit seinen Fäusten malträtiert, bis von ihrem Gesicht nur noch ein fratzenhaftes, Monster-ähnliches Schlachtfeld übrig geblieben war ...

Braig blieb mitten im Zimmer stehen, zwei, drei Schritte, bevor er die Tür erreicht hatte. Christina Banglers grauenvoll entstelltes Gesicht vor Augen – ein Anblick, den er garantiert nicht so schnell vergessen würde –, drehte er sich nochmals um! Warum sollte es nur ihm so ergehen? Es gab die gesetzliche Verpflichtung, dass Mordopfer von einem Angehörigen identifiziert werden mussten ...

»Wann haben Sie Zeit?«, fragte er.

Robert Bangler sah mit großen Augen zu ihm auf. »Wozu?«

»Ihre Tochter identifizieren. Wir brauchen die Gewissheit, dass es sich wirklich um Christina handelt.«

Braig nahm mit Genugtuung wahr, wie der Mann sichtbar erbleichte.

10. Kapitel

Herbert Kapl war den ganzen Tag unterwegs gewesen. Zuerst, von zehn Uhr an, mit einer kleinen Gruppe unternehmungslustiger Wanderfreunde auf den Höhen rund um Stuttgart; mit der Stadtbahn bis Gerlingen, dann zu Fuß an Schloss Solitude vorbei zum Bärensee und schließlich durch den Bürgerwald zur Hasenbergsteige und diese steil abwärts in den Stuttgarter Westen. Dann, dem langen Marsch direkt anschließend, die Einkehr in geselliger Runde in *Sophie's Brauhaus*, um sich zu stärken und von der nasskalten Luft zu erholen. Und jetzt, zum Ausklang, das Treffen mit seiner Frau Waltraud auf dem kleinen Schlossplatz direkt über der gleichnamigen Stadtbahnhaltestelle.

Herbert Kapl hatte es sich seit dem Erreichen des Ruhestands vor wenigen Jahren angewöhnt, mindestens drei Tage in jeder Woche unterwegs zu sein, per Bahn oder zu Fuß, allein oder im Kreis von Freunden, um allzu schneller körperlicher und psychischer Vergreisung vorzubeugen und sich seinem angenehmsten Hobby hinzugeben. Er war ein leidenschaftlicher Eisenbahnfan. Seit seiner Jugend frönte er seiner Liebe zur Bahn mit unzähligen oft wochenlangen Reisen durch ganz Europa, Fototouren entlang von Schienen, Besuchen von Museen und Sonderfahrten mit Dampfzügen und allem, was sich auf Schienen bewegte. In den letzten Jahren waren Wanderungen in der freien Natur, oft im Kreis anderer unternehmungslustiger Rentner, hinzugekommen.

Seine Frau Waltraud hatte seit jeher ein großes Herz mit viel Verständnis für die Leidenschaft ihres Mannes. Waren sie in den ersten Ehejahren noch gemeinsam fast Wochenende für Wochenende auf Schienen unterwegs, so hatte sich das mit der Geburt der beiden Töchter immer seltener verwirklichen lassen. Erst jetzt, mit dem endgültigen Erreichen des Ruhestandes, hatte sich für Herbert Kapl die Möglichkeit ergeben, auch unter der Woche ohne die noch berufstätige Partnerin zu kleineren Touren zu starten.

»Du hasch scho einkauft?«, fragte er, als seine mit zwei großen Papiertaschen bewaffnete Frau auf dem kleinen Schlossplatz aus einer Gruppe eilig in Richtung Hauptbahnhof marschierender Passanten heraustrat und ihn begrüßte. Er sah ihr müdes Gesicht, merkte, dass sie einen anstrengenden Tag hinter sich hatte.

Waltraud Kapl nickte. »I weiß doch, wie ungern du in die Gschäfte gehsch.«

Er umarmte seine Frau, nahm ihr eine Tasche ab. »Du siehsch müde aus. Viel zu tun ghabt, ja?«

»Des kannsch sage. Die Arbeit im Labor wird immer umfangreicher. I weiß net, wie viele Probe mir noch zusätzlich untersuche sollet.« Sie arbeitete in der Lebensmittelüberwachung, fertigte Tag für Tag aktuelle Expertisen über die Belastung von Süßwaren aller Art an.

»No hasch keine Lust mehr, irgendwo eizukehre?«

Waltraud Kapl schüttelte den Kopf. »Wenn's net unbedingt sein muss.«

Sie folgten der Fußgängerzone Richtung Hauptbahnhof, verließen den kleinen Schlossplatz, tauchten in die untere Königstraße ein.

»Was hasch eikauft?«, fragte Herbert Kapl.

»A Bluse für d' Estrid und a Hose für dich.«

»Für mich?« Vor Überraschung blieb er kurz stehen, wandte den Blick zu seiner Frau. Hinter ihm schimpfte ein Mann.

Sie nickte. »Mir probieret se daheim. I hoff, sie passt!«

Sie liefen weiter, ordneten sich wieder in den breiten Strom der Passanten ein. Die Straßenlampen schafften es kaum, die Nebelschwaden aufzureißen und die Dunkelheit mit schmalen Lichtkegeln zu durchdringen. Zu ihrer Linken erhob sich die hell erleuchtete Fassade des unteren *Kaufhof*, vor ihnen tauchten die Umrisse des von unzähligen Scheinwerfern angestrahlten Bahnhofsturms aus dem Dämmer der aufziehenden Nacht.

»Und du?«, fragte Waltraud Kapl. »Wie war's bei dir?« Sie freute sich über die Aktivitäten ihres Mannes, unterstützte, so gut sie konnte, seine Exkursionen und Fahrten.

»Schön war's«, antwortete er, »Solitude, Bärenschlössle, Pfaffensee, Bürgerwald und dann über die Hasenbergsteige ...« Er blickte nach oben, sah für einen Moment den hell erleuchteten Mercedes-Stern auf dem Bahnhofsturm aus dem Dunst hervortreten, bemerkte dann unterhalb, an der linken Seite der Plattform, den Körper eines Menschen, sah, wie sich die Person vom Zaun der Plattform löste und plötzlich, wie ein großer Stein, nach unten stürzte ...«Da fliegt einer!«, rief Herbert Kapl. Er blieb stehen, starrte nach oben, konnte nichts mehr erkennen. Der Bahnhofsturm war hinter Nebelschwaden verschwunden.

»Was meinsch?«, fragte seine Frau. Sie bremste ihren Schritt, drehte sich um.

Herbert Kapl gestikulierte mit seiner freien Hand, zeigte aufgeregt in den Himmel. »Vom Turm«, rief er laut, »da isch einer runtergfloge!«

»Vom Turm?«

Ein Mann rammte ihm seinen Ellenbogen in die Seite, entschuldigte sich, eilte weiter.

»Wenn i's dir sag! I hans gsehe, mit meine Auge!«

Waltraud Kapl starrte angestrengt in den dunklen Himmel, sah nichts als undurchdringlichen Nebel. Passanten blieben unmittelbar vor ihr stehen, schoben sich maulend an ihr vorbei. »I seh nix«, sagte sie, »überhaupt nix!«

Die Stimme ihres Mannes schien sich zu überschlagen. »Ja, jetzt natürlich nemme! Jetzt isch alles voller Nebel. Aber vorhin ... I sag dir, do isch einer runtergstürzt!«

»Vom Turm?«

»I hans gsehe!«

»Aber do isch doch a hohes Gitter auße rum! Mir waret doch oft genug obe. Da isch doch alles befestigt. Da kann doch gar niemand runterfalle, des weisch doch selber!«

Herbert Kapl senkte seinen Blick, betrachtete kopfschüttelnd seine Frau. »Du glaubsch mir net, wie?« Schon einmal, vor wenigen Jahren, hatte er sie nach einer Wanderung in der Nähe von Schwäbisch Hall mit einer ähnlichen Neuigkeit überrascht. Er war auf die Leiche eines ermordeten jungen Mannes gestoßen. Im ersten Moment hatte sie ihn nur ungläubig angesehen und den Kopf geschüttelt, genau wie jetzt. Am nächsten Tag hatte er ihr dann stolz die Zeitungsartikel mit dem genauen Bericht präsentiert. »I bin mir fascht so sicher wie damals«, sagte er.

11. Kapitel

Robert Bangler hatte urplötzlich angefangen, am ganzen Körper zu zittern, hatte noch ein paar gurgelnde, undefinierbare Geräusche von sich gegeben und war dann zusammengebrochen wie ein von einem Herzinfarkt gefällter Mensch. Braig und Dr. Sarrazin brauchten ihre ganze Kraft, den zur Korpulenz neigenden Mann aufzurichten und zu der Pritsche am Rand des Raumes zu schleppen. Der Pathologe fühlte seinen Puls, zeigte sich nicht sonderlich beunruhigt.

»Kleiner Schock, nicht weiter schlimm. Der kommt bald wieder zu sich.«

Braig, der sich selbst unwohl fühlte, verzichtete darauf, die nüchternen Worte des Mediziners zu kommentieren. So oft er die kalten, nach Äther und ähnlich scharfen Chemikalien riechenden Räume der Pathologie auch schon betreten hatte, war er doch jedes Mal von einem Gefühl erfasst worden, das seine Sinne lähmte und seinen Verstand auszuschalten drohte. Die Begegnung mit einem oder gar mehreren der toten Körper, die hier in schmalen Kojen untergebracht waren und nur noch auf eine letzte Untersuchung durch den Pathologen beziehungsweise auf ihre Bestattung warteten, verschaffte ihm auch nach mehr als zehn Jahren Berufspraxis noch Beklemmungen, die sich oft erst Stunden nach dem Verlassen des bedrohlich wirkenden Ortes wieder legten. Dabei hatte er nur selten eines der hier aufgebahrten Geschöpfe lebend gekannt. Wie viel mehr musste der Aufenthalt einem Menschen zu schaffen machen, dem sein Partner oder sein Kind präsentiert wurde.

Robert Bangler benötigte einige Minuten, sich zu beruhigen.

»Sie ist es, ja?«, fragte Braig mit einer Kopfbewegung in Richtung der Leiche der ermordeten jungen Frau. Die Gewalt, mit der der Mörder über sie hergefallen war, war ihr unübersehbar ins verunstaltete Gesicht geschrieben.

Der Mann nickte fast unmerklich, war offenkundig froh, den Raum verlassen zu können. Braig verabschiedete sich von ihm, inhalierte die Luft draußen unbeschadet ihrer feuchtkalten Konsistenz in vollen Zügen.

Er hatte Banglers Angaben telefonisch überprüft und sowohl von einer Familie Vogelmann als auch von einem Gerhard Stöckle erfahren, dass sie die Wohnung in Winnenden gegen Viertel nach zehn verlassen hatten. Dieser Stöckle war sich sicher, etwa zehn Minuten später die Banglers vor ihrer Haustür in Schwaikheim abgesetzt zu haben.

Die Informationen persönlich nachzukontrollieren, schien Braig unnötige Mühe, brachten sie dem Mann ohnehin kein Alibi für den Mord. Christina Bangler war gegen elf Uhr in der Nacht in Waiblingen getötet worden – Zeit genug für ihn, von Schwaikheim an den Tatort zu gelangen. Bevor sich Braig jedoch weiter auf Bangler konzentrierte, musste er die übrigen Spuren des Falles verfolgen.

Er hörte die Erkennungsmelodie seines Handy, zog es aus der Tasche.

Theresa war in der Leitung. »Ann-Katrin ist aufgewacht. Vor einer halben Stunde etwa. Sie ist voll da, nur sehr müde. Sie schläft sicher bald wieder ein.«

»Du bist noch bei ihr?«, fragte Braig nervös.

»Ich stehe am Fenster im Gang, frische Luft schnappen.«

Braig schaute auf seine Uhr, sah, dass es kurz nach sechs war. »Ich komme sofort«, entschied er spontan, »wartest du solange?«

* * *

Sie saß in der kleinen Halle gleich beim Empfang, drückte Braig die Hand. Ihre Wangen sahen eingefallen aus, die Augen wirkten müde. Auf dem Sitz neben ihr lag ein dickes Buch.

»Sie ist wieder eingeschlafen«, erklärte sie, »liebe Grüße extra für dich.«

»Danke. Wie fühlt sie sich?«

»Sehr müde. Sie konnte kaum sprechen.«

»Du hast einen Arzt getroffen?«

»Die betreuende Ärztin. Wir sollen uns keine übergroßen Sorgen machen. Schlaf sei das Beste, was ihr passieren könne. In ein paar Tagen werde sie wieder fit sein.«

»Du glaubst der Frau?«, fragte Braig.

Theresa Räuber nickte mit dem Kopf. »Wir müssen ihr Zeit lassen. Die Operation hat viel Kraft gekostet.«

Braig betrachtete ihr bleiches Gesicht, schaute auf das dicke Buch. »Du lernst?«

»Es geht nicht mehr. Leider. Der Tag war zu anstrengend.«

»Du verlangst zuviel von dir. Du musst dich auch schonen.«

Sie hatte ihre viel versprechende Karriere bei einem großen Konzern freiwillig aufgegeben und ein Theologie-Studium begonnen. Nach drei anstrengenden Sprach-Semestern war sie letztes Jahr nach Tübingen gezogen, um sich ganz dem Universitätsstudium zu widmen.

»Ich finde mein neues Leben nach wie vor interessant«, erwiderte sie, »und bin froh, dass ich mich so entschieden habe.«

»Das freut mich für dich.«

»Jahrelang war ich damit beschäftigt, den Diktatoren und Mafia-Bossen dieser Welt Luxuskarossen zu verkaufen. Heute versuche ich, verschiedene Weltanschauungen und Philosophien kennen zu lernen und mich in sie zu vertiefen. Das scheint mir weitaus sinnvoller und befriedigender, auch wenn es manchmal sehr anstrengend ist.« Sie erhob sich, griff nach dem Buch auf dem Nachbarsitz, nahm es mit. *Existiert Gott* konnte Braig auf dem Einband entziffern.

Sie stiegen zwei Treppen hoch, bogen um die Ecke, läuteten an der Tür zur Intensivstation. Braig grüßte, als eine ältere Schwester öffnete. Sie kannte ihn noch vom Vortag, nickte ihm zu, ließ beide passieren. Ann-Katrin lag friedlich atmend in ihrem Bett, angeschlossen an einen ganzen Pulk von Schläuchen und Leitungen. Auf einem Monitor blinkten kleine Lichtsignale.

»Sie schläft wieder«, sagte die Schwester mit einer tiefen, rauchigen Stimme.

Braig streichelte Ann-Katrins Handrücken, hörte das Fiepen und Pulsieren verschiedener Geräte und Pumpen. Er fühlte sich unbehaglich, der undurchschaubaren Technik, die Ann-Katrin umsorgte, ohnmächtig ausgeliefert. »Das hat sie nicht verdient«, sagte er. »Es gibt keine Gerechtigkeit auf dieser Welt.«

Theresa schüttelte den Kopf. »Nein, die gibt es nicht.«

Braig schaute überrascht zu ihr hinüber. »Du stimmst mir zu?«

Sie stand auf der anderen Seite des Krankenbetts, fuhr sich langsam durch die Haare. »Weshalb sollte ich anderer Meinung sein? Schau sie dir doch an.«

»Dein Studium. Lernst du keine anderen Antworten?« Er beobachtete, wie sie ihrer Schwester zärtlich über die Stirn strich, hörte, wie Ann-Katrin im Schlaf tief um Atem rang.

»Dass dieser Welt jeder Ansatz von Gerechtigkeit fehlt, ist eine der Grunderfahrungen unseres Lebens. Weshalb soll ich meine Augen vor dieser Tatsache verschließen?«

Braig warf einen Blick auf die anderen Betten des Raumes, sah bleiche, scheinbar leblose Körper darin liegen. Unzählige Schläuche und Leitungen, Computer-Bildschirme, dazu die unablässigen, typischen Geräusche der Apparaturen. Er fühlte die Gänsehaut, die sich auf seinem Rücken ausbreitete.

»Wo bleibt Gott?«, fragte er. »Warum hilft er nicht?«

Ann-Katrin tat im Schlaf einen tiefen Seufzer.

»ER ist ohnmächtig, wie du siehst und braucht unsere Hilfe. Wozu sonst sind wir da?«, antwortete Theresa Räuber.

Braig schaute sie aus müden Augen an.

12. Kapitel

Die Nacht war fast so schlimm wie der Tag. Braig schlief schlecht und mit mehreren Unterbrechungen, erwachte immer wieder mit dem Anblick der an unzählige Schläuche und Leitungen angeschlossenen, bleichen Gestalt Ann-Katrins. Er hörte das Fiepen und Pulsieren der Geräte, so laut und so intensiv als stünde er unmittelbar vor ihrem Bett, fiel dann Minuten später wieder in einen unruhigen Schlaf.

Mitten in der Nacht tat es einen gewaltigen Schlag. Er schrak auf, lief zum Fenster, erblickte aber nichts als nur dicke Nebelschwaden. Kurze Zeit später hörte er Sirenen; sie bewegten sich durch die nachtschlafenden Straßen, kamen dann irgendwo weit entfernt zur Ruhe. Wahrscheinlich ein Autounfall, überlegte er, irgendein Verrückter, der selbst nachts nicht schnell genug vorwärts zu kommen glaubte.

Wieder einzuschlafen fiel ihm nicht leicht. Die Unterhaltung mit Theresa kam ihm in den Sinn, ihre Worte, mit denen sie seinen Bericht über die Begegnung mit Erika und Robert Bangler kommentiert hatte.

»Du siehst selbst aus, als könntest du Hilfe brauchen. Ihr habt viel zu tun?«

Sie hatten die ruhig atmende Ann-Katrin verlassen, waren den Gängen des Krankenhauses zum Ausgang gefolgt.

»Eine junge Frau wurde ermordet. Äußerst brutal. Der Anblick geht mir nicht aus dem Sinn.«

Theresa Räuber hatte genickt, ihm dann zärtlich die Hand auf den Rücken gelegt. »Ich weiß nicht, wie du es erträgst. Ich könnte es nicht«, hatte sie dann hinzugefügt.

»Irgendjemand muss es tun. Den Müll beseitigen, den andere wegwerfen.«

Sie waren im Eingangsbereich angelangt, blieben an der Tür stehen.

»Ihr habt eine Spur?«

»Ich weiß es nicht. Noch fehlen mir genauere Informationen. Aber das Verhalten der Angehörigen ... Manchmal empfinde ich nur noch Ekel. Ekel vor der ganzen Welt.«

Er hatte ihr von der Reaktion der Eltern berichtet, die Worte der Frau und des Mannes erwähnt. So sehr ihm bewusst war, dass seine dienstlichen Ermittlungen einem absoluten Schweigegebot unterlagen, so dringend fühlte er die Notwendigkeit, sich mit einer vertrauenswürdigen Person darüber auszutauschen. Theresa Räuber war dieser Mensch – so gut hatte er sie inzwischen kennen gelernt.

»Fundamentalisten«, hatte sie seinen Bericht kommentiert, »schwäbische noch dazu.«

»Du kannst verstehen, wie ich mich fühle?«

»Ohne jeden Zweifel. Schwäbische Fundamentalisten, das ist der Höhepunkt der Verblendung. Warum flüchten die hellsten Köpfe seit Jahrhunderten aus unserer Region, suchen Exil in Hamburg, Köln, Berlin?« Sie hatte den Kopf geschüttelt, war zur Tür getreten, hatte sich zu ihm umgedreht. »Papier ist ihnen wichtiger als lebendige Menschen. Belanglose, vor Jahrtausenden unter völlig anderen Umständen notierte Worte elementarer als Verwandte, Freunde, Bekannte. Ein Berg von Arbeit für Psychologen und Psychiater. Du tust mir Leid.«

»Ich weiß nicht, was ich von dem Mann halten soll. Ob er seine eigene Adoptivtochter getötet hat?«

Theresa Räuber zögerte keinen Augenblick mit ihrer Antwort. »Wir müssen vorsichtig sein mit schnellen Urteilen. Aber so, wie du ihn beschreibst, sehe ich deine Spekulation schon im Bereich des Möglichen. Fundamentalisten, gleich ob religiöser oder politischer Natur, können sich in einen Fanatismus steigern, der Menschen und Leben in ihren Augen nur noch sekundären Wert zubilligt. Wichtig ist allein ihr Glaube, ihr Wahn. Und der geht, das lehrt uns die Geschichte von den Kreuzzügen bis zu amerikanischen Präsidenten, im Notfall über Berge von

Leichen. Wenn du mich fragst, bei aller Vorsicht, ich traue es diesem Bangler zu.«

Er hatte sie zum Bahnhof gebracht, sie bis an ihren Zug begleitet. Sie musste zurück nach Tübingen, weil am nächsten Morgen zwei wichtige Seminare auf sie warteten. Braig hatte sich von ihr verabschiedet, noch lange über ihre Worte nachgedacht. Musste er Robert Bangler wirklich als potentiellen Täter ins Auge fassen?

Braig hatte lange gebraucht, ehe er wieder einschlief. Albtraumhafte Bilder hatten ihn über Stunden hinweg begleitet. Schweißgebadet war er am frühen Morgen aufgewacht, Minuten später beim Läuten des Weckers in die Höhe geschossen. Christina Banglers entstelltes Gesicht begleitete ihn in den Tag.

* * *

Braig nahm ein karges Frühstück zu sich, fuhr dann ins Amt. Gegen halb acht betrat er sein Büro. Er räumte seinen Schreibtisch auf, stieß auf die Telefonnummer Corinna Fischers, der ehemaligen Mitschülerin der Ermordeten, die er gestern von Rebekka Bangler erhalten hatte. Er musste sie fragen, was sie am Montagabend mit Christina in Stuttgart unternommen und wann sie sich wieder getrennt hatten.

Braig setzte sich auf seinen Bürostuhl, wählte die entsprechende Nummer. Nach dem dritten Läuten meldete sich eine verschlafene weibliche Stimme. »Fischer.«

Er stellte sich kurz vor, entschuldigte sich für den frühen Anruf, erbat sich genauere Informationen über die Identität seiner Gesprächspartnerin. »Sie sind die ehemalige Klassenkameradin von Christina Bangler?«

»Ja, das ist richtig. Wir waren neun Jahre zusammen.« Die junge Frau am anderen Ende gähnte laut. »Verzeihung. Für mich als Studentin ist es noch sehr früh.« Sie machte eine kurze Pause, fuhr dann fort. »Anfangs waren wir in derselben Klasse, später dann in den gleichen Leistungskursen. Deutsch und Biologie. Am Büchner-Gymnasium in Winnenden. Warum interessiert Sie das?«

»Es geht um Christina«, antwortete er. »Ihr Treffen mit ihr am Montagabend.«

»Ja, das war beschissen. Tut mir jetzt noch Leid.«

Braig hatte Schwierigkeiten zu verstehen: »Was meinen Sie damit?«

»Na ja, nicht, dass Sie glauben, es war Absicht ... Ich hatte mich wirklich auf unser Treffen gefreut. Aber es läuft eben nicht alles so, wie es soll.«

Er begriff immer noch nicht, was die Antwort der jungen Frau zu bedeuten hatte, überlegte: »Hatten Sie Streit?»

»Streit? Nein, wieso denn?«, erwiderte sie mit energischer Stimme.

»Was dann?«

»Mein Unfall. Es war wirklich keine Absicht. Aber dass es gerade in dem Moment passieren musste, wo wir uns treffen wollten ...« Corinna Fischer gähnte leise.

»Was für ein Unfall?«

»Ja, rufen Sie nicht wegen dem Unfall an? Es war meine Schuld, ich gebe es zu. Ich fuhr dem Mann voll in die Flanke. Es war neblig, total diesig. Ich sah das Auto zu spät.«

»Sie hatten also vorgestern Abend einen Unfall.«

»Was erzähle ich denn die ganze Zeit? Deshalb wurde es nichts mit unserem Treffen.«

»Sie haben Christina Bangler überhaupt nicht gesehen?«

Die junge Frau am anderen Ende verfiel in einen mürrischen Tonfall. »Was soll das jetzt? Ich habe mich doch sofort bei Christina gemeldet und mich bei ihr entschuldigt. Sie hatte zum Glück ihr Handy dabei.«

»Wann war das? Ich meine, um wie viel Uhr?«

»Kurz vor acht. Sie saß schon in der S-Bahn. Wir wollten uns an der Haltestelle *Stadtmitte* treffen. Und dann passierte mir das.«

Braig spürte Unruhe in sich wachsen, sprang von seinem Stuhl. Christina Banglers letzter Abend war völlig anders verlaufen, als er sich das bisher vorgestellt hatte. Ihr Treffen in Stuttgart hatte gar nicht stattgefunden. Oder doch, Stunden später?

»Wo war der Unfall?«, fragte er.

»Sie wollen es aber genau wissen, wie?« Corinna Fischer zögerte einen Moment mit der Antwort, gähnte leise, redete dann weiter. »In Degerloch in der Nähe vom Albplatz, wenn Ihnen das etwas sagt. Ich wollte mein Auto gerade in der Löwenstraße abstellen und zur Stadtbahn gehen, als es passierte. Es war ohnehin spät und in der Hektik ... Ich achtete nicht auf das Fahrzeug hinter mir, ich gebe es zu. Na ja, unser Treffen sollte eben nicht sein. Wir verschoben es auf die nächste Woche.«

Braig spürte, wie ihm nicht nur die innere Unruhe, sondern auch immer stärker aufkommende Kopfschmerzen zu schaffen machten, versuchte sich auf die Aussagen der jungen Frau zu konzentrieren. Was sie bisher erzählt hatte, lenkte seine Ermittlungen in völlig andere Bahnen, als er es bisher gedacht hatte. Neue Schwierigkeiten taten sich auf. War Christina Bangler am Montag gar nicht nach Stuttgart weitergefahren? Mit wem hatte sie die letzten Stunden ihres Lebens verbracht? Er musste sich vergewissern, alles richtig verstanden zu haben.

»Darf ich Ihre Aussagen noch einmal zusammenfassen: Sie wollten sich am Montagabend mit Frau Bangler an der Station *Stadtmitte* treffen, wurden durch den Unfall in Degerloch aber daran gehindert. Also riefen Sie sie an und entschuldigten sich, weil Sie wussten, dass es eine Weile dauern würde, bis an der Unfallstelle alles erledigt sein würde.«

»Richtig. Genauso war es.«

»Christina Bangler saß aber schon in der S-Bahn nach Stuttgart, als Sie sie erreichten. Haben Sie eine Ahnung, was sie nach Ihrer Absage machte?«

Corinna Fischer lachte. »Woher soll ich das wissen? Sie sind gut.«

»Warum vereinbarten Sie nicht, sich in Degerloch zu treffen? Sie hätte doch zu Ihnen hochfahren können?«

»Ich dachte, Sie sind von der Polizei? Dann sollte Ihnen doch klar sein, wie lange so etwas dauern kann. Unfallaufnahme, Zeugenbefragung und all der Kram. Und das bei der Kälte und in dem Nebel. Und da soll sich eine Unbeteiligte einfach so dazustellen? Wozu?«

»Aber Frau Bangler muss doch reagiert haben, als Sie sie über den Unfall informierten. «

Die Antwort kam prompt. »Fragen Sie sie doch selbst. Sie kann es Ihnen am besten erklären.«

»Das geht schlecht«, antwortete Braig. Er wollte seiner Gesprächspartnerin gerade mitteilen, was passiert war, überlegte es sich aber anders. Offensichtlich hatte Frau Fischer weder Radio- und Fernseh-Nachrichten verfolgt, noch die Zeitung gelesen. Wenn er ermitteln wollte, was Christina Bangler an diesem Abend stattdessen unternommen hatte, musste er genau überprüfen, wo und zu welchem Zeitpunkt sie vom Unfall ihrer Freundin erfahren hatte. War sie trotzdem nach Stuttgart weitergefahren oder hatte sie beschlossen, sofort wieder umzukehren?

»Wo wohnen Sie?«, fragte Braig.

Seine Gesprächspartnerin war von seiner Frage so überrascht, dass sie keine Antwort fand. »Meinen Sie mich?«

»Ich denke schon.«

»In Birkach, wieso?«

»Wie lange sind Sie noch zu Hause?«

»Um elf habe ich eine Vorlesung. Vorher ...«

»Ich komme sofort bei Ihnen vorbei. Ich muss Sie unbedingt persönlich sprechen. Geben Sie mir Straße und Hausnummer?«

Corinna Fischer protestierte. »Warum fragen Sie nicht Christina?«, wiederholte sie murrend. »Sie interessieren sich doch für sie, oder?«

»Das ist nicht so einfach«, erwiderte Braig.

»Und weshalb?«

»Das möchte ich Ihnen gern persönlich berichten. In wenigen Minuten.«

»Wieso? Christina ist doch nichts passiert?«

Braig gab keine direkte Antwort, entschuldigte sich und ließ sich ihre Adresse geben.

* * *

Fünf Minuten vor neun stand er vor dem Zweifamilienhaus in der Alten Dorfstraße in Stuttgart-Birkach. Er läutete, lief eine schmale Treppe ins Obergeschoss. Corinna Fischer erwartete ihn an der Wohnungstür.

Braig zeigte seinen Ausweis, stellte sich vor.

»Was ist mit Christina?«, fragte die junge Frau. »Wenn sich die Polizei eigens zu mir herbemüht, muss etwas passiert sein, oder?«

Er folgte ihr ins Innere; durch eine schmale Diele in einen gemütlichen, mit vielen Blumen und Pflanzen geschmückten Raum. Ein ockergelbes Sofa, zwei Stühle, ein niedriger Tisch bildeten das Inventar. Tassen und Teller, Töpfe und Vasen standen dicht gedrängt in zwei kleinen hölzernen Regalkisten an der Wand. Eine Stehlampe mit mehreren Strahlern tauchte das Zimmer in helles Licht.

»Schön haben Sie es hier.« Braig war froh, dem Dämmerlicht der Straße entronnen zu sein. Der kleine Raum war gut geheizt, er bildete das krasse Gegenstück zu der unwirtlichen Novemberszene draußen.

»Warum sagen Sie mir nicht endlich, was los ist?« Corinna Fischer schob ihrem Besucher einen der Stühle zu, blieb selbst im Eingangsbereich des Zimmers stehen.

»Christina Bangler ist tot«, sagte Braig. Er spürte die Ungeduld der jungen Frau, wollte sie nicht länger im Ungewissen lassen.

»Wie bitte?« Sie starrte ihn entgeistert an, schüttelte ihren Kopf. »Aber das kann doch nicht stimmen, wir wollen uns nächste Woche treffen.«

»Das wird nicht mehr möglich sein«, erwiderte er, »leider.«

Er sah, wie sehr sie mit der schockierenden Botschaft kämpfte. Ihre Augen verloren den klaren Blick, die Augäpfel wanderten hin und her. Braig bemerkte, dass sie plötzlich durch den Stress deutlich schielte.

»Was ist passiert?«, hauchte sie dann. Sie schüttelte immer noch ihren Kopf, wandte den Blick nicht von ihrem Besucher ab.

Braig wartete, bis sie auf dem Sofa Platz genommen hatte, versuchte dann behutsam, sie über das Geschehen zu informieren. »Sie wurde überfallen. Am späten Montagabend.«

Er sah förmlich, wie es in ihr arbeitete.

Sie griff sich an den Kopf, fuhr sich mit der Rechten durch die Haare. »Am Montag? Als wir uns treffen ...« Sie verstummte mitten im Satz.

Braig nickte. »Sie haben mit ihr telefoniert, als sie in der S-Bahn saß. Sie teilten ihr mit, was passiert war und dass sie das vereinbarte Treffen leider nicht wahrnehmen könnten. Ist das so richtig?«

Corinna Fischer betrachtete ihn mit glasigem Blick, die Augäpfel immer noch unsymmetrisch gegeneinander verschoben, ging nicht auf seine Worte ein. »Bin ich schuld an ihrem Tod?«, fragte sie stattdessen.

»Sie? Weshalb?«

»Der Unfall. Wäre er nicht passiert, hätten wir uns getroffen.«

Er schüttelte energisch den Kopf, schleuderte ihr ein lautes »Nein, das sind Sie nicht!« entgegen. »Schuld ist derjenige, der es getan hat. Der Kerl, der Christina überfallen hat. Den müssen wir finden. Aber dazu benötige ich Ihre Hilfe.« Er merkte, dass sie langsam wieder zu sich fand, ließ ihr Zeit.

»Deshalb wollten Sie unbedingt zu mir kommen«, sagte sie dann. Sie stöhnte, lehnte sich auf dem Sofa zurück, fuhr sich verzweifelt mit der Hand durch die Haare.

Braig nickte. »Wir benötigen Ihre Hilfe. Es ist wichtig für uns, dass Sie sich an alles erinnern, was Sie mit Frau Bangler besprachen, als Sie nach dem Unfall anriefen. Sie sind vielleicht die einzige Person, die uns weiterhelfen und zu dem führen kann, der sie überfallen hat.«

»Aber was soll ich ...«

Er fiel ihr mitten ins Wort. »Versuchen Sie sich bitte genau an das Gespräch zu erinnern. Wo war sie gerade, als Sie sich unterhielten? War sie allein, war jemand bei ihr? Was wollte sie tun? Fuhr sie sofort wieder zurück?«

Corinna Fischer sprang vom Sofa auf, lief zur Tür. »Was sie mir sagte, als der Unfall passiert war?« Sie schüttelte den Kopf. »Wie stellen Sie sich das vor? Wissen Sie, wie aufgeregt ich war?«

»Das ist mir klar. Sie hatten vor allem den Unfall im Kopf. Vielleicht litten Sie sogar unter einem kleinen Schock. Alles andere war auf jeden Fall Nebensache. Sie müssen sich Zeit lassen. Denken Sie in Ruhe darüber nach.«

Sie schaute nachdenklich zu ihm hin, setzte sich wieder auf das Sofa. »Ich weiß nicht, ob das einen Sinn hat.«

»Sie müssen es versuchen. Denken Sie einfach an die Situation zurück. Kurz nach dem Unfall, als Sie zum Handy griffen ...«

Sie rückte unruhig auf ihrem Platz hin und her, starrte auf die gegenüberliegende Wand. »Mein Gott, was wir miteinander besprochen haben ...« Sie hielt inne, schüttelte den Kopf. »Woher soll ich das noch wissen?«

»Frau Bangler saß in der S-Bahn, als Sie anriefen. Richtig?«

»Ja. Das habe ich Ihnen doch erzählt.«

»Genau. Wie viel Uhr war es da?«

»Kurz vor acht.«

»Sie sind sich sicher?«

»Ja, die Uhrzeit weiß ich genau. Als das passiert war, ich meine, dieser Unfall in Degerloch, und wir den Schaden begutachtet und die Polizei gerufen hatten, überlegte ich, was ich

Christina jetzt sagen sollte. Und da schaute ich auf die Uhr, genau in dem Moment, als ich sie anrief. Es war kurz vor acht, vielleicht zehn, zwölf Minuten vor.«

»Frau Bangler kam aus Endersbach?«

»Ich denke schon, ja.«

»Dann müssten wir anhand des Fahrplans doch feststellen können, wo sie sich gerade befand, als ihr Anruf kam.«

»Ist das so wichtig?«

»Ich weiß es nicht. Aber vielleicht können wir auf diese Weise Rückschlüsse ziehen ...« Braig unterbrach seine Antwort, starrte auf Corinna Fischer. Sie war unvermittelt aufgesprungen, schlug sich mit der Linken an die Stirn.

»Cannstatt. Der Zug hielt gerade in Bad Cannstatt«, presste sie aufgeregt hervor.

»Sie erwähnte es am Telefon?«

»Natürlich. Jetzt erinnere ich mich wieder. In dem Moment war in Degerloch die totale Hektik. Irgendein Typ schrie mich an, ich solle mit meinem Auto wegfahren, es sei sein Standplatz. Ich weigerte mich, weil ich erst die Ankunft der Polizei abwarten wollte ... Deshalb bekam ich Christinas Worte nur so am Rand mit. Sie erzählte irgendwas von Cannstatt und dass da jemand auf dem Bahnsteig stehe und ihr winke ...«

»Wie bitte? Ein Bekannter?« Braig fuhr elektrisiert hoch, sah, wie sie überlegte.

»Sie nannte einen Namen.«

»Sie kennen die Person?«

Seine Gesprächspartnerin schüttelte den Kopf. »Nein. Das heißt, der Name, den sie nannte, sagte mir nichts. Aber er müsste mir wieder einfallen.«

Sie lief in die Diele, öffnete den kleinen Schrank, zog Zigaretten daraus hervor. Im selben Moment läutete ihr Handy. Corinna Fischer ließ es liegen, zündete sich eine Zigarette an. »Sie auch?«

Braig schüttelte den Kopf.

»So kann ich mich besser konzentrieren.«

Er nickte, sah, wie sie tief inhalierte. Das Handy verstummte nach vier, fünf vergeblichen Versuchen.

»Nein, mir fällt nicht ein«, erklärte sie dann. Sie blies den Rauch von sich, zog einen kleinen Teller aus einer Kiste am Boden, benutzte ihn als Aschenbecher. »Es war am Ende unseres Gesprächs. Ich hatte ihr erklärt, was passiert war, und mich hundertmal entschuldigt, dass ich jetzt nicht in die Stadt kommen konnte und dabei schrie mich die ganze Zeit dieser durchgeknallte Typ wegen seinem Parkplatz an. Tut mir Leid.«

»War es der Name eines Mannes oder der einer Frau?«

Sie starrte zu Braig hinunter, überlegte. »Ein Mann«, sagte sie, »auf jeden Fall der Name eines Mannes.«

»Und er stand auf dem Bahnsteig und winkte ihr?«

»So habe ich es verstanden, ja. Und ich glaube, sie hatte die Absicht, mit ihm in Kontakt zu treten. Irgendwas in diese Richtung gab sie jedenfalls von sich – auch wenn ich es nicht richtig verstand.«

Braig rutschte unruhig auf seinem Stuhl hin und her. Er spürte die Aufregung, die von ihm Besitz ergriff. Unwillkürlich wurde ihm die Brisanz dieser Aussage klar.

War Christina Bangler in Bad Cannstatt ihrem Mörder begegnet? Hatte der Mann, der ihr dort auf dem Bahnsteig aufgefallen war, mit ihrem schrecklichen Tod zu tun? Sie mussten ihn finden und sein Alibi überprüfen, soviel war klar. Stand er kurz vor einer entscheidenden Wendung des Falles?

Braig spürte wieder stechende Kopfschmerzen, versuchte, sich auf Christina Banglers Tod zu konzentrieren. Er sah, wie die junge Frau vor ihm unruhig im Zimmer hin und her lief und Rauchwolken in die Luft blies. Ob sie sich an den Namen des Mannes erinnerte?

Nein, das war nicht selbstverständlich.

Was sollte er tun, falls es ihr nicht mehr einfiel? Fernsehen, Rundfunk und Presse einschalten, um die Personen zu erreichen, die um jene Zeit in Bad Cannstatt auf dem Bahnsteig auf einen Zug gewartet hatten, und sie dann nach dem Aussehen des Unbekannten fragen, um auf diese Weise seine Identität ermitteln zu können?

Braig massierte seine Schläfen, spürte, dass er es ohne Tabletten oder wenigstens einen starken Kaffee nicht mehr lange aushalten würde. Was, wenn sich nach tagelangem Suchen herausstellen sollte, dass der Mann völlig unschuldig war? Dass er Christina Bangler zwar in Bad Cannstatt in der S-Bahn entdeckt, es aber bei einem kurzen Blickkontakt vom Bahnsteig in den Zug belassen hatte? War es wirklich sinnvoll, all die Mühe auf sich zu nehmen, die es zweifelsohne erfordern würde, dieser Spur zu folgen? Oder war es Erfolg versprechender, sich ganz auf den Vater als Tatverdächtigen zu konzentrieren, obwohl der so vehement jede Schuld von sich gewiesen hatte?

Corinna Fischer riss ihn aus seinen Überlegungen. »Ich glaube, ich weiß den Namen«, murmelte sie, die Zigarette weit von sich gestreckt.

Braig betrachtete die junge Frau voller Erwartung. Der Rauch hing in dichten Schwaden in der Luft, den Raum in ein ähnlich düsteres Panorama verwandelnd wie die Nebelschwaden draußen die Straßen. »Ja?«, fragte er.

»Markus«, erklärte sie, »wenn ich mich richtig erinnere, erwähnte sie einen Markus, der auf dem Bahnsteig stehe und ihr winke. Und dann, am Schluss unseres Gesprächs, redete sie noch davon, dass sie jetzt, wo es mit unserem Treffen ja ohnehin nichts würde, den Zug verlassen und dem Mann Gesellschaft leisten könne.« Sie schwieg einen Moment, drückte die Zigarette auf dem Teller aus. »Ich bin mir aber nicht hundertprozentig sicher, ob ich alles richtig verstanden habe. Bedenken Sie bitte die hektische Situation, in der ich mich befand.«

13. Kapitel

Braig hatte es nicht mehr auf seinem Stuhl gehalten. Er war aufgesprungen, hatte Corinna Fischer überrascht angestarrt und sich durch Nachfragen versichert, dass er ihre letzten Worte richtig verstanden hatte. »Sie wollte den Zug verlassen und dem Mann Gesellschaft leisten?«

Er hatte ihr Zeit gelassen, sich die Szene noch einmal in Erinnerung zu holen, genau darüber nachzudenken, was Christina Bangler ihr in jenem Moment erzählt hatte, als sie am Straßenrand in Degerloch auf die Ankunft der Polizei wartete. Corinna Fischer war unruhig in ihrem Zimmer auf und ab marschiert, hatte Unmengen Nikotin inhaliert, war dann mit einem Schulterzucken auf ihr Sofa gesunken. »Ich weiß es wirklich nicht mehr genau. Tut mir Leid.«

Nach zwei weiteren Zigaretten war sie endgültig davon überzeugt gewesen, dass Christina Bangler den erwähnten Vornamen, dann auch die Absicht geäußert hatte, den Zug zu verlassen und Kontakt mit dem Mann aufzunehmen.

»Das bedeutet, sie hat ihn näher gekannt.«

»So wie sie den Mann erwähnte, sicher.«

Ein Markus, mit welchem Nachnamen auch immer, im Zusammenhang mit ihrer ermordeten Freundin war ihr jedoch nicht geläufig.

Kurz vor halb elf war Braig in Birkach aufgebrochen. Er hatte seine Telefonnummer und die dienstliche Anschrift hinterlassen, falls ihr doch noch etwas einfallen sollte. Er musste Rebekka Bangler und eventuell – so sehr er sich auch dagegen sträubte – ihre Eltern fragen, ob ihnen ein Mann mit dem Vornamen Markus im Zusammenhang mit Christina bekannt sei. Wenn sie tatsächlich den Zug verlassen und Kontakt mit ihm aufgenommen hatte, war er einer der letzten Menschen, mit denen sie zusammengetroffen war. Vielleicht gar der letzte?

Statt direkt in sein Büro zurückzukehren, beschloss Braig, bei Ann-Katrin im Diakonissenkrankenhaus vorbeizuschauen. Beim Verlassen der Wohnung in Birkach war ihm eingefallen, dass er seit der Operation immer noch kein Wort mit ihr gesprochen hatte. Am Morgen, von seinem privaten Anschluss aus, war er zwar auf ihrer Station vorstellig geworden, hatte jedoch von der betreuenden Schwester erfahren, dass sie noch in tiefem Schlaf liege.

Braig spürte sein schlechtes Gewissen: Im Eifer der Ermittlungen hatte er Ann-Katrin vergessen. Im Verlauf der zurückliegenden Stunden war es ihm so ergangen wie in all den Monaten und Jahren zuvor: Kaum hatte er sich in eine der komplizierten Untersuchungen vertieft, war er seiner beruflichen Verpflichtung mit Haut und Haaren verfallen. Alles Private musste zwangsläufig zurücktreten. Wahrscheinlich, versuchte er sich selbst zu rechtfertigen, waren die Anforderungen seines Berufes ohne diese Konzentration nicht zu leisten. Anstatt mit schlechtem Gewissen herumzulaufen, war es jetzt sinnvoller, sich um Ann-Katrin zu kümmern.

Er lief die Treppen des Klinikums hoch, sah die betreuende Schwester schon von weitem. Sie suchte gerade verschiedene Medikamente zusammen, ordnete sie in schmale rechteckige Behälter ein. Als er sie fast erreicht hatte, drehte sie sich um, erkannte ihn auf den ersten Blick. »Sie ist wach«, rief sie, »bestimmt seit einer halben Stunde.« Sie zeigte auf den Eingang zur Intensivstation.

Braig begrüßte sie freundlich, dankte für ihre Information. »Dann komme ich gerade recht.«

Die Frau nickte. »Ihre Mutter ist ebenfalls da.«

Er öffnete die Tür. Sofort umfing ihn wieder die vom Vorabend bekannte, stets aufs Neue bedrückende Atmosphäre. Nebeneinander aufgereihte Betten mit scheinbar leblosen Körpern, bleiche Gesichter, unzählige Schläuche und Leitungen, Computer-Bildschirme, dazu das unablässige Fiepen und

Pulsieren verschiedener Pumpen. Obwohl er Ann-Katrins vor Freude aufblühendes Gesicht schon beim Eintreten wahrnahm, breitete sich wieder eine Gänsehaut auf seinem Rücken aus.

Er schloss die Tür, trat an ihr Bett, begrüßte sie und ihre Mutter, die auf einem Hocker unmittelbar daneben saß, beugte sich dann zu Ann-Katrin nieder, küsste sie auf den Mund.

Sie erwiderte seinen Kuss, strahlte übers ganze Gesicht. »Ich glaube, das Schlimmste ist vorbei«, hauchte sie. Ihrer Stimme war deutlich anzumerken, wie viel Kraft die Operation sie gekostet hatte.

»Du hast keine Schmerzen mehr?«

»Sie sind auszuhalten. Hauptsache, die Sache ist vorbei.«

Er nickte, drückte ihre Hand. »Ich war gestern schon da«, sagte er, »und vorgestern auch. Aber du hast immer geschlafen.«

»Ich weiß. Die Schwester hat mir alles erzählt. Sie meint, der Schlaf sei besser als jede Medizin.«

Zwei Betten weiter ertönte plötzlich ein schrilles Heulen. Braig sah erschrocken auf, bemerkte das Blinken auf dem Monitor.

»Keine Aufregung«, sagte Ann-Katrins Mutter, »die Schwester muss den Beutel wechseln.«

»Du kennst dich aus?«

»Ich saß gestern den halben Tag hier. Was glaubst du, wie oft die Sirene heulte.«

Die Schwester kam in den Raum, nickte ihnen zu, lief zwei Betten weiter. Der nervenaufreibende Ton verstummte.

»Wie lange musst du hier bleiben?«, fragte er.

»Wenn alles gut geht«, erklärte Ann-Katrins Mutter, »kommt sie morgen auf die normale Station.«

Die Schwester begab sich in den rückwärtigen Teil des großen Raumes, kam mit einem durchsichtigen, mit farbiger Flüssigkeit gefüllten Kunststoffbehälter zurück, wechselte den leeren Beutel aus.

»Wie geht es dir?«, fragte Ann-Katrin.

Braig holte tief Luft, versuchte, sich ein Lächeln aufzuzwingen. »Müssen wir wirklich darüber reden?«

Sie schüttelte den Kopf. »Ist es so schlimm?«

»Die Welt ist verrückt.« Er wollte nicht genauer auf seine aktuelle Ermittlung eingehen, nicht jetzt, wo Ann-Katrin Aufmunterung, Zuspruch, freundliche Worte, auf keinen Fall aber die Beschreibung des nächtlichen Geschehens in Waiblingen benötigte.

»Du bist nicht weitergekommen?«, fragte ihre Mutter.

»Eine neue Spur«, erwiderte er, »jedenfalls sieht es so aus. Ob wirklich was dran ist, weiß ich noch nicht.« Er zuckte mit der Schulter. »Es ist mühsam wie immer.«

Sie verstand seine zögernd vorgetragene Antwort, half ihm, das Gespräch in eine andere Richtung zu lenken. Sie sprachen von Theresas Studium, entwickelten Pläne, nach Ann-Katrins Genesung gemeinsam in Urlaub zu fahren, hörten sich längst bekannte Anekdoten aus der Kindheit der Mutter an. Kurz nach zwölf verließ er die Klinik.

* * *

Als er im Amt angelangt war, stieg er die Treppen hoch, spürte die Schmerzen in seinem Kopf. Höchste Zeit für Kaffee und Aspirin.

Er erreichte sein Stockwerk, sah die bullige Gestalt Michael Felsentretters zum Aufzug stürmen. Der Kollege war annähernd zwei Meter groß, dazu kräftig und muskulös und von langjährigem Kraftsporttraining geprägt: von der breiten Schulterpartie bis zu einem leicht watschelnden Gang. Er hatte dünne Haare, ein breites Gesicht, war Anfang vierzig. Felsentretter nahm Braig erst in letzter Sekunde wahr, stoppte mitten in seinem stürmischen Lauf.

»Du bist wieder da?«, fragte Braig.

Felsentretter starrte zu ihm hin.

»Wie war es auf der Fortbildung?«

»Fortbildung?«, donnerte der Kollege.

Jedes Mal, wenn er den Kollegen reden hörte, schoss Braig der Gedanke durch den Kopf, dass die Stimme des Mannes ähnlich überdimensioniert war, wie seine ganze Gestalt.

»Vergiss den Quatsch. Die übliche Kacke. *Effizientere Fahndungsmethoden.* Die neuste Gehirnblähung aus den USA. Schwachsinn hoch zehn. Aber hast du von den Amis was anderes erwartet? Statt endlich mit staatlichen Programmen ihre krassen sozialen Gegensätze abzumildern, beuten sie die Ärmsten der Armen noch weiter aus und verbreitern so den Nährboden ihrer überbordenden Gewaltkriminalität. Für diejenigen, die sich diese Verarschung nicht länger bieten lassen und deshalb aus der Norm fallen, entwickeln sie dann großartige Computerprogramme, um sie besser jagen und zur Strecke bringen zu können. Zum Kotzen!« Er schaute auf seine Uhr, zeigte zum Fahrstuhl. »Ich muss weg. Eine unbekannte Leiche am Hauptbahnhof.«

»Unfall?«, fragte Braig.

Hinter ihnen verkündete ein Signal die Ankunft des Aufzugs.

»Keine Ahnung«, erklärte Felsentretter. Er starrte zum Fahrstuhl, setzte sich augenblicklich wieder in Bewegung. »Vom Bahnhofsturm gestürzt. Mehr weiß ich nicht. Die Techniker sind schon dort.«

Braig hörte seine letzten Worte noch durch die bereits geschlossenen Aufzugtüren. Er eilte in sein Büro, lief ans Waschbecken, klatschte sich kaltes Wasser ins Gesicht. Braig drehte den Hahn noch weiter auf, hielt sein Gesicht direkt unter den Strahl. Das Wasser prallte auf seine Wangen, das Kinn, die Stirn. Er hielt seine Augen geschlossen, spürte das Pochen des Bluts in seinen Schläfen. Wasser lief ihm in den Nacken, tropfte unter sein Hemd. Er spürte das feine Rinnsal den Rücken hinunterrinnen. Gänsehaut überzog die Partie zwischen den Schulterblättern. Braig holte sich ein Aspirin, schluckte die Tablette. Er lief wieder zum Wasserhahn, trank von der kalten Flüssigkeit, richtete sich auf, drehte den Strahl ab.

Nur langsam verloren die Schmerzen in seinem Kopf an Intensität. Er schüttelte sich wie ein nasser Hund. Anschließend bereitete er zwei große Tassen Kaffee vor. Das Wasser tröpfelte in die Kanne. Braig suchte die Telefonnummer der Wohnung in Endersbach. Als würziger Kaffeeduft durch sein Büro strich, hatte er Michaela Schneitter am Apparat.

»Hier ist Steffen Braig vom LKA«, meldete er sich, »ich war gestern bei Ihnen.«

»Sie haben den Täter?«

Braig atmete tief durch. Es war immer dasselbe. Die Leute kannten die Arbeit der Kriminalpolizei nur aus dem Fernsehen, glaubten, die Suche nach den Schuldigen sei eine unterhaltsame Affäre von Minuten, höchstens Stunden. »Leider nein. Die Ermittlungen sind nicht so einfach. Wir wissen immer noch nicht, mit wem Christina Bangler zuletzt zusammen war.«

»Sie wissen es nicht?«, entrüstete sich Frau Schneitter. »Aber ich erzählte Ihnen doch, dass sie sich mit Corinna Fischer, ihrer ehemaligen Mitschülerin, traf.«

»Das ist leider so nicht richtig. Frau Fischer hatte einen Autounfall, daher wurde nichts aus der Verabredung.« Braig berichtete seiner Gesprächspartnerin in aller Kürze von seinen Ermittlungen, fragte dann nach dem bisher unbekannten Mann. »Sie kennen einen Markus? Irgendwo im Freundeskreis Frau Banglers?«

Michaela Schneitter überlegte, entschuldigte sich dann. »Tut mir Leid. Es ist besser, Sie fragen Rebekka. Vielleicht weiß die mehr.«

»Wo ist sie?«

»In ihrem Zimmer. Sie kann nicht arbeiten, unmöglich. Der Tod Christinas hat sie zu sehr mitgenommen. Sie heult die halbe Nacht. Erst heute Morgen hat sie sich etwas beruhigt. Ich werde sie holen.« Sie machte eine Pause, setzte dann jedoch noch einmal an: »Aber ich möchte Sie bitten, Rebekka mit allzu forschen Fragen zu verschonen.«

Braig dachte an die bleiche junge Frau, der er gestern die schlimme Botschaft vom Tod ihrer Schwester hatte überbringen müssen, versprach sofort, Rücksicht auf ihre psychische Verfassung zu nehmen. Er hörte, wie sich die Schritte am anderen Ende der Leitung entfernten, wartete, bis Rebekka Bangler am Apparat war.

Sie meldete sich mit ihrem vollen Namen, die Stimme fester, als er erwartet hatte.

»Steffen Braig«, sagte er, »Sie erinnern sich noch an mich von gestern?«

Sie bejahte seine Frage, erkundigte sich nach dem Grund seines Anrufs.

»Ich suche einen Markus«, erklärte er, »einen Bekannten Ihrer ...« Er stockte, wurde sich der Problematik seiner Frage bewusst, sprach dann schnell weiter, »einen Bekannten Ihrer Schwester.«

»Markus Böhmer?«

Braig griff nach einem Kugelschreiber, notierte sich den Namen. »Markus Böhmer«, wiederholte er, um sich zu vergewissern, dass er richtig verstanden hatte, »wissen Sie zufällig auch seine Adresse und die Telefonnummer?«

Rebekka Bangler zögerte etwas. »Die Straße kann ich Ihnen nicht nennen, obwohl ich bei ihm schon wunderschöne Stunden verbracht habe.«

»Wunderschöne Stunden?« Braig wurde sich der Indiskretion seiner Frage erst klar, als es zu spät war. Er wollte schnell eine weitere Bemerkung anfügen, wurde aber von ihrer Antwort daran gehindert.

»Die Wohnung liegt im obersten Stockwerk direkt unter dem Dach, so viel weiß ich noch. Die Aussicht aus seinem Dachfenster ist unglaublich.«

»Wo wohnt dieser Markus Böhmer?«

»In Welzheim«, erklärte sie, »ziemlich am Ortsrand.«

Braig überlegte immer noch, weshalb sie die gute Sicht und das Dachfenster so betont hatte, als sie ihm ohne weitere Fragen die Erklärung lieferte. »Christina war ein paar Mal bei Markus. Sie schauten stundenlang die Sterne an.«

Sein Schweigen machte ihr wohl klar, dass er ihre Aussage nicht verstand.

»Er hat ein großes Fernrohr. Die Sterne sind sein Hobby. Markus ist extra nach Welzheim gezogen, um sie besser beobachten zu können. Es liegt in den Bergen am Rand des Schwäbischen Waldes.«

Sprach sie wirklich von dem Markus, den ihre Schwester im Menschengewühl des Bahnhofs in Bad Cannstatt entdeckt hatte?

»Ihre Schwester kannte ihn gut?«

»Gut? Ich weiß es nicht. Markus hat nicht viel Kontakt, soweit ich weiß. Er beschäftigt sich lieber mit seinen Sternen.«

Ein menschenscheuer Sonderling, dachte Braig. Einer, der lieber in die Sterne starrt als sich mit Menschen zu beschäftigen. Ist das nicht geradezu der Prototyp des unberechenbaren Täters, der blitzschnell die Nerven verliert, sobald er in eine ihm ungewohnte, daher für ihn äußerst stressreiche Situation gerät? Oder hatte sich der Mann beim gemeinsamen Betrachten der Sterne in Christina Bangler verliebt, seine Gefühle aber nicht erwidert gesehen?

»Wie alt ist dieser Markus Böhmer?« fragte er.

»Wie Christina, schätze ich. Vielleicht etwas älter. Ich weiß es nicht genau. Ich glaube, sie lernten sich im Zug kennen. Irgendwann auf der Fahrt nach Stuttgart.«

»Einen anderen Markus kennen Sie nicht? Ich meine, aus dem Bekanntenkreis Ihrer Schwester?«

Rebekka Bangler überlegte. »Weshalb wollen Sie das wissen?«, fragte sie stattdessen.

Braig erklärte ihr den Ermittlungsstand.

»Christina war nicht mit Corinna zusammen?«

»Frau Fischer hatte einen Unfall. Er hinderte sie daran, in die Stadt zu kommen.«

»Aber wo war sie dann?«

»Genau das versuche ich ja herauszufinden«, antwortete Braig. Er entschuldigte sich, ihr nicht genauer Bescheid geben zu können, bedankte sich für ihre Auskunft. »Sobald ich Neuigkeiten habe, melde ich mich«, versprach er, verabschiedete sich dann.

Das Telefon gab einen schrillen Ton von sich, als ihm der Hörer ungeschickt neben den Apparat fiel. Braig bückte sich, korrigierte das Versehen. Er schaltete den Computer ein, suchte nach der Adresse Markus Böhmers in Welzheim. Der Name der Straße erschien samt Haus- und Handynummer sofort auf dem Bildschirm. Erst als der Drucker die Adresse ausspuckte, nahm Braig den Duft seines Kaffees wieder wahr.

Ein Sterngucker, überlegte er, das hatten wir noch nie. Durch ein Fernrohr in den Nachthimmel starren. Wie müssen Menschen beschaffen sein, um sich für dieses Hobby zu begeistern? Romantisch, altmodisch, etwas abseits der Realität?

Braig erinnerte sich daran, in seiner Kindheit während des Aufenthalts bei seiner Tante in einem kleinen Dorf ab und an in den nächtlichen Himmel geblickt und das Schauspiel Tausender klitzeklein aufblinkender Punkte, von bis dahin unbekannten Gefühlen überwältigt, erlebt zu haben. Seine Mutter wie die anderen Verwandten hatten für diese zeitverschwenderischen Momente wenig Verständnis gezeigt und ihn schnell zu sinnvolleren Tätigkeiten abkommandiert. Später dann, wieder zu Hause in der Großstadt, blieben ihm solche Erlebnisse ohnehin verwehrt: Im Licht greller Straßenlampen und Autoscheinwerfer zeigte sich kaum der Hauch des dunklen, von Milliarden von Sternen übersäten Firmaments. Nur einmal, beim Besuch des Stuttgarter Planetariums mit Ann-Katrin vor wenigen Monaten, hatte Braig wieder einen Funken jener eigenartigen Faszination gespürt, die der Anblick des riesigen, nächtlichen Himmels bei ihm auszulösen vermochte. Die Erkenntnis eigener Bedeutungslosigkeit in der Konfrontation mit Größenordnungen bisher unbekannter Kategorie. Waren es Gefühle dieser Art, die Menschen zum Erforschen der Sterne verleiteten? Oder war es Neugier, pure Neugier auf von Menschen bisher unberührtes, völlig unbekanntes Terrain?

Braig schenkte seine Tasse wieder voll, wählte die Handynummer Markus Böhmers. Er hielt die Tasse in seiner Linken, nippte vorsichtig daran. Der Kaffee hatte gerade noch akzeptable Temperatur. Nach dem siebten Läuten, Braig wollte gerade auflegen, meldete sich eine auffallend tiefe Stimme. »Böhmer.«

»Hier ist Braig. Spreche ich mit Markus Böhmer?«

»Ja. Um was geht es?«

Braig hörte im Hintergrund das Plätschern von Wasser. »Sie kennen eine Frau Bangler?«

»Warum fragen Sie?«

Der Kommissar stellte sich vor, erklärte seine dienstliche Funktion.

Die Reaktion seines Gesprächspartners war nicht zu überhören. Die Stimme schien innerhalb von Sekunden gealtert, die Worte kamen nur noch stockend. »Weshalb soll ich die Frau kennen?«

»Warum beantworten Sie nicht einfach meine Frage?«

»Ich, also«, Böhmer stotterte, »wie heißt sie? Ich habe den Namen nicht richtig verstanden.«

Braig trank von seinem Kaffee, begann die Geduld zu verlieren. »Bangler«, wiederholte er, »mit Vornamen Christina.«

Am anderen Ende der Leitung blieb es einen Moment ruhig. »Warum fragen Sie gerade mich nach der Frau?«

»Können Sie nicht einfach mit *Ja* oder *Nein* antworten?«

»Nein«, sagte der Mann, »ich kenne sie nicht.«

Braig glaubte, nicht richtig gehört zu haben. Das Verhalten des Mannes war seltsam, er war kaum zu einer offenen Antwort zu bewegen. Man musste ihn so schnell wie möglich überprüfen. »Sie kennen Frau Bangler nicht?«

»Nein.« Diesmal ließ Böhmers Antwort nicht auf sich warten.

Braig trank die Tasse leer, stellte sie auf seinen Schreibtisch, zog die Computer-Tastatur zu sich her. »Weshalb haben Sie sich dann vor wenigen Tagen noch ausführlich mit ihr unterhalten?« Er sprach den Satz mit kräftiger Stimme in den Hörer, wohl wissend, dass es sich dabei nur um eine Spekulation, nicht aber einen belegbaren Sachverhalt handelte.

Böhmers Reaktion war dennoch bezeichnend. »Woher wollen Sie das wissen?«

»Sie wurden beobachtet.« Schuss ins Blaue!

»Von wem?«

Braig war nahe dran, seine Geduld zu verlieren, ließ seinen Ärger deutlich raus. »Jetzt antworten Sie endlich kurz und eindeutig! Frau Bangler hat uns das erzählt, wer denn sonst?« Er presste den Hörer ans Ohr, lauschte angespannt. Wenn der Mann mit dem Tod der jungen Frau etwas zu tun hatte, wusste er jetzt, dass Braig nicht die Wahrheit sagte. Wie würde er diese Klippe umschiffen?

Zu hören war nichts als ein entferntes Rauschen von Wasser. Böhmers Antwort ließ auf sich warten. »Weshalb fragen Sie mich dann noch, wenn Sie es sowieso schon wissen?«

Braig schaltete das Personen-Überprüfungsprogramm ein, tippte Böhmers Personalien in die Tastatur. »Sie kennen Christina Bangler also doch!«

»Was heißt *kennen*?«, brummte der Mann. »Wir haben uns ab und an getroffen.«

»Weshalb sagen Sie das nicht gleich?« Braig starrte auf den Monitor, sah, wie sich eine Seite mit ausführlichen Informationen über einen Markus Böhmer aufbaute.

»Ich rede am Telefon nicht gern über Bekannte. Wer weiß, wer sich da am anderen Ende verbirgt.«

»Sie scheinen sehr misstrauisch zu sein. Ich bin vom Landeskriminalamt. Das habe ich Ihnen offen erklärt.«

»Das kann jeder sagen. Woher weiß ich, dass das stimmt?«

Braig las den Text auf dem Bildschirm, betrachtete das dazugehörige Bild des Mannes. Er spürte wachsende Erregung. »Weil ich mich Ihnen heute noch persönlich vorstellen werde. Wo kann ich Sie erreichen?«

Sein Gesprächspartner seufzte laut, gab mehrere leise vor sich hin genuschelte Verwünschungen und Flüche von sich. »Ich arbeite in der Wilhelma. Im Pflanzenschauhaus«, erklärte er, ergänzte dann nach kurzem Zögern: »Aber bitte ohne Blaulicht. Von Ihrer Ankunft muss nicht die ganze Stadt erfahren.«

Braig nahm die Worte seines Gesprächspartners kaum mehr wahr. Er starrte nur auf den Monitor, überflog wieder und wieder Markus Böhmers Strafregister. Der Mann war vor nicht einmal zwei Jahren über eine Frau hergefallen und hatte sie schwer misshandelt. – Nur einen Steinwurf von Waiblingen entfernt.

14. Kapitel

Gab es noch Zweifel, dass er auf der richtigen Spur war? Der Drucker hatte das Papier mit Böhmers Strafregister gerade ausgespuckt, als das Telefon läutete. Braig beugte sich zur Seite, griff nach dem Hörer. Katrin Neundorf war in der Leitung.

»Wie kommst du voran?«, fragte sie.

Er zog das Papier aus dem Drucker, erklärte seiner Kollegin den Stand der Ermittlungen.

Neundorf pfiff Beifall heischend durch die Zähne. »Ein bigotter Fundamentalist und ein wegen Misshandlung einer Frau vorbestrafter Sterngucker. Ein interessantes Paar. Und du glaubst, einer von den beiden war es.«

»So weit bin ich noch nicht. Bei Bangler bin ich mir überhaupt nicht sicher, was ich von ihm halten soll, und von Böhmer weiß ich noch zu wenig. Ich muss mir den Typ jetzt erst einmal genau anschauen.«

»Weshalb wurde er verurteilt? Ich meine, was genau liegt vor?«

Er nahm das Papier, las ihr die entsprechenden Passagen vor. »›Markus Böhmer belästigte auf einer nächtlichen Sommerparty mehrere Frauen in stark alkoholisiertem Zustand. Er wurde in eindeutig sexueller Weise zudringlich und deshalb vom Veranstalter zum sofortigen Verlassen des Festgeländes aufgefordert. Böhmer kam diesem Ansinnen erst nach mehrmaliger Ermahnung und Androhung einer Anzeige nach. Im Anschluss an den Verweis hielt er sich im angrenzenden Gelände verborgen und lauerte einer jungen Frau auf, die zu ihrem Fahrzeug ging. Sie wollte gerade die Tür öffnen, als Böhmer von hinten über sie herfiel und sie auf den Boden warf. Weil sie sich wehrte, schlug er auf die Frau ein und verletzte sie schwer. Vor allem im Halsbereich und im Gesicht trug sie deutliche

Blessuren davon. Nur durch einen zufällig das Gelände verlassenden Festbesucher konnte Böhmer überwältigt werden. Zum Zeitpunkt der Tat war der Angeklagte 19 Jahre alt. Er wurde vom Jugendgericht zu acht Monaten Freiheitsstrafe auf Bewährung verurteilt. Der Vorfall ereignete sich im August 2001 in Fellbach.‹«

»Dann ist dieser Bangler vorerst aus der Schusslinie«, kommentierte Neundorf.

»So schnell würde ich das nicht sagen. Der Mann hat für die unmittelbare Tatzeit kein überwältigendes Alibi.«

Neundorf blieb einen Moment ruhig, überraschte ihn dann mit einem Vorschlag. »Wenn du willst, sehe ich mir den Mann heute noch persönlich an.«

»Du traust es dir zu?«, fragte Braig. »Ich meine, wegen deiner Gesundheit?«

»Mir geht es besser. Das ist kein Problem. Gib mir bitte seine Nummer und die Adresse.«

Er suchte nach dem Blatt mit Banglers Daten, gab sie ihr durch.

»Ich melde mich«, sagte Neundorf, »sobald ich mit ihm gesprochen habe.«

Braig bedankte sich für ihre Hilfe, verabschiedete sich. Er lief zum Waschbecken, spülte die Tasse sauber, hielt seine Hände in den Strahl, trank von dem klaren Wasser. Die Kopfschmerzen hatten sich gelegt, nur das immer bohrendere Hungergefühl in seinem Leib machte ihm zu schaffen.

Er schaute auf seine Uhr, es war kurz nach eins. Kein Wunder, dass sein Magen revoltierte. Hatte er die Zeit, ein Mittagessen in der Kantine einzuschieben?

Braig sah das ausgedruckte Personenregister Markus Böhmers auf dem Schreibtisch liegen, entschied sich dafür, den Mann sofort aufzusuchen. Um seinen Hunger fürs Erste zu stillen, konnte er immer noch unterwegs bei einem Bäcker vorbeischauen.

Markus Böhmer war ein hoch aufgeschossener, junger Mann Anfang zwanzig. Auf den ersten Blick wirkte er nicht besonders Vertrauen erweckend: Seine glatten, strähnigen Haare gehörten sowohl gewaschen als auch geschnitten, sein Kinn von den ungleichmäßig sprießenden Stoppeln befreit, die von Schmutz und Schlieren überzogene Arbeitshose ebenso wie die Jacke gegen saubere Exemplare ausgetauscht. Böhmer kniete in der nassen Erde des vorderen Pflanzenschauhauses unter einem üppigen Blätterdach exotischer Gewächse, machte sich an der Wasserzuführung zu schaffen.

»Herr Böhmer?«, fragte Braig, als er den Mann entdeckte.

Er hatte sich am Eingang der Wilhelma ausgewiesen und nach dem Arbeitsplatz des jungen Gärtners erkundigt. Keine Menschenschlangen an der Pforte, nirgendwo Kinder, keine Schulklassen, kaum ein Besucher im Eingangsbereich des weitläufigen zoologisch-botanischen Gartens. – Braig hatte die Szenerie von seinem privaten Besuch mit Ann-Katrin im vergangenen Sommer ganz anders in Erinnerung. Vielleicht waren die vielen Besucher bei dem feucht-kalten Novembernebel alle in die gut geheizten Tierhäuser des Zoos geflüchtet.

Braig starrte unter die grünen Stauden einer Bananen-ähnlichen Pflanze, sah, wie der junge Mann sich zu ihm umwandte.

»Ja?«

Braig stellte sich vor, wartete, bis der andere die knapp über dem Boden verlaufenden Rohre der Wasserzuführung befestigt hatte.

»Sie drückt die Wurzeln ab«, erklärte Böhmer, »wenn wir sie zu tief verlegen.«

»Sie kümmern sich um jede einzelne Pflanze?«

»Das ist mein Beruf. Wissen Sie, wie wertvoll die sind?«

Braig schaute sich kopfschüttelnd um, staunte über die Vielfalt der Vegetation. Schon das Betreten des Pflanzenschauhauses hatte er wie den Eintritt in eine fremde Welt wahrgenommen. Ein Schwall feucht-warmer Luft war ihm entgegengeflutet, hatte ihn die triste Novemberstimmung draußen vergessen lassen. Der Aufenthalt in den Glasgewölben mit den üppig grünen Gewächsen erschien ihm wie ein Eintauchen in eine paradiesische, aller Sorgen ledige Urlaubslandschaft.

Der Mann vor ihm kroch unter dem Blätterdach vor, richtete sich auf. Er war fast genauso groß wie sein Besucher. Er wischte die rechte Hand an seiner Hose ab, reichte sie Braig. »Was wollen Sie von mir?«

Der Kommissar betrachtete sein Gegenüber, spürte den Druck in seinem Magen. Er war gleich nach dem Telefonat aufgebrochen, hatte in der Nähe vom Cannstatter Wilhelmsplatz einen Bäcker aufgesucht und dort im Stehen einen Kaffee und zwei Brötchen zu sich genommen. Weil er nicht allzu viel Zeit verlieren wollte, hatte er ständig auf seine Uhr geblickt und den Imbiss deshalb viel zu schnell hinuntergewürgt. Jetzt machte ihm sein Magen zu schaffen.

»Es geht um ...« Braig unterbrach sich, überlegte, wie er anfangen sollte. Die Karten offen auf den Tisch legen, die Bewährungsstrafe Böhmers als bekannt voraussetzen oder so tun, als wisse er nichts davon? Er entschied sich für einen Mittelweg. »Christina Bangler. Sie haben mir am Telefon erklärt, Sie hätten sie öfter mal getroffen.«

Der junge Mann wischte sich die langen Strähnen aus dem Gesicht, wog seinen Kopf bedächtig hin und her. »So oft jetzt auch wieder nicht. Ab und zu, ja.«

»Wann zum letzten Mal?«

»Diese Woche«, antwortete Böhmer.

»Geht es etwas genauer?« Braig überlegte, dass die tiefe Stimme nicht zu der langen, schlaksigen Gestalt des Mannes passte.

»Was heißt ›genauer‹?«

»An welchem Tag war das, zu welcher Zeit?«

»Vorgestern. Abends.«

»Und wo?«

Böhmer trat ungeduldig von einem Bein aufs andere. »Hören Sie, Christina hat Ihnen das alles doch schon erzählt, oder? Das behaupteten Sie jedenfalls am Telefon.«

Braig schaute ihm starr in die Augen, trat einen Schritt zur Seite, weil er sich von einem der auf die Pflanzen gerichteten Strahler geblendet fühlte, konnte keine Unsicherheit im Gesichtsausdruck des jungen Mannes erkennen. Wusste er nichts von ihrem Tod oder markierte er diese Unwissenheit nur? Selbst wenn er nicht unmittelbar mit ihrer Ermordung zu tun hatte, konnte er aus den Medien darüber informiert sein. War seine angebliche Unkenntnis also Schauspielerei?

»Ich möchte es von Ihnen hören. Ganz einfach.«

Sein Gesprächspartner stöhnte laut. »Also. Hier auf dem Bahnhof.«

»Hier?«

»In Cannstatt, ja. Wo sind wir hier?«

»Wären Sie so freundlich, mir Ihre Begegnung mit Frau Bangler genauer zu schildern?«

Eine Gruppe älterer Frauen trat, lauthals miteinander redend, in den Bereich des Pflanzenschauhauses, in dem sie sich aufhielten. Der junge Mann starrte zu ihnen hin, verzog sein Gesicht.

»Könnten wir nicht woanders hingehen, wo wir uns in Ruhe unterhalten können?«, fragte Braig.

Böhmer zeigte missmutig ans andere Ende des Gebäudes. »Wenn es unbedingt sein muss.«

Er sah Braigs Nicken, schlurfte mit hängenden Schultern einen Weg mitten durch das tropisch anmutende Pflanzendickicht entlang. Gewächse der unterschiedlichsten Arten standen auf engstem Raum beieinander. Der würzige Duft verschiedener Kräuter und Gewürze lag in der Luft.

Sie erreichten das Ende des über und über bepflanzten Gebäudes, traten ins Freie. Der kalte Nebel schien einer anderen Welt zu entstammen. Braig beeilte sich, den kleinen Schuppen zu betreten, dessen Tür Böhmer mit einem kräftigen Schlag entriegelt hatte und ihm jetzt offen hielt. Es handelte sich um einen geräumigen Werkzeugraum, in dem Gartengeräte aller Art aufbewahrt und repariert wurden. Rasenmäher, Schläuche, Schaufeln, Spaten – alles war in überreicher Auswahl vorhanden. Braig entdeckte eine Gruppe weißer Holzbänke, sah, dass Böhmer darauf zusteuerte.

»Bequem sind sie nicht«, sagte der junge Mann. Er zog eine durchsichtige Plastikplane zur Seite, setzte sich.

Braig winkte ab, wischte den feuchten, schmutzigen Belag ab, tat es dem Mann nach. »Also, wie war das vorgestern mit Frau Bangler?«

Böhmer starrte auf den mit kleinen Erdbrocken und Holzspänen übersäten Boden. »Sie winkte mir aus einer S-Bahn, als ich auf meinen Zug wartete. Ich winkte zurück und da stieg sie plötzlich aus.«

»Und?«

»Sie wollte sich mit einer Freundin in der Stadtmitte treffen, aber die hatte einen Unfall und sagte ihr kurzfristig ab. Sie hatte das Handy noch am Ohr, da sah sie mich auf dem Bahnsteig stehen und spurtete aus dem Zug. Sie wusste nicht, weshalb sie weiterfahren sollte.«

»Sie unterhielten sich mit ihr?«

Sein Gesprächspartner nickte.

»Wie lange?«

»Bis meine S-Bahn kam. Drei, vier Minuten vielleicht. Und dann im Zug.«

Braig schaute den jungen Mann überrascht an. »Sie stieg mit Ihnen in den Zug?«

»Ja, natürlich, hat Sie es nicht erzählt?«

Die Frage kam Braig etwas zu aufgesetzt vor. Er versuchte, die Mimik Böhmers zu studieren, hatte im dämmrigen Licht des Werkzeugraumes Schwierigkeiten, die Gesichtszüge des Mannes genau zu erkennen. Ihm schien, als ob sein Gegenüber seine Unkenntnis nur markierte. Vielleicht war er doch kein so guter Schauspieler, wie er zuerst vermutet hatte.

»Wohin fuhren Sie?«

»Wohin wohl? Zu mir nach Welzheim. Ich kam von der Arbeit und wollte nach Hause.«

»Frau Bangler begleitete Sie in Ihre Wohnung?« Braigs Entsetzen war seiner Stimme wohl deutlich anzuhören; der junge Mann gaffte ihn jedenfalls mit weit aufgerissenen Augen an.

»Ich dachte, Christina hat es Ihnen erzählt?«

»Mir ist es wichtig, alles aus Ihrem Mund zu hören.«

»Dann wissen Sie auf jeden Fall schon, warum sie nicht lange bei mir blieb.«

»Warum?«

»Es hatte keinen Sinn. Der Nebel war viel zu dicht.«

Braig schaute ihn fragend an, wartete auf eine Erklärung. Es dauerte eine Weile, bis Böhmer weitersprach. »Im November kann man manchmal wochenlang keine Sterne sehen.«

»Frau Bangler fuhr also von Cannstatt aus mit Ihnen nach Welzheim, um Sterne zu betrachten?«, fragte er.

»Die Idee kam mir unterwegs. Christina war schon zwei- oder dreimal bei mir und jedes Mal unheimlich fasziniert, deshalb schlug ich es ihr vor.«

»Aber dann klappte es nicht.«

»Ich hatte sie vorher schon gewarnt. Aber wie dicht der Nebel wirklich ist, entscheidet sich erst vor Ort. Manchmal hängt Cannstatt voll im Dunst und in Welzheim ist alles klar. Es liegt höher, fast zweihundert Meter.«

Braig nickte, konnte das nachvollziehen. Der Stuttgarter Talkessel lag nicht nur im Herbst und Winter, oft genug auch im Sommer unter einer giftigen Gasglocke aus schmutziger Luft – das unmittelbar benachbarte Cannstatt war trotz der angeblichen Frischluftschneise des Neckars nicht viel besser dran. Stadtautobahn neben Stadtautobahn sorgten dafür, dass sich Massen von Blechkarossen ins Zentrum wälzten, die krebserregende Partikel und Gase ausspien. Oft genug, wenn Braig – beruflich oder privat – im Umland zu tun hatte, erlebte er völlig andere Witterungsbedingungen als in der direkten Umgebung der Landeshauptstadt. Dass es in diesen feucht-kalten Novembertagen aber fast überall dichte Nebelschwaden gab, damit musste man rechnen.

»Was unternahmen Sie stattdessen?«, fragte er.

»Nichts.«

»Hatten Sie Streit mit ihr?«

Böhmer schaute kopfschüttelnd zu ihm her. »Streit? Weshalb?«

»Was weiß ich. Weil das mit den Sternen nicht klappte, zum Beispiel.«

Sein Gegenüber prustete laut. »Das war doch nicht meine Schuld. Außerdem hätte sie ohnehin nicht lange mitgemacht. Da kam schließlich der Anruf.«

»Welcher Anruf?«

»Das hat sie Ihnen ebenfalls verschwiegen?« Böhmer schüttelte den Kopf. Seine langen Strähnen flogen nach allen Seiten. »Ihr Freund, was weiß ich.«

»Auf ihrem Handy?«

»Wo denn sonst? Dass sie bei mir war, wusste niemand.«

»Und?«

»Was ›und‹?«

»Wie ging es weiter?«

»Zwanzig Minuten später holte der Typ sie ab.«

»Wer?«

»Was weiß ich. Das muss sie Ihnen schon selbst sagen.«

»Sie wissen nicht, wie der Mann heißt?«

»Ihr Freund eben. Oder besser, ihr Ex. Muss ein total eifersüchtiger Kerl sein.«

»Woraus schließen Sie das?«

»Weil sie es selbst erwähnte. Sie stöhnte, als er anrief. Du schon wieder, sagte sie, was willst du denn noch? Dann gab es eine heftige Diskussion und am Schluss ließ sie sich erweichen, sich von ihm abholen zu lassen. Nach dem Gespräch erklärte sie mir das von seiner Eifersucht und dass es zwischen ihnen längst vorbei sei.«

Braig hatte ihn beim Sprechen mit scharfem Blick verfolgt, den jungen Mann aufmerksam beobachtet. Der angebliche Freund, der Frau Bangler abgeholt haben sollte, passte zu gut ins Bild. Eifersüchtig sollte er sein, längst abserviert, aber nach wie vor aufdringlich darauf erpicht, die junge Frau zu begleiten. Das optimale Ablenkungsmanöver. Eine bessere Figur hätte man nicht erfinden können, um den Verdacht von sich weg auf eine andere Spur zu lenken.

»Der Name. Ich muss wissen, wie der Mann heißt«, beharrte Braig. Böhmer weiß genau, was mit Christina Bangler geschehen ist, überlegte er, weil er selbst ... Wahrscheinlich hatte er nicht damit gerechnet, dass die Polizei über seine Begegnung mit ihr am Montagabend informiert war. Er war mit ihr in seine Wohnung gefahren, den Vorwand seiner Sternguckerei benutzend, hatte sich ihr dort genähert, war aber auf eindeutige Ablehnung gestoßen. Die Folgen für die junge Frau hatte Braig mit eigenen Augen gesehen. Dass sie in Waiblingen und nicht in Welzheim auf ihre Leiche gestoßen waren, entkräftete seine Vermutung keineswegs. Wie Böhmer den Weg mit der toten Frau bewältigt hatte, ließ sich erfahrungsgemäß schnell feststellen, hatten sie den Mann erst einmal endgültig überführt. Auf jeden Fall benutzte sein Gegenüber jetzt den ominösen Freund der Ermordeten, um von sich abzulenken.

»Ich kenne den Kerl nicht«, brummte Markus Böhmer.

»Hören Sie, so lasse ich mich nicht abspeisen. Die Story von dem großen Unbekannten, der da plötzlich auftaucht und Frau Bangler abholt, klingt zu schön, um wahr zu sein. Das ist ein Märchen, mit dem Sie vielleicht irgendeinen Idioten in die Irre führen können. Ich bin aber Kriminalbeamter und will endlich die Wahrheit wissen. Die Wahrheit, verstehen Sie?« Braig war aufgesprungen, hatte sich regelrecht in Rage geredet.

Sein Gegenüber schaute ungläubig zu ihm hoch. »Was soll jetzt das?« Er wischte sich die Strähnen aus dem Gesicht, fuhr sich über die Nase. »Warum sollte ich Sie anlügen?«

»Weil Sie schon einmal eine Frau überfallen und beinahe getötet haben. Damals konnten Sie in letzter Sekunde noch daran gehindert werden, ihr Opfer umzubringen, weil überraschend jemand dazukam. Aber diesmal war niemand da, der eingreifen konnte und deshalb ...« Braig verstummte, sah, wie es in dem jungen Mann arbeitete.

Böhmer rutschte auf der Holzbank hin und her, wusste nicht, was er antworten sollte. »Ich weiß überhaupt nicht, von was Sie sprechen«, presste er schließlich hervor, »was hat das, ich meine, wieso fragen Sie mich die ganze Zeit nach Christina und jetzt ...«

War es Schauspielerei? Eingeübtes, routiniertes Abwehrverhalten eines erfahrenen Kriminellen?

»Wie kam es dazu?« Braig fiel ihm mitten ins Wort. »Erzählen Sie mir endlich, warum Sie es getan haben!«

Der Mann starrte ihn voller Verwunderung an. »Aber das wissen Sie doch sowieso schon. Es steht alles in den Gerichtsakten.«

»Warum haben Sie die Frau überfallen?« Er zwang sich ruhig zu bleiben, seine Emotionen im Zaun zu halten.

»Müssen wir das wirklich noch einmal aufwärmen?«

Braig gab keine Antwort.

»Ich wollte es nicht, auch wenn es jetzt seltsam klingt, ich wollte es wirklich nicht. Aber ich war vollkommen zugedröhnt, abgefüllt bis oben mit Alkohol. Ich weiß nicht, was mit mir los war. Die einzige Erklärung, die ich Ihnen bieten kann, ist die: Ich hatte Liebeskummer und um mich abzulenken, nahm ich die Einladung eines Bekannten an, auf dieses Sommerfest zu gehen. Ich trinke normalerweise keinen Alkohol und mag solche großen Partys ohnehin nicht. Am liebsten sitze ich abends an meinem Teleskop und studiere die Sterne. Aber um auf andere Gedanken zu kommen, ließ ich mich verleiten, dorthin zu gehen. Irgendwie kam alles zusammen an jenem Abend: Mein Frust, die vielen Leute, eine schreckliche Hitze, der Alkohol. Mir war grauenvoll schlecht. Ich weiß nicht mehr, wie es dazu kam, aber ich muss mich total daneben benommen haben. Und irgendwann warfen sie mich dann auch raus. Und dann sah ich die Frau und glaubte, es sei Melanie, in die ich damals verliebt war.« Er verstummte, starrte abwartend zu Braig hoch. »Sie glauben nicht, wie sehr ich diesen Abend schon bereut habe.«

»Und weshalb haben Sie dann Christina Bangler ermordet?«

»Wie bitte?« Böhmers Reaktion schien in Zeitlupe zu erfolgen. Er schob sich langsam von der Bank hoch, blickte fast in Augenhöhe Braig mitten ins Gesicht, schüttelte dann heftig seinen Kopf. »Das habe ich nicht richtig verstanden. Was war das?«

»Christina Bangler wurde am Montagabend ermordet. Warum?«

»Christina?«

»Tun Sie doch nicht so. Was sonst ist der Grund meines Besuches?«

Böhmer schüttelte immer noch seinen Kopf, bewegte sich von Braig weg Richtung Tür, verfiel in ein schrilles Lachen. »Christina?«

»Sie wollen mir doch nicht weismachen, Sie hätten nichts davon gewusst?«

Der junge Gärtner lachte unaufhörlich, stampfte mit beiden Beinen auf den Boden. »Christina wurde ermordet?«

»Sie treiben ein falsches Spiel«, erwiderte Braig. »Sie wollen mir vorgaukeln, Sie hätten nichts damit zu tun und wüssten nicht einmal darüber Bescheid? Das ist ein Eigentor. Sie müssen längst über ihren Tod informiert sein: Fernsehen, Radio und die Zeitungen berichten seit zwei Tagen davon.«

»Ich lese keine Zeitung«, zischte Böhmer, »das interessiert mich nicht. Ich sagte Ihnen schon: Meine Zeit gehört den Sternen.« Er hatte aufgehört zu lachen, starrte Braig kopfschüttelnd an. »Dann wollen Sie mir jetzt diese Sache in die Schuhe schieben, ja? Einmal schuld, immer schuld.« Er seufzte tief, reagierte dann völlig anders, als Braig erwartet hatte.

Der junge Mann sprang blitzschnell zur Tür, riss sie auf, donnerte sie sofort hinter sich zu. Bis der Kommissar begriffen hatte, dass Böhmer fliehen wollte, hörte er draußen schon den schweren Riegel zuschnappen.

Braig flog zur Tür, versuchte sie zu öffnen, hatte keinen Erfolg. Das Schloss gab keinen Zentimeter nach. Er ärgerte sich über seine verspätete Reaktion, schimpfte laut vor sich hin. Braig ballte seine Hände zu Fäusten, trommelte mit aller Kraft gegen das Holz. Das Metallgehäuse vibrierte leicht; ein loser Draht, der auf der Innenseite hing, bewegte sich mit schrillem Kratzen hin und her. Seine Hände begannen zu schmerzen, das Klopfen schien ungehört zu verhallen.

Braig schimpfte laut, trat von der Tür zurück. Er wischte seine Finger an der Hose ab, dehnte sie, griff nach seinem Handy. Die Nummer der Wilhelma war gespeichert. Er gab sie ein, hatte die Frau in der Leitung, bei der er sich Stunden zuvor nach Böhmer erkundigt hatte.

»Schicken Sie sofort einen Mitarbeiter zum Werkzeugschuppen am Pflanzenschauhaus«, bat er ohne jede weitere Erklärung, »sofort, haben Sie verstanden? Und sagen Sie Ihren Leuten an der Pforte, Sie sollen verhindern, dass Markus Böhmer die Wilhelma verlässt.«

Seine Gesprächspartnerin hatte Schwierigkeiten, ihn zu begreifen. »Wen soll ich schicken?«

Braig donnerte ihr seine Anweisung ins Ohr. Als sie endlich verstanden hatte, steckte er das Handy weg. Bevor er eine Fahndung nach Böhmer anordnete, wollte er sich lieber noch in der unmittelbaren Umgebung nach dem Mann umsehen.

Eine halbe Ewigkeit schien vergangen, als er endlich Schritte hörte und die Tür geöffnet wurde. Ein älterer Mann in dunkler Arbeitskleidung stand vor der Hütte, starrte ihn mit großen Augen an. »Was hent Sie bei onsere Werkzeug zu schaffe?«, fragte er.

Braig hielt ihm seinen Ausweis vors Gesicht, schaute sich draußen um. Der Park lag verlassen, keine Menschenseele war zu sehen. Die gewohnten Nebelschleier hüllten die gesamte Umgebung ein.

»Böhmer«, sagte Braig, »haben Sie ihn gesehen?«

Der Arbeiter zeigte keine Reaktion.

»Ob Sie ihn gesehen haben?«, rief Braig.

»Markus?« Er zuckte mit der Schulter. »Irgendwann heute Mittag, klar.«

Braig ließ den Mann stehen, lief zum Pflanzenschauhaus. Laute Stimmen erfüllten das Innere; eine Gruppe junger Familien mit unzähligen Kindern bevölkerte die Hallen. Braig kämpfte sich durch die Menschenmenge, entschuldigte sich, wenn er mit einer die Pflanzenpracht links und rechts des Weges betrachtenden Gestalt zusammenprallte. Er starrte in die Büsche, hob Blätter und Zweige in die Höhe, versuchte festzustellen, ob Böhmer sich hier irgendwo verbarg. Je länger er suchte, desto klarer wurde ihm, wie aussichtslos sein Unterfangen war. Wenn sich der Mann in der Wilhelma verstecken wollte, hatte er, Braig, kaum eine Chance, ihn zu finden. Als Mitarbeiter kannte er alle Winkel des weitläufigen Geländes, wusste genau, wo er kaum aufgespürt würde, sondern einen unzugänglichen Unterschlupf fand.

Braig seufzte laut auf, sah die überraschte Miene einer älteren Dame, die das Pflanzenschauhaus gerade betreten hatte.

»Ihne gohts aber au net bsonders«, sagte sie im breitesten Schwäbisch.

Er schüttelte den Kopf, trat kommentarlos ins Freie. Nein, das scheint nicht mein Tag zu sein, dachte er, als er in den kalten Nebel eintauchte.

15. Kapitel

Der erste Fahndungsaufruf nach Markus Böhmer erreichte die Polizeidienststellen um 15.10 Uhr. Braig war auf direktem Weg zum Eingang der Wilhelma gelaufen, hatte sich bei der Mitarbeiterin an der Pforte nach dem Flüchtigen erkundigt.

»Der isch grad vor a paar Minute nausgange«, war die Antwort, »i han noch denkt, warum der sich net umzoge hat?«

Noch von der Wilhelma aus hatte er die Fahndung in die Wege leiten lassen.

War Böhmer also der Täter? Die überstürzte Flucht eindeutiges Zeichen seiner Schuld? Braig grübelte den gesamten Weg ins LKA darüber nach. Weshalb sonst sollte der Mann fliehen? Welcher andere Grund ihn zu dieser Verzweiflungstat veranlasst haben? Gab es weitere Verbrechen, die er zu verantworten hatte – Gewalttaten, Sexualdelikte – die bisher noch nicht aufgeklärt werden konnten? Er musste sich bei den Kollegen erkundigen, nach vergleichbaren ungeklärten Fällen fragen.

Das Fax der Kriminaltechniker lag der aufgedruckten Uhrzeit nach seit mehr als einer halben Stunde auf seinem Schreibtisch.

Fremdes Haar an der Kleidung Christina Banglers.
DNA– Vergleich möglich. Kandidaten?
Gruß Rössle.

Braig griff zum Telefon, hatte den Kollegen sofort am Apparat. »Ihr habt Haare an Christina Banglers Leiche entdeckt?«

»Tut mir Leid, dass es so lang dauert hat«, schimpfte Helmut Rössle, »aber i ka nix dafür. I han vorher koi Zeit ghett, nochmal alles genauer durchzugange. In dem Haus kommsch ja wirklich zu nix. Grad wollt i mir heut Morge die Kleidung von Deiner Leich vornehme, hent die mi gholt: Zwoi Karre bei Leonberg frontal ufenander druff, zwoi Tote. Und kaum war i damit fertig, a neue Leich: Vom Bahnhofsturm nuntergfloge. Es nimmt koi End.«

»Wo waren die Haare?«

»Net *die Haare*. Nur *oi oinziges* Haar. An ihrer Jacke, vorne, an der Brust. I hans überprüft. Es stammt net von ihr.«

»Gibt es Hinweise darauf, dass es am Abend des Verbrechens dorthin gelangte?«

Rössle stöhnte laut auf. »Alle achtzig Deifel von Sindelfinge, woher soll i des wisse? I bin koin Hellseher.«

»Dann muss es nicht unmittelbar mit dem Mord zu tun haben.«

»Net unbedingt, noi. Aber normalerweise sind Fraue, besonders die schwäbische Exemplare, so reinliche Wese, dass die ihre Kleidung sauberklopfet oder ausschüttlet, bevor sie sie in de Schrank hänget. Besonders vorne, wo jeder sofort naguckt. Und no bleibt koi Haar an der Jack hänge. I denk, des isch a Chance für uns. Hent ihr koin Kandidat, der als Täter infrage käm?«

»Doch«, sagte Braig, »wir haben einen Kandidaten. Sogar zwei.«

»Also. Dann informier den Staatsanwalt und lass dir von ihm die Erlaubnis gebe. No machet mir den DNA-Vergleich.«

Braig bedankte sich bei Rössle, versprach, sich sofort um die Sache zu kümmern. Er atmete tief durch. Das war in der Tat *die* Chance. Die Entdeckung des fleißigen Kriminaltechnikers konnte schneller zur endgültigen Klärung des Verbrechens beitragen, als er es sich vor wenigen Minuten noch hatte träumen lassen. Stammte das Haar an Christina Banglers Jacke von Markus Böhmer oder ihrem Adoptivvater, so war der Mann damit zwar noch nicht überführt, er stand aber unter allerhöchstem Erklärungsdruck. Und konnte er nicht genau erläutern, wie sein Haar an das Kleidungsstück der ermordeten Frau gekommen war, würden sie ihn so lange in die Mangel nehmen, bis ...

Braigs Telefon läutete. Er nahm ab, hatte die Stimme seiner Mutter am Ohr. Sie klang aufgeregt, spulte atemlos eine ganze

Litanei von Klagen über die Verdorbenheit der Welt und die Unfähigkeit der Polizei vor ihm ab. Er hatte Schwierigkeiten, sie zu verstehen, kamen ihre Worte doch viel zu schnell, dazu in einem deutsch-jugoslawischen Kauderwelsch, dessen er sich nur noch bruchstückhaft mächtig fühlte. Dass sie ihn unter seiner Büro-Nummer anrief, war außergewöhnlich und in den letzten Jahren kaum mehr vorgekommen. Wenn sie ihn am helllichten Tag im LKA mit solch aufgeregten Wortkaskaden überfiel, musste Schlimmes vorgefallen sein.

»Mama, was ist passiert?«, unterbrach er sie. »Warum rufst du an? Langsam, bitte, alles der Reihe nach!«

»Jos pitas sta se desilo?«, schimpfte sie. »Du fragst noch, was passiert ist?«

Braig hatte sie gut verstanden. Sie war unüberhörbar schlecht gelaunt, ärgerte sich über die ungeniert zu Werke gehenden Verbrecherbanden, die völlige Unfähigkeit der Polizei und die viel zu lässige deutsche Gesetzgebung. Er kannte seine Mutter zur Genüge, wusste, welche Reaktion ihre derzeitige Gemütslage erforderte: Erst ausreden lassen, nicht dazwischen reden, sich ihre Schimpfkanonaden ohne jeden Kommentar anhören und dann, wenn ihre Aggressionen teilweise abgearbeitet waren, äußerst verständnisvoll auf sie eingehen – auch wenn ihm die Zeit dazu eigentlich fehlte. – Die Staatsanwaltschaft musste warten.

Nach und nach verlor ihre Stimme an Schärfe, verlangsamte sich ihre Rede. Braig vernahm irgendetwas von einem Überfall, hörte immer wieder denselben Namen.

»Dr. Ohlrogge?«, fragte er vorsichtig. »Deine Ärztin?«

Diese hatte sie nach ihrem Herzinfarkt vor wenigen Jahren nicht nur physisch, sondern auch psychisch vorbildlich behandelt, seine Mutter nicht nur wieder auf die Beine gebracht, sondern ihr auch neue Impulse vermittelt. Braigs Leben war seither weitaus angenehmer, nämlich ohne die vorher fast alltäglichen mütterlichen Eifersuchts-Attacken verlaufen. Dr. Claudia Ohlrogge stand nicht nur bei seiner Mutter, sondern auch bei ihm selbst in hohem Ansehen.

»Was erzähle ich dir die ganze Zeit?«, fauchte seine Gesprächspartnerin.

»Überfallen?«

»Du kannst nicht zuhören, wie?«

»Wo ist es passiert?«

»Das sage ich doch die ganze Zeit: In Rosenheim, mitten in der Stadt.«

»In Bayern?«

»Ich weiß nicht, wie oft ich es dir noch klarmachen soll: Das ist ja das Schlimme. Die sind unfähig. *Sie können nichts machen*, das ist alles, was wir als Antwort bekommen.«

»Und wie genau ist es abgelaufen?«

Braig hörte sich zum dritten oder vierten Mal an, wie ein Motorrad mit zwei jungen Männern unweit des Marktplatzes in Rosenheim auf Dr. Ohlrogge zugeprescht war und ihr der Beifahrer dann die Handtasche mit ihrem Geld und den Ausweisen entrissen hatte. Die Ärztin war zu Fall gekommen und hatte sich eine Schramme im Gesicht sowie Verletzungen an den Beinen zugezogen.

»Woher weißt du das so genau?«, fragte er. »Hat sie es dir erzählt?«

»Ich war dabei«, kreischte seine Mutter so laut, dass er den Telefonhörer ein Stück weit von seinem Ohr weghalten musste, »wir liefen nebeneinander. Beinahe wäre ich auch noch gestürzt.«

»Habt ihr euch nicht das Kennzeichen des Motorrads gemerkt?«

»Das Kennzeichen?«, rief sie laut. »Du glaubst wohl, wir fahren dorthin, um am helllichten Tag mitten in der Stadt alle Kennzeichen zu studieren?«

Braig versuchte sie zu beruhigen, erfuhr, dass sie gemeinsam mit Dr. Ohlrogge nach Rosenheim gefahren war, um ihr dort, wie einen Abend zuvor schon in Salzburg, bei ihren Vorträgen zu assistieren. Er kannte die Thematik, mit der sich die Ärztin beschäftigte, zur Genüge, war seine Mutter doch seit ihrem Herzinfarkt aus eigener Erfahrung davon beseelt. »Ich war drüben«, hatte sie ihm erzählt, »in einer wunderschönen Welt. Alles war hell, überall nur Sonne und Licht. Ein strahlend helles, blendendes Licht. Das ganze Land in warmen, bunten Tönen. Und über allem ein Leuchten. Ein gleißendes, alles erfüllendes Leuchten. Und die Farben, wunderbare Farben. Jede hatte einen eigenen, einen wundervollen Ton. Alle Farben zusammen spielten eine herrliche, eine himmlische Melodie. Eine Musik wie im Paradies.«

Er war kaum mehr imstande gewesen sie zu beruhigen, damals nach ihrer Krankenhauszeit. Ihr angeblicher Aufenthalt in einer jenseitigen Welt hatte sie so aufgewühlt, dass jedes Gespräch mit ihr immer wieder in ausführlichen Schilderungen dieser Erfahrungen endete. Zu ihrem großen Glück war Dr. Ohlrogge an ihren Berichten interessiert, hatte die Ärztin doch damit begonnen, *Erlebnisse aus dem Grenzbereich des Todes* zu sammeln, um sie später zu veröffentlichen. Zu einer ihrer wichtigsten Helferinnen war seine Mutter geworden, jedenfalls, soweit er es beurteilen konnte. Das Aufspüren von Menschen, denen ähnliche Erlebnisse zuteil geworden waren, sowie das Sammeln und Einordnen ihrer Berichte hatte sie mit neuem Lebensmut und einer Energie erfüllt, die er selten zuvor an ihr wahrgenommen hatte. So abstrus ihm der Wahrheitsgehalt dieser *Jenseits-Beschreibungen* erschien – seine Mutter hatte eine neue Aufgabe und einen Sinn in ihrem Dasein gefunden und diese Tatsache allein verdiente Respekt und Dank. Sollte die Ärztin seine Hilfe benötigen, musste er alles tun, was er konnte.

»Ihr habt es der Polizei gemeldet?«, fragte Braig. Er versuchte, seinem Tonfall unüberhörbar Angst und Sorge aufzuprägen, um seine Mutter zu besänftigen.

»Polizei?« Sie schnappte nach Luft. »Das ist keine Polizei. Das sind Idioten.«

Er wusste, dass es keinen Sinn hatte, sie von der schwierigen Arbeit der Kollegen zu überzeugen, hörte sich ihre Klagen erneut an. Die Rosenheimer Beamten hatten offensichtlich keinerlei Anhaltspunkte und noch weniger Interesse, nach den Tätern zu suchen, waren deshalb wohl erst gar nicht auf die Idee verfallen, den beiden Frauen Hoffnung auf eine schnelle Identifizierung und Ergreifung der Männer zu machen. Er sah keine Möglichkeit, den Kollegen von Stuttgart aus helfend unter die Arme zu greifen.

»Kein Wunder, dass es so viele Verbrecher gibt«, schimpfte die Mutter weiter. »Wenn ihr genauso unfähig seid wie die in Bayern – dann gute Nacht.«

Er ließ sie ausreden, gab kein Contra. »Wie geht es Frau Dr. Ohlrogge jetzt?«, fragte er mit weicher Stimme.

»Wie es ihr geht? Wir sind in unserem Hotel. Sie muss sich für heute Abend erholen.«

»Ich wünsche ihr gute Besserung.«

»Wir brauchen deine frommen Wünsche nicht. Sorge besser dafür, dass die Verbrecher gefasst werden. Wozu ist mein Sohn bei der Polizei?« Sie überfiel ihn mit einem neuen Wortschwall, gab erst dann Ruhe, als er hoch und heilig versprach, sich persönlich um den Vorfall zu kümmern, um die Unfähigkeit der bayerischen Beamten zu korrigieren.

»Es geht um Frau Dr. Ohlrogge«, erklärte sie, »ihre Papiere, das Geld, alles ist weg. Weißt du, was deine Mutter ihr alles verdankt?«

Braig beendete das Gespräch. Er hoffte, dass die Angelegenheit für ihn damit erledigt sei. Vielleicht hatten die Kollegen doch noch Glück und es gelang ihnen, die beiden Verbrecher dingfest zu machen – er wünschte ihnen Erfolg, – schon um selbst von weiteren Attacken seiner Mutter verschont zu bleiben.

Auf seinem Schreibtisch lag das Fax Helmut Rössles. Braig griff zum Telefon, gab die Nummer des Staatsanwaltes ein. Es war höchste Zeit, den Mann über den aktuellen Ermittlungsstand aufzuklären.

Braig hatte doppeltes Glück. Steffen Bockisch war nicht nur selbst am Apparat, er hatte auch die Zeit, sich sein Anliegen anzuhören. Der Kommissar informierte ihn ausführlich, bat ihn, sich um die Zustimmung des Untersuchungsrichters für den DNA-Vergleich sowohl Robert Banglers als auch Markus Böhmers zu kümmern.

»Das ist kein Problem«, erklärte Bockisch, »die Erlaubnis kann ich Ihnen jetzt schon garantieren. Ich werde die Sache sofort in die Wege leiten und Ihnen die schriftlichen Unterlagen zukommen lassen. In spätestens dreißig Minuten liegen sie Ihnen vor. Das einzige Problem, das ich sehe: Wie kommen Sie an Proben des flüchtigen Böhmer?«

»Der Mann wohnt in Welzheim. Ich werde die Wohnung nach genetisch verwertbarem Material untersuchen lassen. Einen Kamm mit Haarresten oder eine benutzte Zahnbürste werden wir sicher finden. Mehr brauchen wir nicht.«

Bockisch stimmte ihm zu. »Ich habe das Gesicht der Toten gesehen«, verabschiedete er sich, »wir müssen den Kerl kriegen, unbedingt. Der darf nicht länger frei herumlaufen.«

Braig wusste, wie Recht er hatte, seufzte laut. Er lief zum Wasserhahn, schenkte sich ein Glas voll, trank. Sein Magen knurrte laut. Braig erinnerte sich, als Mittagessen nur zwei Brötchen zu sich genommen zu haben, schaute auf seine Uhr. Zwanzig nach vier. Er überlegte, ob er es sich leisten könne, noch einmal bei einem Bäcker vorbeizuschauen, schob den Gedanken aber beiseite. Zuerst musste das Material für den DNA-Vergleich besorgt werden.

Sollte er einen der Techniker in Böhmers Wohnung schicken? Braig beschloss, selbst zu fahren. Vielleicht entdeckte er etwas, was Hinweise auf den Mord an Christina Bangler oder den

Aufenthaltsort Markus Böhmers verriet. Außerdem konnte er auf dem Weg nach Welzheim bei Robert Bangler in Fellbach vorbeischauen.

Er suchte nach der Büro-Nummer des Mannes, rief bei ihm an. Bangler nahm nach dem dritten Läuten ab.

»Braig vom LKA. Sie sind in Ihrem Büro?«

»Ja. In der Gesellschaft Ihrer Kollegin. Sie wollen sie sprechen?«

Braig hatte völlig vergessen, dass Neundorf den Mann aufsuchen wollte. Ein Glücksfall. So konnte er sich vorerst eine weitere Begegnung ersparen.

»Wenn Sie so freundlich wären, sie mir zu geben.«

Einen Augenblick später hatte er sie am Ohr, schilderte ihr sein Anliegen, bat sie, sich darum zu kümmern.

»Die Anordnung des Untersuchungsrichters liegt vor?«

»In wenigen Minuten. Bockisch hat sich der Sache angenommen.«

»Ich werde es Herrn Bangler mitteilen. Ich kann mir nicht vorstellen, dass es irgendwelche Schwierigkeiten gibt.«

Er erklärte ihr, dass er in Böhmers Wohnung nach Welzheim wolle und Banglers Haar auf dem Rückweg bei ihr abholen würde, legte dann auf. Anschließend informierte er die Techniker über sein Vorhaben, bat um einen Kollegen, der ihn begleiten sollte. Markus Schöffler jammerte zuerst, erklärte dann aber seine Bereitschaft.

Braig suchte seine Sachen zusammen, verließ sein Büro. Er hatte das Treppenhaus noch nicht erreicht, als Felsentretter aus dem Aufzug stürmte.

»Mein Gott, die chinesische Mafia«, donnerte der schwergewichtige Kollege ihm entgegen, »jetzt schlagen die auch bei uns schon zu.«

Braig blieb stehen. »In welchem Zusammenhang?«

»Die Leiche unterm Bahnhofsturm. Ein vorbestrafter Gewaltverbrecher aus Kasachstan. Wir hatten seine Fingerabdrücke im

Computer. Nicht schade um den Dreckskerl. Er muss gestern Abend gegen sechs von der Plattform des Turms gestürzt sein.«

»Vom Bahnhofsturm? Ist der nicht durch ein ziemlich hohes Gitter geschützt? Ich meine ...«

»Du hast Recht«, fiel ihm Felsentretter ins Wort, »der Zaun ist zweieinhalb Meter hoch und eigentlich kaum zu überwinden. Aber es gibt eine Tür. Normalerweise ist sie mit einem Spezialschloss gegen Missbrauch gesichert, aber die Verbrecher haben sie geknackt. Es muss einen ziemlich brutalen Kampf gegeben haben, wir fanden Blut und Stoffreste. Der Kerl war stark; es fiel bestimmt nicht leicht, die Tür zu öffnen und ihn in den Abgrund zu stürzen, aber die Chinesen waren zu zweit.«

»Woher weißt du das mit den Chinesen? Habt ihr sie gefasst?«

Felsentretter stampfte vor Wut auf den Boden. »Du bist gut. Hast du schon mal gehört, dass wir einen von den Hunden erwischt haben? Die Schlitzaugen sehen doch alle gleich aus. Eine Visage wie die andere. Die sind längst über alle Berge.«

Braig kannte die rassistische Ausdrucksweise des Kollegen, ließ ihn reden, um Streit zu vermeiden. »Wie kommt ihr auf sie?«

»Reine Glückssache. Sie wurden beobachtet. Direkt unter der Plattform gibt es ein Bistro; du musst an dem Lokal vorbei, wenn du hoch willst.«

Er nickte, konnte sich die Szenerie, von der Felsentretter erzählte, gut vorstellen, weil er schon öfter in dem Bistro eingekehrt war. Die Aussicht von oben übertraf alles, was die Innenstadt sonst zu bieten hatte, buchstäblich der gesamte Stuttgarter Talkessel lag dem Besucher dort oben zu Füßen – vorausgesetzt, er wurde nicht von Sommersmog verhüllt.

»Die Chinesen wurden beobachtet, sowohl von der Bedienung als auch von Gästen, als sie auf die Plattform stiegen. Und wenige Minuten später hatten es die beiden verdammt eilig, den Turm zu verlassen.«

»Wie viele waren es?«

»Zwei. Angeblich ein Mann und eine Frau. Aber das war wohl nur Tarnung, um einen auf Touristenehepaar zu machen. Ich kann die Sache ad acta legen, weil wir an die ohnehin nie rankommen. Andererseits ist es um den Kasachen nicht schade; der Halunke war in verschiedene Gewaltdelikte verwickelt, angeblich soll er schon mehrere Auftragsmorde begangen haben. Danken wir also der chinesischen Mafia, dass sie jetzt auch uns hilft, Verbrecher zu beseitigen.«

Felsentretter klopfte Braig freundlich auf den Rücken, stürmte zu seinem Büro. »Und bei dir?«, rief er, schon mehrere Meter entfernt.

»Wir probieren es mit einem DNA-Vergleich. Vielleicht haben wir Glück.«

Er verabschiedete sich von dem Kollegen, lief zum Haupteingang, sah Markus Schöffler schon von weitem winken.

»Du hast Zeit?«, fragte er.

Schöffler winkte ab. »Feierabend, meinst du wohl.« Er zeigte auf seine Uhr. »Ich bin seit kurz vor sieben heute Morgen auf den Beinen. Vier Autounfälle, ein Einbruch, einmal Vandalismus. Soll ich nachrechnen, wie viele Überstunden ich allein diesen Monat schon habe?«

»Glaubst du, mir geht es anders?«

Sie liefen auf den Parkplatz, nahmen einen der Dienstwagen der Techniker. Alles war grau in grau: Die Luft, der Himmel, die Straßen. Die Dämmerung hatte längst eingesetzt, überall brannten die Lampen.

»Die Einen schaffen sich den Arsch ab, die anderen sind arbeitslos«, schimpfte Schöffler, »ist das normal?«

Braig gab keine Antwort, fühlte sich zunehmend müde und kraftlos. Er bat den Kollegen anzuhalten, sobald sie an einer Bäckerei vorbeikamen.

Der Techniker startete den Wagen, setzte zu einer neuen Tirade an. »Aber zum Glück haben wir diese über alle Maßen fähigen Politiker in Stuttgart«, schimpfte er, »wenn sich die einen schon halb zu Tode schaffen, dann sollen sie es in Zukunft richtig tun. Ab dem nächsten Jahr noch eine Pflichtstunde mehr. Damit die Arbeitslosen überhaupt keine Chance mehr auf eine Stelle haben und wir uns noch weniger um unsere Familien kümmern können.«

Braig blieb ruhig, ließ den Kollegen reden.

»Weißt du, warum ich so wütend bin?«, fragte Schöffler.

Der Kommissar drehte den Kopf zur Seite, zuckte mit der Schulter.

»Sylvia will sich scheiden lassen. Weil ich nie Zeit für sie und die Kinder hätte.«

»Sie meint es sicher nicht ernst.«

»Du bist gut. Weißt du, wie viele Stunden wir gemeinsam verbringen? Manchmal frage ich mich wirklich, ob sie nicht Recht hat. ›Eines Tages kommst du nach Hause und deine Kinder wissen nicht mal mehr deinen Namen‹, erklärte sie mir gestern. Und wahrscheinlich liegt sie damit nicht einmal so weit daneben.«

Braig wusste nicht, was er antworten sollte, gab dem Techniker insgeheim Recht. Die Spaltung der Gesellschaft in Menschen, die von ihrer Arbeit in einem kaum mehr vertretbaren Ausmaß beansprucht und anderen, denen trotz vielfältiger Bemühungen keine geregelte Arbeit zur Verfügung gestellt werden konnte, nahm in steigendem Tempo zu. Auf der einen Seite überforderte, ausgelaugte Beschäftigte, auf der anderen ins Abseits geschobene, an Minderwertigkeitsgefühlen und Depressionen leidende Arbeitslose. Und anstatt zu versuchen, diesen Prozess zu unterbinden, ihn wenigstens in den Bereichen, die sie direkt beeinflussen konnten, zu reformieren, gefielen sich die Verantwortlichen in Politik und Industrie darin, ihn weiter zu beschleunigen und somit die Gesundheit und die Lebensqualität der Bevölkerung noch mehr zu beeinträchtigen. Braig wusste nicht, woher deren Skrupellosigkeit resultierte und warum sie gerade im Schwäbischen so ausgeprägt war, fühlte sich selbst diesem Prozess mehr und mehr ausgeliefert. Der Aufwand an Kraft und Zeit, den sein Beruf verlangte, überstieg inzwischen jedes erträgliche Maß. Wo da noch Raum für ein sinnvolles Familienleben bleiben sollte, war ihm unbegreiflich. Musste man sich wirklich darüber wundern, dass so viele zwischenmenschliche Beziehungen scheiterten, so viele Familien zerbrachen?

Die Leuchtreklame eines Bäckers in einer Seitenstraße weckte Braig aus seinen Gedanken. Er bat Schöffler anzuhalten, besorgte für sich und den Kollegen Brezeln und Vollkornbrötchen.

Als sie Fellbach hinter sich gelassen hatten, nagten sie schweigend an den Backwaren. Braigs Mund war vollkommen ausgetrocknet, er ärgerte sich, dass er nichts zum Trinken besorgt hatte. Schöffler jetzt nochmals zum Anhalten aufzufordern, kostete zu viel Zeit; beide waren daran interessiert, die Wohnungsdurchsuchung in Welzheim möglichst schnell hinter sich zu bringen, außerdem hätte er gar nicht gewusst, wo er jetzt noch etwas kaufen konnte. Die Bundesstraße 29 führte als vierspurige Schnellstraße mitten durchs seit Jahrhunderten von unzähligen Dichtern besungene Remstal, das seiner anmutigen Landschaft und der fruchtigen Weine wegen als Herzstück Schwabens galt. Braig wusste aus eigener Erfahrung, dass hier seit mehreren Jahren Sommer wie Winter, Tag und Nacht allerdings nur noch eine Melodie gespielt wurde: der Lärmteppich der Bundesstraße, der das gesamte Tal bis in die höchsten Gipfel der umgebenden Berge beschallte. Die Poeten der vergangenen Jahrhunderte kehrten freiwillig in ihre Gräber zurück, überlegte er, würden wir ihnen anbieten, heute das Remstal besuchen zu dürfen. Die Barbarei des Lebensstils, der sich »westliche Zivilisation« schimpfte, war dabei, auch noch dem letzten Winkel seine Ursprünglichkeit zu rauben.

Braig zog sein Handy aus der Tasche, als es läutete. Neundorf war am anderen Ende der Leitung.

»Ich komme von Bangler«, erklärte sie.

»Und?«

»Das mit dem Haar war kein Problem. Er fing zwar an zu schimpfen und wies darauf hin, wie unverschämt es sei zu vermuten, ausgerechnet er ... Aber dann gab er Ruhe und zupfte sich eines aus. Vor meinen Augen.«

»Gut. Welchen Eindruck hast du von ihm?«

Neundorf stöhnte laut auf. »Muss ich wirklich antworten?«

»Mir scheint, ich höre Begeisterung.« Braig merkte, wie Schöffler den Kopf zur Seite wandte und ihn überrascht ansah.

»Du weißt selbst, wie sehr ich solche Leute schätze. Menschen, die genau wissen, wo es lang geht, die von ihrer Sache hundert Prozent überzeugt sind, keine Zweifel haben. Denen ihr Glaube, ihre Überzeugung wichtiger ist als das Leben anderer.« Sie machte eine kurze Pause, sprach dann weiter. »Mir läuft Gänsehaut über den Rücken, wenn ich an sein pathetisches Geschwafel denke. ›Wir sind Kinder des Herrn. Wir halten uns an seine Gesetze, folgen seinen Geboten. Wir denken nicht wie die Kinder der Welt nur an unser Vergnügen. Die Welt ist des Satans. Egoismus und Eigennutz regieren in ihr. Wir machen da nicht mit. Der Herr verlangt, dass wir uns von der Welt abwenden und unser ganzes Leben an ihm ausrichten. Dafür ist er aber immer auf unserer Seite, wenn wir nur auf seine Worte hören.‹ Und was passiert, wenn Sie das nicht länger tun, sondern endlich richtig anfangen zu leben, fragte ich ihn. ›Nehmen Sie das Beispiel unserer ehemaligen Tochter, dann wissen Sie, was dann geschieht.‹ Das war seine Antwort.«

»Man kann es sich wirklich einfach machen«, sagte Braig, »wir sind die Bösen, sie die Guten. Auf diese Tour ersparen sie sich jedes Nachdenken über sämtliche Probleme.«

»Und das Schicksal seiner Tochter interessiert ihn nicht weiter.«

»Glaubst du, er hat dem Herrn geholfen, seine Tochter ihrem verdienten Schicksal zuzuführen?«

»Genau diese Frage habe ich ihm gestellt.«

»Und was hat er geantwortet?«

»Der Satan spreche aus mir.« Sie lachte, ein kurzes, sarkastisches Lachen. »Aber er bitte den Herrn um Vergebung. Auch ich könne noch gerettet werden.« Ihre Stimme wurde hart. »Wenn du mich fragst, ich traue ihm den Mord zu. Er traf sich mit ihr, versuchte, sie wieder auf den Weg des Herrn zu führen, merkte, dass sie nicht mitspielte, verlor die Kontrolle über sich, geriet in heiligen Zorn. Religiöser Wahn. Nicht irgendwo in fernen Ländern, sondern hier bei uns. Mitten im Schwäbischen. In Waiblingen.«

16. Kapitel

Gegen drei Uhr an diesem Nachmittag war Lisa Neumann aufgewacht. Sie hatte laut gegähnt, den Umriss der Katze neben sich wahrgenommen, die sich leise miauend vor ihrem Gesicht aufgebaut hatte, war sich nicht ganz klar geworden, wo sie sich befand, hatte dann ihrer immer noch vorhandenen Erschöpfung nachgegeben und war wieder eingeschlafen.

Kurz vor sechs hatte sie die Augen dann endgültig aufgeschlagen, ein dunkles, fremdes Zimmer vor sich, dazu die Konturen unbekannter Schränke und Bilder. Erst als das klagende Miauen der Katze zu ihr vordrang, fiel ihr wieder ein, wo sie sich befand.

Sie hatte geträumt, wieder und wieder dasselbe Geschehen, den kurzen, schrecklichen Moment, als Stuttgarts Innenstadt ihr vierzig, fünfzig Meter tiefer unmittelbar zu Füßen lag und sie sich schon auf dem direkten Weg in den dunklen Abgrund vor ihr wähnte. Schwitzend und vor Angst laut schreiend hatte sie sich die ganze Nacht und den halben darauf folgenden Tag im Bett hin und her gewälzt, die Arme ruckartig von sich stoßend, nach einem Gegenstand suchend, der ihr in letzter Sekunde noch Halt bieten würde.

Dass es geschehen war, das Wunder, dass sie den Halt gefunden und den Kerl, der ihr so übel wollte, an ihrer Stelle ins dunkle Nichts geschleudert hatte, war nicht in ihre Träume vorgedrungen, erst jetzt – zurück in der Wirklichkeit – erinnerte sie sich an jenen Moment, der ihr das Leben gerettet hatte: Unmittelbar an den Abgrund gedrängt, hatte sie sich impulsiv von den Handgriffen und Bewegungen leiten lassen, die ihr in monatelangem Training mühsam und oft schmerzhaft in Fleisch und Blut übergegangen waren: Die Rechte nach dem Oberschenkel des Gegners greifen! Ihn fest umschlingen! Die Linke an den Oberarm und dann für Sekundenbruchteile die Konzentration aller Kräfte auf den Überwurf! – Katapultartig hatte sie den Mann über sich hinweggeschleudert, Kata-guruma, die Judo-Übung zum ersten Mal im realen Leben praktiziert.

Wie sie dann dem durch das geöffnete Gittertor entstandenen Loch ausgewichen und der einsamen Plattform entkommen war, wusste sie nicht mehr. Allein sein Schreien, das im Abgrund verlöschende Kreischen des Verbrechers kam ihr noch in den Sinn.

Sie erhob sich vom Sofa, tastete sich vorsichtig durch den dunklen Raum. Die Katze huschte zur Seite, nur an ihren Umrissen zu erkennen; ihr immer kräftiger anschwellendes Miauen signalisierte Hunger.

Lisa drückte auf den Lichtschalter, kniff die Augen zusammen, wartete, bis sie sich an die ungewohnte Helligkeit gewöhnt hatte. Sie lief in die Küche, füllte den Napf des Tieres, ging dann ins Bad, legte ihre Kleidung ab. Die ersten Strahlen der Dusche waren kalt, viel zu kalt, als dass sie sich ihnen ausgeliefert hätte; sie drückte den Hebel zur Seite, ließ das Wasser erst über ihren Körper rinnen, als es wohlige Temperaturen erreicht hatte. Langsam, Stück für Stück, kehrte Leben in sie zurück.

Sie duschte ausgiebig, spürte, wie das Zittern wich und neue Kraft von ihr Besitz ergriff. Mit jedem Wasserstrahl fühlte sie sich besser.

Das Nahrungsangebot in der Küche war begrenzt. Sie schnitt sich zwei Scheiben von dem Brotlaib, den sie vor zwei Tagen gekauft hatte, verteilte eine dünne Lage der vegetarischen Paste, wartete, bis der Tee kochte. Das Brot schmeckte würzig. Sie aß in Ruhe, trank drei Tassen Tee, spürte, wie ausgehungert sie war. Die Paste reichte für zwei weitere Brote.

Das kräftige Miauen der Katze lockte sie aus der Küche. Sie folgte ihr in die Toilette, blickte in die Nische, vor der das Tier aufgeregt hin und her lief. Lisa benötigte mehrere Sekunden, bis sie das Anliegen des Vierbeiners begriff. Sie säuberte den mit winzigen Steinen ausgelegten Abtritt der Katze, warf ihren Kot in die Toilette, gab frisches Streu dazu. Vor Dankbarkeit schnurrend drückte sich das Tier an ihr rechtes Bein. Sie strich ihm vorsichtig über den flaumig-zarten Rücken, genoss den Anflug eines Wohlgefühls, das die Berührung in ihr auslöste. Die Katze rieb ihren Kopf genießerisch an ihrem Knöchel auf und ab, verstärkte ihr Schnurren. Zum ersten Mal seit mehreren Monaten ertappte sich Lisa zwei oder drei Sekunden lang bei dem Gedanken, dass das Leben auch schöne Momente habe.

17. Kapitel

Der dichte Nebel war tatsächlich fast vollständig aus den Straßen verschwunden. Braig traute seinen Augen kaum, als sie Markus Böhmers Wohnung am Rand eines Neubaugebiets in Welzheim erreichten. Die Luft war klar und trocken, nur ab und an zogen noch einige Nebelschwaden vorbei. Trat er aus dem Lichtkegel einer der wenigen Straßenlampen, sah er das mit unzähligen Sternen übersäte Firmament über sich. Böhmer hatte offensichtlich richtig gehandelt, in die Stadt auf den Höhen des Schwäbischen Waldes zu ziehen.

Die Wohnung war klein; zwei von Dachschrägen zusätzlich beengte Zimmer, dazu eine schmale Küche und ein winziges Bad mit Toilette, insgesamt vielleicht 35 Quadratmeter umfassend. Braigs Kollege hatte keine Mühe, die Tür zu öffnen; das Schloss war billiger Standard.

Braig überprüfte die Räume auf die Anwesenheit ihres Mieters – vergeblich, wie sich schnell zeigte. Markus Böhmer war nicht so dumm gewesen, ausgerechnet seine Wohnung als Fluchtort zu wählen.

Das Wohnzimmer, ein schmaler, etwa vier Meter langer Schlauch, diente unübersehbar der Erkundung des Weltraums; lediglich ein Zweisitzer-Sofa und ein kleiner runder Tisch, gleich neben der Tür untergebracht, entsprachen gewohntem Mobiliar. Mitten im Zimmer erhob sich auf einem fast mannshohen Stativ ein massives Fernrohr, das genau auf das etwa einen Meter breite Dachfenster zielte, ihm direkt benachbart ein über und über mit Sternkarten und astronomischer Literatur bedeckter niedriger Tisch, dazu ein schmaler Rollschrank mit Computer und Bildschirm. Braig kramte in den Büchern und Karten, sah, dass es sich ausnahmslos um Material handelte, das mit Astronomie zu tun hatte. Markus Böhmer war seinem Hobby mit Haut und Haaren verfallen.

Das Schlafzimmer nebenan bot Platz für ein einzelnes Bett, dazu einen hohen, mit Wäsche, Kleidung und Büchern gefüllten Schrank. Er wühlte sich durch die Handtücher, untersuchte die Hemden, die Hosen, die Unterwäsche. Nichts Auffälliges, kein Fund, der den Besitzer des Schrankes in irgendeiner Weise belastete.

Braig schloss den Schrank wieder ab, bückte sich, prüfte den schmalen Raum unter dem Bett. Er entdeckte eine kleine Kiste, zog sie vor. Das Foto stach ihm sofort in die Augen. Er nahm es in seine von einem Plastikhandschuh geschützte Hand, erhob sich.

»Ich glaube, unser Besuch hat sich gelohnt«, sagte er laut.

»Wieso?« Schöfflers Stimme kam aus dem Bad. Der Techniker steckte gerade einen mit Haarbüscheln verschmutzten Kamm in eine Klarsichthülle. »Ich denke, die sind von ihm«, erklärte er, auf die Haare deutend.

Der Kommissar nickte, streckte ihm das Bild entgegen. Es zeigte, der Aufnahmetechnik zufolge von einem Profifotografen stammend, das Porträt einer jungen Frau.

»Wer ist das?«, fragte Schöffler.

»Christina Bangler.«

Der Techniker pfiff durch die Zähne. »Hier gefunden?«

»In einer Kiste unter seinem Bett. Der Mann scheint ein engeres Verhältnis zu der Ermordeten gehabt zu haben, als er mir gegenüber zugab.« Braig drehte das Foto um, las den handschriftlichen Text auf der Rückseite vor: »›Für Markus. Danke für den schönen Abend bei Dir. Christina‹.«

»Steht ein Datum dabei?«

»Leider nein.«

Schöffler betrachtete den Text, stimmte dem Kollegen zu. »Höchstens vier, fünf Monate alt. Wenn es dir nützt, untersuche ich es.«

Braig reichte ihm das Foto, deutete auf die kleine Vitrine an der Wand des Badezimmers. »Irgendetwas von Interesse?«

»Ich glaube kaum. Duschgel, Shampoo, Handtücher. Ich habe alles überprüft.«

Der Kommissar ging zurück ins Schlafzimmer, untersuchte den restlichen Inhalt der Kiste. Zwei Aktenordner mit persönlichen Unterlagen, Finanzamt, Ausbildungsbescheinigungen, dazu zwei Sparbücher, mehrere Zeitungsartikel, ein kleines Notizheft und ein großer Stapel Karten und Briefe. Braig legte alles bis auf das Notizheft und die Karten und Briefe zurück, ging ins Wohnzimmer, sah das Material durch. Adressen über Adressen in alphabetischer Reihenfolge, dazu Telefonnummern. Die Karten sagten Braig nichts; auffällig war nur, dass es sich ausnahmslos um Männer handelte und alle in der nächsten Umgebung zu leben schienen.

Helmut Bläschke, Rudersberg.
Martin Craile, Geradstetten.
Hans Deukel, Böblingen.
Felix Gakstatter, Leonberg.
Florian Hingerle, Waldenbuch.
Stefan Kreul, Nellmersbach.
Kevin Mäule, Auenwald.
Yannik Stein, Sindelfingen.

Er legte das Notizheft zur Seite, nahm sich die Post vor. Die Karten waren alle beschrieben, den Motiven und der Ausdrucksweise nach vermutlich von jungen Leuten. Sie grüßten aus dem Urlaub, wiesen auf besondere Sternkonstellationen hin oder luden zu Partys und Geburtstagsfeiern ein. Braig schob sie zur Seite, studierte die Briefe. Fast alle trugen ein und denselben Absender: *Marion Böhmer, Crailsheim.* Er las den Text des ersten Schreibens, merkte, dass es sich um die Mutter des jungen Mannes handeln musste.

»Hast du alles durch?« Schöfflers Frage kam aus dem Schlafzimmer.

»Ich denke schon.« Braig blätterte die restlichen Briefe durch, legte den Stapel neben sich, las den Namen auf der Rückseite des letzten Kuverts: *Christina*. Die Alarmglocke in seinem Inneren schrillte im selben Moment.

Er bückte sich, nahm den Packen erneut hoch, betrachtete den Umschlag. Der Familienname fehlte, aber die Schrift kam ihm bekannt vor.

»Gibst du mir bitte noch einmal das Foto?«, bat er.

Er öffnete das Kuvert, zog eine bunte Karte daraus hervor. Sie zeigte eine melancholisch anmutende flache Landschaft mit Gräsern, Büschen, niedrigen Bäumen. Wenige Meter über dem Boden waberten feine Nebelschwaden.

»Das Foto?«, rief Schöffler.

»Ja, bitte.«

Braig drehte die Karte um, sah, dass sie nur wenige Zeilen enthielt.

Lieber Markus,

der Abend bei Dir war sehr schön. Aber sei mir nicht böse, ich kann mich noch nicht binden. Ich muss mich erst von dem lösen, was mein Leben bisher bestimmte und einengte. Ich glaube, ich benötige dazu noch einige Zeit. Gerne komme ich mal wieder vorbei, um in die Sterne zu schauen, aber nicht mehr.

Bitte, habe Verständnis für meine Situation.

Christina

Schöffler stand vor ihm, streckte ihm das Foto entgegen.

Er drehte es um, erkannte ihre Schrift auf den ersten Blick. Die Karte stammte von Christina Bangler, daran gab es keinen Zweifel und ihr Inhalt war äußerst brisant.

»Die wurden von der gleichen Person geschrieben, oder?«

Er sah den prüfenden Blick des Technikers, bemerkte sein Nicken. »Die genaue Analyse können wir uns sparen«, erklärte Schöffler, »das ist eindeutig.«

Damit hatte er den Beweis: Christina Bangler war mehr als nur eine flüchtige Bekannte Markus Böhmers. Er hatte sie nicht als zufällige Mitbeobachterin der Sterne gesehen, sondern Interesse an ihrer Person gezeigt – ganz anders, als er es Braig gegenüber dargestellt hatte. Der Karte war zu entnehmen, dass er ihr dieses Interesse deutlich bekundet hatte, von ihr jedoch abgewiesen worden war. Hatte er es nochmals versucht, an sie heranzukommen? Sie im Affekt einer misslungenen Aussprache getötet? Er hatte Braig auf jeden Fall belogen, was die Intensität seiner Beziehung zu der ermordeten jungen Frau anbelangte. War es der Versuch gewesen, von seiner Tat abzulenken?

»Der weiß, warum er geflohen ist«, sagte Schöffler.

»Ich fürchte, ja.«

»Hat er gute Freunde, bei denen er sich verstecken kann?«

Braig fühlte sich zunehmend müde, spürte den Druck hinter seinen Schläfen. »Keine Ahnung. Ich hatte noch keine Gelegenheit, mich darum zu kümmern.«

»Du solltest die Wohnung überwachen lassen.«

»Ich werde es sofort in die Wege leiten.« Er griff zu seinem Handy, ließ sich mit der Welzheimer Schutzpolizei verbinden, erklärte sein Anliegen. Der Kollege seufzte laut, wies auf die hohe Belastung seiner Mannschaft durch mehrere Autounfälle hin, versprach trotzdem so schnell wie möglich einen Mann in Zivil vorbeizuschicken.

Zehn Minuten später stand der Beamte auf der Straße. Braig nahm das Notizheft samt den Karten und Briefen an sich, drückte dem Kollegen ein Passbild Böhmers in die Hand, das er in der Kiste im Schlafzimmer gefunden hatte, und schilderte dem Mann den Fall.

»Ich werde mich im Hintergrund halten«, erklärte der Beamte, »und ihn festnehmen, sobald er auftaucht.«

Braig bedankte sich, folgte Schöffler zum Dienstwagen. Die Luft war klar, der Himmel mit Myriaden von Sternen überzogen.

»Am liebsten würde ich jetzt sein Teleskop benutzen«, sagte der Techniker, »und den ganzen Abend unsere Milchstraße betrachten.«

»Du kennst dich aus?«

»Nicht mehr als du. Leider. Aber faszinierend fand ich den Gedanken schon immer.«

Sie fuhren schweigend durch die nächtliche Landschaft, tauchten immer tiefer in den Städte-Smog ein. Braig erinnerte sich an den kauzigen Nachbarn seiner Tante, einen älteren Mann, der als spleeniger Außenseiter in dem kleinen Dorf gelebt hatte. »Siehst du den Großen Wagen«, hatte er ihn gefragt, wenn er ihm abends, nach Einbruch der Dunkelheit begegnet war, und er hatte zum Himmel gezeigt und die Formation der Sterne erklärt, die das Viereck bildeten. Braig wusste noch genau, wie er an den Abenden darauf das Firmament abgesucht und seinen Kopf verrenkt hatte, um sich das erwähnte Sternbild nicht entgehen zu lassen. Und irgendwann später hatte ihm der spleenige Nachbar erzählt, dass der Große Wagen nur einen Teil des Großen Bären darstellte und dass es unzählige weitere genau definierte Sternkombinationen am Himmel gab. Von diesem Moment an war er abends erst zufrieden gewesen, wenn er mehrere Sternbilder aufgespürt hatte. Er wollte dem Mann nicht glauben, dass viele der Lichtpunkte, die er über sich sah, seit Jahrmillionen nicht mehr existierten, weil sie längst ausgebrannt waren.

Braig atmete auf, als sie endlich Waiblingen erreichten, wies Schöffler den Weg zu Neundorfs Haus. Sie wohnte im Ameisenbühl direkt unterhalb des Bahnhofs. Er nahm das Kuvert mit dem Haar Banglers entgegen, erklärte ihr kurz den neusten Stand der Ermittlungen, bedankte sich für ihre Hilfe. Fünfzehn Minuten später waren sie im Amt angekommen.

Braig überließ Schöffler die Proben für den DNA-Vergleich, ging in sein Büro. Er legte das Notizheft und die Post Böhmers auf seinen Schreibtisch, lief zum Waschbecken, trank ein Glas

Wasser, erfrischte sich. Die kalte Flüssigkeit half, das Pochen hinter seinen Schläfen zu besänftigen.

Zehn Minuten nach sieben. Er schaltete seinen Computer ein, überprüfte die Fahndungsliste. Von Markus Böhmer gab es nach wie vor keine Spur. Er nahm sich die Briefe und das Notizheft des jungen Mannes vor, suchte die Telefonnummer Marion Böhmers in Crailsheim. Die Frau meldete sich nach dem ersten Läuten.

»Braig hier«, stellte er sich vor, »ich bin vom Landeskriminalamt.«

»Mein Gott«, seufzte die Frau, »Ihre Kollegen waren heute Mittag schon bei mir. Ich weiß nicht, wo Markus sich aufhält, wenn es Ihnen um das geht. Ich habe wirklich keine Ahnung. Was soll er denn jetzt schon wieder angestellt haben? Ihre Kollegen konnten mir keine Auskunft geben.«

Braig freute sich insgeheim, dass der Fahndungsapparat so gut funktionierte, hakte nach. »Wieso sagen Sie ›jetzt schon wieder‹?«

Marion Böhmer ließ ein bitteres Lachen hören. »Tun Sie doch nicht so, als wüssten Sie nicht Bescheid. Ich spreche von seinem vom Alkoholmissbrauch verursachten Aussetzer.«

»Aussetzer? Ist das nicht etwas verharmlosend formuliert?«

»Reden Sie von was Sie wollen! Der Junge ist nicht der Gewalttäter, als den Sie ihn darstellen. Bis auf diesen einen Vorfall hat er sich noch nie etwas zuschulden kommen lassen. Markus ist viel zu sensibel, um der Rolle gerecht zu werden, in der Sie ihn unbedingt sehen wollen. Haben Sie ihn schon beobachtet, wie zärtlich er mit seinen Pflanzen umgeht oder mit welchem Eifer er den Himmel untersucht?«

Braig hatte keine Lust, sich mit der Frau zu streiten. Ihre Reaktion war verständlich. Welche Mutter wollte schon wahrhaben, dass ihr Sohn ein Verbrecher war? »Frau Böhmer, ich will Markus in keine bestimmte Rolle drängen, ob Sie mir das glauben oder nicht. Dazu kenne ich Ihren Sohn viel zu wenig. Wir brauchen Markus in einer wichtigen Ermittlung. Mag sein, dass er vollkommen unschuldig ist. Aber er ist spurlos verschwunden und hat dabei einen unserer Beamten«, er sprach von sich in der dritten Person, weil er sich einerseits für das Vorgefallene genierte und andererseits den Gedanken an einen persönlichen Rachefeldzug gegen den jungen Mann vermeiden wollte, »eingesperrt, um fliehen zu können. Warum hat er das getan? Wir müssen es wissen, so schnell wie möglich.« Er hörte nicht auf die Gegenrede der Frau, unterbrach sie stattdessen mit kräftiger Stimme und beschwor sie, Markus zum Aufgeben zu bewegen, sobald er sich bei ihr meldete.

»Markus ist unschuldig, was auch immer er getan haben soll«, erwiderte sie.

»Dann soll er sich bei uns melden und uns das persönlich mitteilen«, sagte Braig. »Sie müssen mir versprechen, uns zu helfen, verstehen Sie?« Er hörte nur noch das heftige Atmen der Frau, hatte keine Lust, sich noch länger mit ihr auseinander zu setzen, legte auf.

Ob sie die Wohnung überwachen sollten? Er entschied sich, wegen der Entfernung vorerst darauf zu verzichten, gab Böhmers Namen in den Computer ein. Sie hatten wenig Informationen über seine familiären Verhältnisse gespeichert. Marion Böhmer war verwitwet, Markus ihr einziges Kind. Ein Bruder von ihr lebte in Berlin, eine Schwester in Kaiserslautern. Braig glaubte nicht, dass der junge Mann so weit geflohen war, beschloss, mit etwaigen Anrufen dorthin noch zu warten. Er nahm sich das Notizheft vor, das er in der Kiste unter dem Bett gefunden hatte, blätterte es dem Alphabet folgend auf.

Helmut Bläschke, Rudersberg. Handelte es sich um einen Freund Böhmers? Rudersberg lag keine 40 Kilometer von Stuttgart entfernt, unweit von Welzheim. Er griff zum Telefon, wählte die Nummer. Keine Reaktion. Braig ließ es neun Mal läuten, legte dann auf, versuchte es beim nächsten Namen.

Martin Craile, Geradstetten. Vielleicht hatte er diesmal Glück. Geradstetten lag etwa in der Mitte zwischen Stuttgart und Welzheim.

Er erreichte eine weibliche Stimme. »Craile.«

»Hier ist Braig. Kann ich Herrn Martin Craile sprechen, bitte?«

»Den Martin? Der isch leider net do.«

»Vielleicht können Sie mir weiterhelfen«, schlug Braig vor, »ich suche Markus Böhmer.«

»Markus Böhmer? Wer soll das sein?«

»Sie kennen ihn nicht?«

»Nie ghört, den Name. Wie kommet Sie auf uns?«

»Er soll ein Freund von Martin sein.«

»Ach so. Ja, das isch gut möglich. Mein Sohn hat viele Freunde. Die kennet mir net alle.«

»Martin ist Ihr Sohn? Wann ist er wieder zu sprechen?«

»Heut Abend nemme. Der hockt wieder bei seinem Kumpel. Stern gucke, wisset Se?«

Braig horchte auf. »Ihr Sohn hat das Beobachten von Sternen als Hobby?«

Die Frau lachte. »Hobby isch gut. Des isch eher a Krankheit, so intensiv wie der des betreibt. Seine ganze Freizeit goht dabei drauf!«

»Er hat ein eigenes Fernrohr?«

»Sicher. Ohne des funktionierts ja net. Aber heut gucket se zusamme, mehrere Kerle. Wie alle paar Abend. Na ja, no kommet se wenigstens unter d'Leut und machet nix Dummes.«

Braig bedankte sich für die Auskunft, nahm sich das Notizheft wieder vor, versuchte es beim nächsten Namen.

Hans Denkel in Böblingen war nicht zu erreichen, auf seinem Anrufbeantworter entschuldigte sich eine grauenvoll verzerrte, piepsige Stimme für seine Abwesenheit und bat darum, eine Nachricht zu hinterlassen. Braig verzichtete darauf, wählte stattdessen die Nummer *Felix Gakstatters* in Leonberg. Zum ersten Mal an diesem Abend hatte er Glück.

»Gakstatter.«

»Braig. Sind Sie Herr Felix Gakstatter?«

»Ja. Wieso?«

»Ich suche Markus Böhmer.«

Die Stimme des Mannes klang völlig überrascht. »Bei mir?«

»Ist das so ungewöhnlich?«

Gakstatter lachte laut. »Allerdings. Was soll Böhmer bei mir?«

»Ich denke, Sie sind miteinander befreundet?«

»Wir sind Hobby-Astronomen und tauschen ab und zu unsere Beobachtungen aus. Befreundet? Außer auf dem Bildschirm via Internet habe ich ihn noch nie gesehen.«

Braig blätterte das Notizheft durch, überlegte, ob es sich vielleicht bei allen Namen um Hobby-Astronomen handelte.

»Wer sind Sie überhaupt?«, fragte Gakstatter.

Braig blieb vorsichtig. »Ich bin ein Bekannter von Markus. Er gab mir eine Liste von Namen und Nummern, für den Fall, dass er nicht zu erreichen wäre.«

»Und auf dieser Liste stehe ich auch?«

»Ja«, erklärte er, »außerdem ein *Florian Hingerle* in Waldenbuch, *Stefan Kreul* in Nellmersbach, *Kevin Mäule* in Auenwald ...«

»Das sind alles Hobby-Astronomen«, unterbrach ihn der Mann, »wir tauschen manchmal unsere Beobachtungen aus oder versuchen gemeinsam, bestimmte Sternkonstellationen zu ermitteln, deshalb sind mir die Namen geläufig.«

»Aber Sie kennen sich nicht persönlich?«

»Nein, so weit reichen unsere Beziehungen nicht. Es geht um die Sterne, klar?«

»Ich verstehe«, sagte Braig, »dann ist es auch wenig wahrscheinlich, dass Markus einen der Männer heute Abend besucht?«

»Ich weiß es nicht. Wie gesagt, unsere Verbindung besteht in gelegentlichen Mails oder Anrufen.«

Braig überlegte, ob er seinen Gesprächspartner bitten sollte, sich bei ihm zu melden, falls er doch irgendetwas von Böhmer hören sollte, unterließ es dann aber. Das gab nur Unruhe, ohne Erfolg.

Wie Gakstatter es angedeutet hatte, entpuppten sich die übrigen in dem Notizheft aufgeführten Personen als Hobby-Astronomen. Von Böhmer keine Spur.

Er fühlte sich hungrig, müde und ausgelaugt. Wo hielt sich der junge Mann verborgen? War die Flucht ein Eingeständnis seiner Schuld?

Das Telefon läutete. Braig sah auf die Uhr, seufzte. Fünf nach acht. Er wollte nach Hause, etwas essen, mit Ann-Katrin telefonieren, schlafen.

Neundorf wunderte sich nicht besonders: »Du bist ja immer noch im Büro!«

Er berichtete ihr, was er unternommen hatte, hörte nur mit halbem Ohr auf ihre Worte.

»Hast du das mit dem angeblichen Ex-Freund überprüft?«, fragte sie.

»Welchen Ex-Freund meinst du?«

»Christina Banglers. Böhmer behauptete, er habe sie bei ihm abgeholt. Du hast es mir vorhin erzählt.«

Braig verstand, was sie meinte. »Tut mir Leid. Den habe ich völlig vergessen. Die Flucht Böhmers ...«

»Ist schon okay. Ich wollte dich nur daran erinnern. Morgen bin ich wieder im Amt.«

»Ist es nicht zu früh?«

»Ich bin fit, keine Angst. Bis dann.«

Er legte auf, suchte die Nummer Rebekka Banglers in Weinstadt, wählte. Keine Reaktion. Er ließ es neun Mal läuten, legte dann auf. Morgen war auch noch ein Tag.

18. Kapitel

Die Nacht war schlimmer als jede andere zuvor. Braig kam es vor, als hätten sich sämtliche Autofahrer der Umgebung entschlossen, eine Rallye durch die Stuttgarter Innenstadt durchzuführen und sich dabei auch noch möglichst lautstark in Szene zu setzen.

Alle paar Minuten riss ihn das Dröhnen eines oder mehrerer aufheulender Motoren aus einem sowieso schon unruhigen Schlaf. Er lag dann jedes Mal, ihm als Ewigkeiten erscheinende Zeiträume wach, versuchte mühsam, wieder einzuschlafen. Einmal, dem Blick auf die Uhr zufolge kurz vor drei, hatte er sein Fenster aufgerissen und voller Wut auf die Straße geblickt, um den Saboteur der nächtlichen Ruhe zu entdecken – ohne Erfolg. Er sah nur noch die roten Rücklichter eines Fahrzeugs. Fluchend und voller Zorn hatte er sich wieder ins Bett geworfen.

Als der Wecker kurz vor sieben läutete, glaubte Braig, es sei kurz nach Mitternacht. Mit verschleierten Augen richtete er sich müde auf, stoppte das Nerven-zehrende Geräusch. Er hatte Mühe, die Umrisse seines Mobiliars zu erkennen. Das Zimmer lag noch immer in tiefster Dunkelheit.

Braig zwang sich aus dem Bett, stolperte ins Bad, stellte sich unter die Dusche. Das warme Wasser vermochte es nicht, seine Lebensgeister zu wecken. Er trocknete sich ab, holte sich frische Wäsche aus dem Schrank, brühte Kaffee auf. Hinter seinen Schläfen pochten heftige Schmerzen.

Braig ging zum Telefon, rief im Diakonissenkrankenhaus an. Die Schwester hatte keine Zeit, versicherte ihm aber, dass es Ann-Katrin besser gehe und dass sie im Verlauf des Tages wahrscheinlich auf die normale Station verlegt werde. Er bedankte sich für die Auskunft, aß zwei Brote mit Marmelade, beschloss, sofort in der Klinik vorbeizuschauen.

Ann-Katrins Mutter saß schon am Bett ihrer Tochter. Braig war froh, dem nasskalten Novemberwetter zu entkommen, begrüßte beide. Er holte sich einen Stuhl, setzte sich.

»Du siehst schlecht aus«, sagte Irene Räuber.

»Ich hatte wenig Schlaf«, erwiderte er, »dauernd Motorengeheul. Ich wurde ein paar Mal wach.«

»Du arbeitest zu viel.«

»Du kennst meinen Job. Manchmal ist es eben hart.«

»Ist Katrin immer noch krank?«, erkundigte sich Ann-Katrin.

Braig schüttelte den Kopf. »Heute will sie wieder anfangen.«

»Du hast den Täter noch nicht ermittelt?«

»Zwei Hauptverdächtige«, antwortete er, »wenn ich Glück habe, hilft mir die DNA-Analyse.« Er versuchte, von seinen beruflichen Problemen abzulenken, erkundigte sich nach Ann-Katrins Befinden.

»Mir geht es besser«, erwiderte sie, »wirklich.«

» Konntest du heute Nacht schlafen?«

»Es ging.« Sie richtete ihren Oberkörper vorsichtig auf, legte sich auf die Seite. »Heute komme ich auf eine normale Station. Ein gutes Zeichen, oder?«

Er sah, wie ihre Augen hoffnungsvoll leuchteten, stimmte ihr zu.

»Die Ärztin hat es mir gestern Abend versprochen.«

»Vielleicht darfst du bald ganz aus der Klinik.«

»Das wäre schön, ja.«

Er versuchte, ihr Mut zuzusprechen, sie in ihrer Hoffnung zu bestätigen, freute sich, dass sich ihr körperlicher Zustand endlich besserte. Wenigstens ein Bereich meines Lebens, in dem es aufwärts geht, dachte er.

»In die Rehaklinik muss ich aber auf jeden Fall«, fügte Ann-Katrin hinzu, »so schnell wie möglich, sagt die Ärztin.«

»Schon wieder?«

»Sie erwähnte es gestern Abend. Ich soll mich darauf einstellen.«

Er wusste nicht, wie er reagieren sollte. Ihr letzter Aufenthalt in Markgröningen war erst wenige Monate her. »Hauptsache, du wirst gesund.«

Sie unterhielten sich über ihre Zeit in der Rehabilitationsklinik, ihre Hoffnungen und Ängste, die sie damals empfunden hatte. Sie kamen auf die physischen und psychischen Nöte der Menschen zu sprechen, die ihr dort begegnet waren. Braig spürte seine wachsende Unruhe, konnte nicht länger verbergen, dass die Aufgaben, die ihn heute erwarteten, seine Gedanken mehr und mehr beschlagnahmten. Er schielte zur Uhr, wusste, dass es höchste Zeit war, ins Büro zu gehen.

»Du sitzt auf heißen Kohlen«, sagte Ann-Katrin.

»Tut mir Leid.«

»Du wirst dich nie von deinen Ermittlungen lösen können. Ich fürchte, daran muss ich mich gewöhnen.«

»Es geht um einen grauenvollen Mord. Das Einzige, was ich für die Tote tun kann, ist, den Täter hinter Gitter zu bringen.«

»Was nützt ihr das jetzt noch?« Der bittere Ton in ihrer Stimme war nicht zu überhören.

Er kannte das Argument, hatte es sich schon oft genug selbst vorgehalten. Wozu all die Anstrengung, all seine Mühe? »Vielleicht kann ich verhindern, dass er ein zweites Mal zuschlägt. Dass ihm noch ein Mensch zum Opfer fällt.« Er wusste, wie unnatürlich seine Worte klangen.

Braig erhob sich von seinem Stuhl, stellte ihn dorthin zurück, von wo er ihn geholt hatte, verabschiedete sich dann. »Gebt mir Bescheid, auf welches Zimmer du kommst«, bat er.

Ann- Katrin nickte. »Theresa will heute Abend noch vorbeischauen«, sagte sie.

»Ich werde es ebenfalls versuchen«, versprach er.

Das Fax mit den Ergebnissen der beiden DNA-Analysen lag schon auf seinem Schreibtisch, als er sein Büro betrat. Braig nahm das Papier in die Hand, überflog den Text, den Rössle handschriftlich niedergeschrieben hatte.

DNA-Abgleich des Haares auf der Kleidung von Christina Bangler mit Robert Bangler und Markus Böhmer.

Beide Proben negativ. Haar weder von Bangler noch von Böhmer.

Tut mir Leid.

Rauleder schreibt das Protokoll unserer Untersuchung. Sollen wir es dem Staatsanwalt schicken oder kümmert ihr euch darum?

Gruß, Rössle

Braig warf das Papier auf den Schreibtisch, ließ sich auf den Stuhl fallen. Der Tag fängt gut an, überlegte er. Zwei Nieten auf einen Schlag. Nicht Bangler, nicht Böhmer. Dabei hatte er sich vom Ergebnis der DNA-Analyse insgeheim die Lösung des Verbrechens erhofft. Das Haar an Christina Banglers Jacke war zwar kein Beweis, dass es sich bei seinem Besitzer um den Täter handelte, es machte es dem Beschuldigten jedoch sehr schwer, sich aus der Verantwortung zu ziehen. Er musste schon ein absolut wasserdichtes Alibi vorweisen, um seinen Kopf noch aus der Schlinge zu ziehen. Wäre die Analyse positiv ausgefallen, hätte sie Braig legitimiert, den Mann in die Mangel zu nehmen, stunden-, tage-, sogar wochenlang, bis er sein Leugnen entweder aufgegeben oder hieb- und stichfest seine Unschuld nachgewiesen hätte. Und jetzt? Was waren die Konsequenzen dieses Untersuchungsergebnisses?

Braig blickte auf, weil er Schritte hinter sich hörte. Neundorf stand in seiner Tür.

»Mist, was?«, sagte sie.

»Du weißt Bescheid?«

»Ich habe Rössle getroffen. Er war unterwegs zu einem Unfall, bat mich, dich zu trösten. Es hätte alles so einfach gemacht!«

Braig nickte, erhob sich, lief zur Kaffeemaschine. »Ich habe darauf gehofft«, gab er zu, »dass wir den Kerl so ganz schnell bekommen. Aber jetzt?« Er schaute ratlos zu ihr hin, nahm die Kanne in die Hand. »Hauptsache, du bist gesund und wieder dabei. Ich freue mich.«

Sie lächelte, zeigte auf den Kaffeeautomaten. »Danke für die Blumen. Ich trinke eine mit, ja?«

Er nickte, drehte sich zum Waschbecken, füllte die Kanne, gab Kaffee und Wasser in die Maschine, drückte dann auf den Knopf. »Dass das Haar weder von Bangler noch von Böhmer stammt, heißt nicht, dass die beiden unschuldig sind«, sagte er.

»Nein«, stimmte sie ihm zu, »das heißt es nicht. Aber es verstärkt auch nicht gerade den Verdacht gegen sie, nicht wahr?«

»Warum ist Böhmer dann geflohen?«, fragte Braig. »Weshalb sollte jemand abhauen, der nichts mit der Sache zu tun hat?«

»Blackout. Er fürchtet, wir würden ihm den Mord an Christina Bangler in die Schuhe schieben, weil wir ihn als Wiederholungstäter verdächtigen. Er sieht sich schon hinter Gittern, gerät in Panik.«

»Seine Beziehung zu der Ermordeten war wesentlich intensiver als er mir gegenüber zugeben wollte. Warum log er, als ich ihn nach der jungen Frau fragte?«

»Ich denke, aus demselben Grund. Er wollte auf keinen Fall mit ihr in Verbindung gebracht werden, weil er Angst davor hatte, als Serientäter zu erscheinen. Nicht noch einmal in die Mühlen der Polizei geraten, auf keinen Fall.«

»Und dann verhält er sich dermaßen dämlich?«

»Vielleicht hat er sich anderweitig etwas zuschulden kommen lassen«, spekulierte Neundorf, »oder er steckt doch mit drin. Ich weiß es nicht.«

»Hoffentlich finden wir ihn bald. Dann können wir ihn in die Mangel nehmen.« Er hörte das laute Blubbern der Kaffeemaschine, sah zu, wie sich die Kanne mit der dunklen Flüssigkeit füllte. »Wie machen wir weiter?»

»Dieser angebliche eifersüchtige Ex-Freund«, antwortete sie, »wir müssen überprüfen, ob es den wirklich gibt.«

Braig nickte, holte zwei Tassen und reichte die eine seiner Kollegin. »Ich rufe Rebekka Bangler an und erkundige mich nach ihm.«

»Wo ist eigentlich das Handy der Toten?«, fragte Neundorf. »Ich konnte in den Unterlagen nichts darüber finden.«

»Wir wissen es nicht. Bei ihrer Leiche war es nicht.«

»Heißt das, der Täter hat es absichtlich verschwinden lassen, weil er als Letzter mit ihr telefonierte?«

Braig überlegte, schlürfte das heiße Gebräu in kleinen Schlucken. »Wir müssen uns nach dem Netz erkundigen, bei dem sie angemeldet ist und ihre Nummer überprüfen. Dann identifizieren wir den letzten Anrufer automatisch.«

Er griff nach dem Telefon. Die Nummer der Wohngemeinschaft in Endersbach hatte er gespeichert. Er drückte auf den Knopf, wartete, bis die Verbindung stand, stellte das Telefon dann auf Zimmerlautstärke, damit Neundorf mithören konnte. Rebekka Bangler war selbst am Apparat.

»Oh, das trifft sich gut, dass ich Sie antreffe«, begrüßte er sie, »hier ist Steffen Braig vom LKA. Wie geht es Ihnen?« Die Frage war überflüssig, aus reiner Höflichkeit formuliert; zu deutlich schwang die Unsicherheit in ihrer Stimme mit. Sie klang brüchig, verletzlich, schwach, offenbarte all ihr Elend und ihre Niedergeschlagenheit.

»Es geht so.« Ihre Antwort, Braig spürte es impulsiv, war eine reine Lüge, ohne große Überlegung von sich gegeben, höfliche Formalität.

»Wir werden ihn finden«, versuchte er ihr Mut zuzusprechen, »er wird lebenslang dafür büßen.« Was für ein erbärmlicher Trost, überlegte er, was für eine schale Hoffnung. Was nützt es der ihrer einzigen Vertrauensperson beraubten, vom Schicksal bisher so gebeutelten jungen Frau, von Vergeltung zu sprechen?

»Sie haben ihn immer noch nicht?«

Braig versuchte, seinen Frust nicht hörbar werden zu lassen. »Ich kann es noch nicht genau sagen. Die Ermittlungen sind sehr kompliziert.«

Sie schwieg, war viel zu deprimiert, die Initiative zu ergreifen.

»Ich benötige Ihre Hilfe«, sagte er. »Darf ich Sie nach einer für uns wichtigen Sache fragen?«

Sie gab nur ein leises »Hm« von sich, wartete dann.

»Christina. Hatte sie einen Freund?«

»Es war vorbei«, antwortete sie.

»Schon länger?«

»Vier, fünf Monate. Oder noch früher.«

»Wie heißt der Mann?«

»Lorenz.«

»Mit Vor- oder mit Nachnamen?«

»Mit Vornamen. Sein Familienname ist Meyer. Mit e, y.«

Er notierte es sich, fragte dann weiter. »Christina hatte in den letzten Monaten keine Verbindung mehr zu ihm?«

Rebekka Bangler antwortete nicht sofort. Braig ließ ihr Zeit, wartete schweigend.

»Er stellte ihr nach«, erklärte sie schließlich, »obwohl er längst eine Neue hat.«

»Er stellte ihr nach? In welcher Form?«

»Er rief an, kam her, tauchte dort auf, wo sie gerade war.«

»In den letzten Wochen noch?«

»Ich glaube schon«, sagte sie zögernd, »Christina erwähnte es nicht gern. Ich bekam es nur zufällig mit.«

»Er belästigte sie also?«

»Meyer ist ein Schwein.«

Braig spitzte die Ohren, sah Neundorfs interessierte Miene. »Inwiefern?«

Seine Gesprächspartnerin zögerte wieder. »Christina war nur eine unter vielen«, presste sie dann hervor. »Aber sie brauchte lange, bis sie das endlich kapierte.«

»Und dann?«

»Sie wollte nichts mehr von ihm wissen. Aber er gab keine Ruhe.«

»Würden Sie ihn als eifersüchtig bezeichnen?«

»Und ob. Dabei war er es, der jedem Rock hinterher rannte.«

»Ist es möglich, dass er Christina in den letzten Wochen noch anrief und sich erkundigte, was sie gerade machte?«

»Ganz bestimmt. Wenn er gerade nichts anderes zu tun hatte.«

Braig trank den Rest seines Kaffees, fragte nach der Adresse des Mannes.

»Wo er wohnt? In Leonberg. Aber die Straße weiß ich nicht. Meyer ist reich. Er hat mehrere Wohnungen.«

»Wie kam er mit Christina zusammen?«

»Sie ging noch zur Schule. Er sprach sie an, in Winnenden. Ich glaube, er hatte dort beruflich zu tun. Autos, er verkauft gebrauchte Autos. Meyer fing sie jeden Tag auf dem Schulweg ab, lud sie ein. Zum Essen, Trinken, ins Kino. Bis sie nachgab. Unsere Eltern wussten nichts davon.«

»Dann war es eine längere Beziehung?«

»Über zwei Jahre lang«, erklärte Rebekka Bangler, »Christina hatte sich tatsächlich in ihn verliebt. Obwohl ich das bis heute nicht verstehe.«

Braig sah, wie Neundorf von ihrem Kaffee trank, erinnerte sich an das fehlende Handy. »Noch eine andere Frage: Wissen Sie zufällig, mit welchem Netz Christina telefonierte?«

Seine Gesprächspartnerin überlegte. »Ich weiß es nicht. Ihr Handy war von *ihm*«, sagte sie dann. »Er hat es ihr geschenkt.«

»Sie sprechen von diesem Lorenz Meyer?«

»Ja. Sie wollte es loswerden. Er zahlte schon immer ihre Gebühren. Ich weiß nicht, weshalb sie es immer noch hatte. Aber sie benutzte es kaum mehr, ließ sich eigentlich nur noch anrufen. Und er nutzte das immer wieder aus.«

»Vielleicht fällt Ihnen doch noch ein, um welches Netz es sich handelt. Würden Sie mich dann bitte verständigen?« Braig bedankte sich für ihre Information, wünschte ihr alles Gute, beendete das Gespräch.

»Er könnte es sein«, meinte Neundorf, »falls dieser Böhmer die Wahrheit sagte.«

Er schob seine Tasse zur Seite, suchte Lorenz Meyer im Computer, einen der in Leonberg gemeldet war. »Meyer gibt es wie Sand am Meer«, sagte er, »aber zum Glück nur einen mit Vornamen Lorenz. Zudem mit dem Vermerk *Gebrauchtwagenhandel.*«

»Also. Dann haben wir ihn.«

Braig druckte den Namen und die Telefonnummern Meyers aus, ließ ihn dann in der zentralen Datei überprüfen. Der Computer bat um Geduld, signalisierte kurz darauf mit dem Aufblinken eines Ausrufezeichens, dass etwas gegen den Mann vorlag.

»Interessant. Der Typ scheint bekannt zu sein«, knurrte er, »falls der Rechner ihn nicht mit einem anderen Meyer verwechselt.«

»Ein alter Kunde?« Neundorf kam zu seinem Schreibtisch, verfolgte das Geschehen auf dem Monitor. Wenige Sekunden später baute sich das Bild eines hageren, glatzköpfigen Mannes um die Fünfzig vor ihnen auf.

»Ich fürchte, wir sind falsch verbunden«, meinte Braig, »der Opa ist bestimmt nicht der ehemalige Freund von Christina Bangler.« Er las den Text, wurde aufmerksam.

Lorenz Meyer, geboren 1954 in Sindelfingen. Seit 1985 Gebrauchtwagenhändler mit mehreren Filialen im Raum Stuttgart.

Anzeigen gegen Lorenz Meyer:

1986 durch die Ehefrau Marga geb. Weiler. Begründung: Angebliche Gewaltanwendung. Anzeige zurückgezogen.

1991 durch Angela Lekrem. Begründung: Gewaltanwendung. Rechtskräftiges Urteil: Ein Jahr Haft auf Bewährung.

1996 durch Marina Spörle. Begründung: Gewaltanwendung. Anzeige zurückgezogen.

»Der geborene Frauenschläger«, stellte Neundorf fest, »ein widerliches Schwein.« Sie verglich die Adresse und die Telefonnummer mit den ausgedruckten Daten, warf ihrem Kollegen einen zweifelnden Blick zu. »Ich kann es mir kaum vorstellen. Er könnte Christinas Vater sein.«

»Ich habe vergessen, ihre Schwester nach seinem Alter zu fragen«, meinte Braig.

Er griff wieder zum Telefon, rief erneut in Endersbach an. Es dauerte fast eine Minute, ehe Rebekka Bangler sich wieder meldete. Ihre Stimme klang verschlafen.

»Es tut mir Leid, dass ich Sie schon wieder störe«, sagte er, »aber wir haben ein Problem, auf das wir dringend eine Antwort brauchen.«

Sie reagierte nicht, wartete schweigend auf seine Frage.

»Dieser ehemalige Freund Christinas, Lorenz Meyer, wie alt ist er ungefähr?«

»Älter«, meinte sie, »ich kann es nicht genau sagen.«

»Um die Fünfzig?«

»Ich weiß es nicht genau, aber das könnte hinkommen.«

»Hat er eine Glatze?«

Ihre Antwort ließ nicht lange auf sich warten. »Ja.«

Braig starrte Neundorf verwundert an, entschuldigte sich nochmals für seinen erneuten Anruf, legte auf. »Kannst du dir das vorstellen?«, fragte er.

Neundorf schüttelte den Kopf. »Der Kerl hat das Mädchen verführt, als sie noch in die Schule ging. So ein Schwein.«

Er überlegte nicht lange, nahm sich den Computer-Ausdruck vor, versuchte es mit der Handy-Nummer des Mannes. Eine kräftige Stimme meldete sich.

»Meyer.«

»Braig. Herr Meyer, haben Sie einen Augenblick Zeit?«

»Um was geht es?«

Braig überlegte, ob er sofort auf ihr Anliegen zu sprechen kommen sollte oder ob es ratsam sei, diplomatisch vorzugehen.

Er hatte es versäumt, sich vor dem Anruf mit Neundorf über ihre Taktik abzusprechen. »Um eine junge Bekannte«, antwortete er. So blieben ihm alle Optionen offen.

»Von wem? Von mir?«

»Genau.«

»Und wer soll das sein? Sie müssen mir schon den Namen der Dame nennen.« Meyer lachte laut. »Da gibt es einige, verstehen Sie?«

Braig sah, wie Neundorf ihr Gesicht verzog. Er hatte den Apparat wieder auf Zimmerlautstärke gestellt, sodass sie jedes Wort verstand.

»Bangler«, sagte Braig, »Christina Bangler.« Er sprach den Namen langsam aus, Buchstabe für Buchstabe deutlich artikulierend.

Meyers Ton veränderte sich sofort. »Oh Schande, ja. Ich habe in der Zeitung davon gelesen. Grauenvoll, die Sache.« Er schwieg einen Moment, fragte dann nach Braigs Identität. »Wer sind Sie? Weshalb rufen Sie mich an?«

»Können Sie sich das nicht denken?«

Meyer verstummte vollends.

»Wissen Sie wirklich nicht, weshalb wir anrufen?«

»Wer sind Sie? Ihr Vater?« Die Stimme des Mannes klang besorgt.

War er tatsächlich mit Christina Bangler befreundet gewesen? Der fast drei Jahrzehnte ältere, dem Computer-Foto nach nicht gerade überwältigend attraktive Mann mit der jungen, kaum der Schule entwachsenen Frau?

Wenn ja, dann war die Besorgnis in seiner Stimme nachvollziehbar. Vielleicht hatte er mit Robert Bangler eine Auseinandersetzung gehabt, weil er dessen Adoptivtochter verführt hatte? Vorstellbar war das schon, schließlich ging es für den religiösen Fanatiker Bangler nicht nur um eine sexuelle Verfehlung, sondern auch – und wahrscheinlich noch viel mehr – um die Tatsache, dass der Autohändler allem Anschein nach die junge

Frau von ihrem korrekt vorgegebenen, ihren Glaubensgrundsätzen gemäßen Lebensweg weggeführt hatte. War Meyer der »Satan«, dem Christina auf die falsche Bahn gefolgt war?

»Ich kann nichts für ihren Tod«, erklärte dieser, bevor Braig antworten konnte, »damit habe ich nichts zu tun.« Seine Stimme klang jetzt wieder selbstsicher und kräftig, die kurze Phase seiner Besorgnis schien überwunden.

»Aber Sie haben sie gekannt«, sagte Braig, ergänzte dann nach kurzer Pause: »Sehr gut sogar.«

»Was geht Sie das an?«

»Ich fürchte, Sie haben ein Problem. Mein Name ist Braig, ich erwähnte es schon. Ich bin vom Landeskriminalamt.«

»Polizei?«

»Sie sagen es.«

»Normalerweise sind Ihre Kollegen auf der Suche nach gestohlenen oder vermissten Fahrzeugen, wenn sie mich anrufen«, erklärte Meyer. Sein Tonfall hatte sich nicht verändert. Er schien in keiner Weise verunsichert.

Ein alter Profi, überlegte Braig. Der Kontakt mit Polizeibeamten schien ihm geläufig zu sein. »Darf ich mit Erfolg rechnen, wenn ich in Ihren Beständen danach suche?«

Meyer lachte aus vollem Herzen. »Ich muss Sie enttäuschen. Ich bin ein seriöser Geschäftsmann. Sie dürfen jederzeit Einblick in meine Unterlagen nehmen, sofern Sie dazu befugt sind. Ich habe nichts zu verbergen.«

Braig kam ohne Übergang zu seinem Thema. »Christina Bangler. Sie haben sie also gekannt, ja?«

Meyer blieb freundlich. »Ich habe viele Bekannte, ich sagte es schon.«

»Wir müssen uns sprechen.«

»Wann?«

»Sofort«, antwortete Braig. »Wo können wir uns treffen?«

Meyer seufzte laut. »Das passt mir jetzt zwar überhaupt nicht, weil ich mehrere geschäftliche Termine wahrnehmen sollte, aber wenn die Polizei, mein Freund und Helfer, meine Wenigkeit benötigt, kann ich natürlich nicht nein sagen.«

»Da kann ich Ihnen nur beipflichten. Also, wo sehen wir uns?«

»Ich bin gerade in Leonberg, benötige noch ungefähr dreißig Minuten zum Prüfen eines Angebots. Passt es Ihnen gegen elf?«

»Einverstanden«, sagte Braig. »Wo sind Sie?«

»Möbelhaus Mutschler. Im Restaurant. Sie können es nicht verfehlen. Es liegt genau über dem Bahnhof. Dann reicht es zu einem zweiten Frühstück.«

Braig legte den Hörer auf.

19. Kapitel

Lorenz Meyers Aussehen hatte sich dem Foto des polizeilichen Straftäter-Programms gegenüber kaum verändert. Braig und Neundorf erkannten den Mann schon von weitem. Er saß am Rand des zu diesem Zeitpunkt nur wenig besuchten Restaurants des eleganten, mehrstöckigen Möbelhauses allein an einem Tisch, hatte ein Kännchen Kaffee und eine Obsttorte vor sich. Als er die beiden Beamten auf sich zusteuern sah, erhob er sich, reichte ihnen freundlich die Hand.

»Meyer«, stellte er sich vor. »Sie haben den Weg schnell gefunden?«

Braig nickte, musterte den Mann. Der war genauso groß wie er selbst, etwa 1,90 Meter, schlank, fast hager, hatte eine schmale, auf beiden Seiten von kurz geschnittenen, dunklen Haaren gesäumte Glatze. Meyer wirkte kaum jünger als die fünfzig Jahre, die sie seiner Biografie entnommen hatten; ein dunkelgrauer Anzug und ein weißes Hemd mit dezent blauer Krawatte verliehen ihm einen vornehmen Touch.

»Darf ich Ihnen etwas zum Essen und Trinken besorgen?«, fragte Meyer. »Hier gibt es leider nur Selbstbedienung.«

»Danke. Wir sind erwachsen«, wehrte Neundorf ab.

Sie begleitete Braig zur Theke, wählte wie ihr Kollege Kaffee und ein belegtes Brötchen, zahlte an der Kasse. Als sie wieder zum Tisch kamen, hatte der Mann das Mobiliar neu arrangiert. Statt vier standen jetzt nur noch drei Stühle dort, zwei davon ihm gegenüber platziert, sein Teller und seine Tasse waren von der Tischmitte zu ihm weggerückt, sodass sie ihre beiden Tabletts bequem abstellen konnten.

»Ich hoffe, Sie finden genügend Platz«. sagte Meyer, »wenn nicht ...« Er zog seine Tasse noch näher zu sich.

»Danke, machen Sie sich keine Mühe.« Braig setzte sich, nahm einen Schluck Kaffee.

»Sie wundern sich vielleicht. Aber ich komme gerne hierher«, erklärte der Mann, »um diese Zeit ist es noch ruhig. Ich kann mir den Kuchen selbst aussuchen, sogar schon ein Mittagessen auswählen und«, er machte eine kleine Pause, zeigte auf die umliegenden Tische, »die Luft ist sauber, Rauchen tabu. Ich fühle mich einfach wohl hier.«

»Sie scheinen viel Zeit zu haben«, sagte Neundorf. Sie aß von ihrem Brötchen, studierte ihr Gegenüber.

»Ganz so einfach ist es nicht. Eigentlich sollte ich im Verlauf der nächsten Stunden zwei geschäftliche Termine wahrnehmen«, erklärte Meyer. »Aber sagen wir mal so: Ich habe es geschafft, ja. Nach vielen, vielen Jahren harter Arbeit. Zwei Jahrzehnte ohne Urlaub, irgendwann muss es sich mal lohnen.«

Braig, der das bemüht freundliche Auftreten des Mannes, seine servile, fast anbiedernde Haltung von Anfang an als störend empfunden hatte, spürte erste Zweifel. War es wirklich nur plumpe Untertänigkeit, ein billiger Versuch, sie über seine gewalttätige Natur hinwegzutäuschen, was ihn zu diesem Auftreten bewegte? Der Kommissar kannte Meyers Strafregister, wusste über seine Frauen verachtenden Attacken Bescheid, verdächtigte ihn zudem, Christina Bangler brutal ermordet zu haben, ertappte sich dennoch bei dem Gedanken, es angenehm zu finden, dem Mann zuzuhören – nicht, was den doch eher banalen Inhalt seiner Begrüßung betraf, wohl aber den Klang seiner Stimme. Sie wirkte außergewöhnlich sonor, verlieh ihm den Anflug einer Vertrauen erweckenden Persönlichkeit, ließ ihn irgendwie sympathisch erscheinen, aller Skepsis, die Braig aufgrund seiner Informationen ihm gegenüber hegte, zum Trotz.

War es dieses Timbre, das Christina Bangler für den wesentlich älteren Mann hatte entflammen lassen?

»Der Tod Ihrer Freundin berührt Sie nicht tiefer?«, fragte Neundorf.

Meyer biss in seine Obsttorte, ließ sich mit seiner Antwort Zeit. »Der Tod eines Menschen berührt mich immer«, antwortete er dann, der Kommissarin zugewandt, »ich bin sensibler als Sie denken.« Ein freundliches Lächeln überzog sein Gesicht. »Deshalb war ich sehr traurig, als ich in der Zeitung vom Ende der jungen Frau las. Auch wenn sie nicht meine Freundin war.«

»Nein, *Freundin* ist das falsche Wort«, konterte Neundorf, »*Geliebte* trifft die Sache schon eher.«

Meyer blieb freundlich. »Ich weiß nicht, woher Ihre offensichtlich falschen Informationen stammen, Frau Kommissarin, aber sie haben mit der Realität nichts zu tun. Ich habe die Frau gekannt, ja, aber doch eher flüchtig.«

»So flüchtig, dass Sie jeden Monat ihre Handy-Rechnung bezahlten. Sie müssen steinreich sein. Wie vielen Leuten, die Sie ›eher flüchtig‹ kennen, zahlen Sie noch die Telefongespräche?«

Zum ersten Mal im Verlauf ihres Gesprächs war Meyer ein Anflug von Unsicherheit anzumerken; offensichtlich hatte er nicht damit gerechnet, dass sie so gut über Einzelheiten seiner Beziehung zu Christina Bangler informiert waren. Er suchte nach Worten, bemüht seine Situation zu entschärfen.

»Also, ich sage es mal so«, er verstummte kurz, holte tief Luft, setzte erneut zu einem Satz an, »mir geht es in der Tat gut, ich habe es zu etwas gebracht. Ohne falsche Bescheidenheit darf ich darauf hinweisen, dass ich in der Tat gerne großzügige Geschenke mache.«

»Sie zahlen also flüchtigen Bekannten jahrelang ihre Telefonrechnungen, schenken ihnen sogar noch das Handy dazu«, nahm Neundorf seine Worte auf. »Wie flüchtig muss ich Ihnen denn bekannt sein, damit ich auch so ein schönes Präsent erhalte?« Der Ton ihrer Stimme verriet deutlich genug, dass sie seiner Aussage keinen Glauben schenkte.

Meyer biss auf seiner Obsttorte herum, versuchte, sein joviales Lächeln beizubehalten. »Ja ja, wir hatten eine – Affäre«, erklärte er dann, »aber das ist lange vorbei.« Er trank seine Tasse leer, füllte aus dem Kännchen nach. Seine Miene strahlte Genugtuung aus, er schien mit seiner Antwort zufrieden.

»Gut, das ist Ihre Sache«, stellte Neundorf fest, »ob und wie lange Ihre Affäre ging, interessiert mich nicht. Sie können ins Bett gehen, mit wem Sie wollen, solange Sie Ihrer Partnerin keine Gewalt antun oder sie mit irgendwelchen Perversitäten überfallen. Aber genau dafür sind Sie ja leider bekannt. Soll ich aus Ihrem Strafregister zitieren?«

Meyers Lachen war einen Deut zu laut. »Aber, Frau Kommissarin, das sind alte Kamellen. Längst vorbei. Außerdem«, er versuchte, dem Thema seine Schärfe zu nehmen, indem er spitzbübisch lächelte, »bis auf eine einzige Lappalie wurden alle Anschuldigungen zurückgezogen. Und ich kann Ihnen auch erklären, weshalb mir einige so übel wollten: In meiner Branche ist die Konkurrenz gewaltig, da geht es hart zu. Der Ellenbogen-Einsatz gehört zum Alltag. Sie wissen doch, wie das läuft: Intrigen, falsche Behauptungen, an den Haaren herbeigezogene Beschuldigungen, Verleumdungen – und schon hängt Ihre Firma mitten drin im Schlamassel. Wer will noch mit Ihnen zu tun haben, wer Geschäfte machen? Sie sind erledigt und die Konkurrenten reiben sich die Hände. So läuft das in unserer Branche – leider.«

»Sie können einem direkt Leid tun«, spottete Neundorf, »ein einzelner Anständiger umringt von Sünde und Verkommenheit.«

»Wollen Sie nicht weiter essen?« Der Autohändler deutete auf ihr belegtes Brötchen. »Es wäre schade um das gute Stück.«

»Sparen Sie sich Ihre Ablenkungsmanöver. So einfach können Sie Ihre verschiedenen Gewaltakte an Frauen nicht zur Seite schieben. Aber was uns heute viel mehr interessiert: Wie lief das ab am letzten Montagabend?«

»Montagabend?« Meyer hatte den Rest der Obsttorte gegessen, hielt die leere Gabel in seiner Hand.

»Sie riefen Christina Bangler an, als sie gerade in Welzheim war. Obwohl diese Sie nicht sehen wollte, fuhren Sie hin und holten sie ab. Sie gingen mit ihr nach Waiblingen. Dort lief es aber nicht so, wie Sie sich das vorgestellt hatten: Christina erklärte Ihnen, dass sie endgültig von Ihnen verschont bleiben wollte und gab Ihnen Ihr Handy zurück – als bewusstes Zeichen ihrer Entschlossenheit. Soviel Widerstand hatten Sie nicht erwartet. Sie wurden wütend, verloren die Kontrolle über sich und fielen über die junge Frau her. Das Ergebnis Ihrer Attacke fanden wir dann am nächsten Morgen.«

»Moment, Moment. Ihre Fantasie in Ehren, aber wir sollten doch auf dem Boden der Tatsachen bleiben. Ich habe und das schwöre ich bei allem, was mir lieb und wertvoll ist, mit dem Tod Christinas nichts, überhaupt nichts zu tun.« Meyer hatte sich erhoben, seine Hand zur Verdeutlichung seines Schwurs von sich gestreckt. »Was immer Sie von mir halten mögen, ich bin kein Mörder.«

Braig sah zu dem Mann auf, bemerkte seine entschlossene Miene. Meyer stand wie ein Schauspieler, der eine erste Probe seiner Kunst präsentieren soll, kerzengerade vor ihnen, Pathos in jeder Faser seines Körpers. Eine Gruppe älterer Frauen zwei Tische weiter starrte angestrengt zu ihnen her, sichtlich darum bemüht, keine Sekunde der seltsamen Aufführung zu versäumen.

»Wir benötigen Beweise«, sagte Braig. »Wer kann bezeugen, wo Sie am Montagabend waren?«

Das pathetische Gehabe des Mannes nervte, sein unübersehbarer Hang zu übertriebener Selbstdarstellung raubte seinen Worten den letzten Rest an Seriosität und Glaubwürdigkeit.

»Bezeugen? Was halten Sie von mir?«, fragte Meyer. Er setzte sich wieder auf seinen Stuhl, griff nach seiner Tasse, trank. »Ich weiß nicht, ob Ihnen bewusst ist, in welches Licht Sie mich stellen. Das können Sie nicht tun.«

Neundorf lachte laut. »Das können wir nicht tun? Ich glaube, Sie haben noch nicht realisiert, in welcher Lage Sie sich befinden. Sie stehen unter Mordverdacht!«

»Mordverdacht? Das glauben Sie doch selbst nicht.« Der Mann verdrehte seine Augen, starrte in seine Tasse, merkte, dass sie leer war. Er griff nach seinem Kännchen, schenkte den Rest ein. »Mein Ehrenwort, ich habe mit Christinas Tod nichts zu tun.«

»Ihr Ehrenwort nützt mir nichts, davon kann ich mir nichts kaufen«, fauchte Neundorf. »Bleiben wir bei den Tatsachen. Sie waren also am Montagabend in Welzheim und holten Frau Bangler dort ab.«

Ihrem Gegenüber war deutlich anzumerken, wie es in ihm arbeitete. Meyer hatte seine aufgesetzte Fröhlichkeit verloren, war unsicher, wie er reagieren sollte. »Also gut, ich habe sie abgeholt«, presste er dann hervor, »das ist korrekt.«

»Um wie viel Uhr?«

Er streckte seine Arme von sich, öffnete seine Handflächen. »Fragen Sie mich etwas Leichteres. Ich weiß es nicht. Vielleicht um acht, vielleicht auch eine Stunde später? So ungefähr jedenfalls. Zur Zeit ist es ja schon nachmittags so dunkel, dass Sie nicht ohne Licht auskommen. Eine scheußliche Jahreszeit!«

Irgendwo im Hintergrund zerschellte ein Teller. Der Aufprall war so laut, dass Meyer vor Schreck in die Höhe sprang. Sie schauten in die Richtung der Küche, hörten die kräftigen Flüche einer Frau.

Neundorf war die Erste, die wieder zum Thema fand. »Zwischen acht und neun also. Sie holten Frau Bangler ab und fuhren mit ihr nach Waiblingen. Wo begann dann der große Streit?«

Meyer setzte sich wieder auf seinen Stuhl, wandte seinen Blick der Kommissarin zu. »Der große Streit?« Es war ihm deutlich anzusehen, wie angespannt er war. »Was wollen Sie mir eigentlich noch alles unterstellen? Wir hatten keinen großen Streit. Es war das übliche Geplänkel. Wir gingen ins *Café Bellini*.« Seine Sätze wurden kürzer, die Sprache hastiger.

»Wo liegt dieses Café?«

»In der Altstadt. Lange Straße, in der Fußgängerzone. Kann ich Ihnen nur empfehlen, in dem Laden herrscht immer tolle

Stimmung.« Meyer schien selbst zu spüren, dass seine Bemerkung nicht zum Ernst der Situation passte.

»Lange Straße?«, fragte Braig. Er kannte die Fußgängerzone. Eine überaus malerische Partie. Waiblingens Altstadt mit ihren Fachwerkgassen, dem alten Rathaus und der begehbaren Stadtmauer entlang der Rems war einer der Hauptanziehungspunkte der Region. Die Lange Straße befand sich keine 200 Meter von der Stelle entfernt, wo sie die Leiche Christina Banglers gefunden hatten. »Und dann?«

»Nichts«, sagte Meyer, »das war alles.«

»Sie wissen genau, dass wir uns damit nicht zufrieden geben.«

»Ich kann Ihnen nicht mehr sagen, weil es nichts weiter zu berichten gibt.«

»Sie waren im *Café Bellini*«, mischte sich Neundorf wieder ins Gespräch, »und dann?«

»Wir unterhielten uns. Ich hatte Christina schon länger nicht mehr gesehen. Es gab viele Neuigkeiten.«

»Wie lange waren Sie dort?«

»Fünf vor zehn trennten wir uns.«

»Fünf vor zehn?« Neundorf warf ihm einen überraschten Blick zu. »Woher wollen Sie das jetzt so genau wissen?«

Meyer brauchte nicht lange nachzudenken, antwortete sofort. »Weil ich in dem Moment auf meine Uhr schaute.«

»Rein zufällig.«

»Nicht ganz zufällig. Ich überlegte, was ich mit dem angebrochenen Abend noch unternehmen könnte.«

»Und? Haben Sie noch etwas unternommen?«

Ihr Gesprächspartner nickte bestätigend mit dem Kopf. »So früh kann ich noch nicht ins Bett.«

Braig glaubte, nicht richtig zu hören. Der Mann schien nicht ausgelastet zu sein. Gerade einmal zwei Stunden vor Mitternacht an einem normalen Werktag als angebrochenen Abend zu bezeichnen konnte wohl nur einem Menschen einfallen, der nicht in den normalen Arbeitsprozess eingespannt war. Er selbst hatte um diese Zeit meist dermaßen mit Müdigkeit zu kämpfen, dass er kaum noch einen klaren Gedanken zustande brachte.

»Fünf vor zehn«, sagte Neundorf. »Sie verließen das Café gemeinsam?«

Meyer starrte in seine leere Tasse, nickte mit dem Kopf.

»Und dann? Sie wollen mir doch nicht erzählen, dass Sie Frau Bangler draußen auf der Straße einfach so stehen ließen? Mitten in der Nacht.«

»Das hatte ich nicht vor, nein. Ich wollte sie nach Hause fahren.«

»Aber es kam nicht dazu.«

»Nein. Sie wollte es nicht.«

»Fünf vor zehn? Weshalb?«

»Sie wissen ja, wie junge Frauen manchmal so sind.« Dem Mann war offensichtlich nicht mehr allzu wohl zumute. Er mühte sich nach Kräften, der Schlinge, die sich mehr und mehr um seinen Hals zog, zu entkommen, spürte immer deutlicher die Skepsis, die ihm von Seiten der beiden Kommissare entgegengebracht wurde. »Ihre Selbstständigkeit«, erklärte er, »sie wollte mir zeigen, dass sie nicht auf mich angewiesen ist.«

»Nachts, kurz vor zehn?« Neundorf schüttelte ihren Kopf. »Meyers Märchen, wie?«

»Mein Gott, was wollen Sie hören? Dass ich sie ermordet habe? Ich – meine frühere Geliebte?«

»Wenn das ein Geständnis war, können wir gehen. Dann müssen Sie Ihre Worte nur noch unterschreiben.«

»Das ist kein Geständnis!«, schrie Lorenz Meyer. Er strich sich nervös über seine Glatze, sah, wie einige der Gäste zu ihnen herschauten. »Wir hatten Streit, ja«, setzte er dann schnell hinzu. »Aber nicht in der Form, in der Sie es mir unterstellen.«

»Wie dann?«

»Sie wollte Schluss machen, endgültig. Ich sollte sie in Ruhe lassen.«

»Aber Sie waren nicht einverstanden.«

»So einfach lässt sich das nicht sagen. Ich habe ja schon längst wieder eine neue Beziehung.«

»Das ist schön für Sie. Dennoch ändert es nichts an der Tatsache, dass Sie mit Frau Bangler in heftigen Streit gerieten und sie dann ...«

Meyer fiel Neundorf mitten ins Wort. »Es war kein heftiger Streit«, sagte er mit lauter Stimme, »wie oft soll ich es noch wiederholen? Eine ganz normale Auseinandersetzung zwischen früheren Partnern, wie es eben so passiert.«

»Nur mit einem außergewöhnlichen Ende.«

»Nein, mit keinem außergewöhnlichen Ende. Wir verließen das Café und liefen zu dem kleinen Platz, wo ich meinen Wagen geparkt hatte. Das waren drei, vier Minuten, mehr nicht. Dort trennten wir uns.«

»An Ihrem Auto?« Neundorfs skeptischer Blick zeigte deutlich, dass sie ihm nicht glaubte.

»Nein, nicht an meinem Auto«, widersprach Meyer, »kurz davor. An dem schmalen Weg, der, soweit ich weiß, zu einem Spielplatz führt. Ich weiß nicht, ob Sie das Gelände kennen.«

»Ich kenne es sehr gut«, sagte Neundorf, »ich wohne in Waiblingen, vielleicht fünfhundert Meter entfernt. Und genau dort, wo Sie sich angeblich von Frau Bangler trennten, fanden wir ihre Leiche.«

»Ich weiß es«, presste der Mann hervor, »ich habe es in der Zeitung gelesen.« Er rutschte unruhig auf seinem Stuhl hin und her. »Was glauben Sie, welche Vorwürfe ich mir gemacht habe, als ich das begriff.« Sein Gesicht war dunkelrot angelaufen, Schweißtropfen standen auf seiner Stirn. »Warum habe ich sie da einfach stehen lassen, mitten in der Nacht? Wissen Sie, wie oft ich mich das schon gefragt habe?«

»Sie glauben allen Ernstes, dass wir Ihnen diese Story abkaufen?«

Meyer schüttelte den Kopf. »Ich weiß, wie unglaubwürdig das jetzt klingt. Aber Sie müssen mir vertrauen. Ich bin kein

Mörder. Ich habe Christina nichts getan. Als wir uns trennten, war sie quicklebendig.«

»Was glauben Sie, wie oft ich das schon gehört habe: ›Ich war es nicht. Ich bin nicht der Böse. Ich bin überhaupt ein völlig anderer, als Sie denken.‹« Neundorf schwieg einen Moment, warf ihren Oberkörper dann halb über den Tisch nach vorne, donnerte ihm ihre Worte ins Gesicht. »Und zehn, zwanzig Minuten später, wenn wir ihn nur genügend in die Mangel genommen haben, gesteht dann derselbe Unschuldsengel, wie er sein Opfer ermordete. Ausführlich, bis ins letzte Detail. Wetten, dass wir Sie bald auch soweit haben?«

20. Kapitel

Die Katze an ihrer Seite, war Lisa Neumann am Abend zuvor bald wieder eingeschlafen. Vier oder fünf Mal in der Nacht hatte sich die schlimme Erinnerung wieder gemeldet; sie war aufgeschreckt, von bösen, albtraumhaften Szenen aus dem Schlummer getrieben, Angstschweiß am ganzen Körper, Schreie der Verzweiflung auf den Lippen. Sie benötigte jedes Mal mehrere Sekunden, sich zurecht zu finden und das grauenvolle Geschehen als vergangen zu begreifen. Die Katze hatte sich längst davon gemacht, die unruhig schlafende, zeitweise wild um sich schlagende, sich im Bett hin und her wälzende Frau als unberechenbare Bedrohung empfindend. Erst in den Morgenstunden hatte sie sich langsam beruhigt. Die Träume schwanden und ließen Raum für einen erholsameren Schlaf.

Gegen elf Uhr an diesem Morgen schlug Lisa zum ersten Mal ihre Augen auf. Die Katze stand vor ihrem Bett, schielte mit kleinen, misstrauisch den immer noch nicht ganz vertrauten Menschen beobachtenden Augen zu ihr hoch. Sie streckte ihre Hand nach ihr aus, sah, wie das Tier zögernd vor ihr zurückwich.

Lisa wischte sich den Schlaf aus den Augen, schälte sich aus dem Bett. Sie lief ins Bad, duschte, betrachtete sich ausführlich im Spiegel. Ihr Gesicht hatte nach dem nächtlichen Überfall und den Attacken des Verbrechers jetzt fast vollständig alle Farben des Regenbogens angenommen. Jede Berührung schmerzte, die Haut wölbte sich zu dicken Wülsten aufgequollen über ihre Wangen. Sie wagte nicht sich abzutasten, zog sich frische Kleidung an.

Das Miauen der Katze lockte sie in die Küche. Sie ging zum Kühlschrank, füllte den Napf, sah, mit welchem Hunger sich das Tier darüber hermachte. Das Schlecken und Schmatzen des Vierbeiners übertönte alle anderen Geräusche.

Lisa kochte sich grünen Tee, schmierte sich zwei Brote. Zartes Fell massierte ihre Knöchel; sie schaute nach unten, fühlte, wie die Katze – endlich – ihren Kopf an ihren Beinen rieb. Sie streckte die Hand aus, streichelte das Tier. Sein Schnurren erfüllte den Raum, wurde allerdings Minuten später vom Heulen sich nähernder Sirenen verdrängt.

Sie stand auf, lief zum Fenster, blickte nach draußen. Die Libanonstraße lag unter einer dichten Nebeldecke. Autos tauchten mit hell aufgeblendeten Scheinwerfern aus dem diesigen Schleier, verschwanden in Richtung der talwärts gelegenen Kreuzung. Die Warnsignale wurden lauter, übertönten alle anderen Geräusche. Lisa starrte auf die Fahrbahn, sah zwei Polizeifahrzeuge aus dem Nebel schießen. Das gleißende, innerhalb von Sekunden wieder verlöschende, dann erneut aufblitzende Blaulicht blendete ihre Augen, für einen Moment verlor sie die Übersicht. Das Geräusch in der Tiefe schwoll an, steigerte sich nervenaufreibend, fast unerträglich.

Als sie die Szenerie wieder überblickte, waren die Fahrzeuge verschwunden, nur noch ihre Sirenen zu hören. Bremsen quietschten, Autos hupten in nervösem Stakkato. Sie spürte, wie sie am ganzen Körper zitterte, erinnerte sich plötzlich wieder an jenen Moment, als sie an das Metallgitter gepresst die Sirene durch die engen Straßenschluchten tief unter sich hatte jagen hören ...

Lisa schrie auf, rannte vom Fenster weg, lief taumelnd in den Flur. Als sie die Garderobe passierte, blieb sie an ihrer Jacke hängen. Irgendein flacher Gegenstand fiel auf den Boden. Sie spürte den Schwächeanfall, drohte für einen Sekundenbruchteil das Bewusstsein zu verlieren, klammerte sich an der Jacke fest. Die Wände des Flurs schienen zu schwanken, Schwindel warfen ihren Körper wie ein Schiff im Sturm hin und her. Sie schnappte nach Luft, fiel auf den Boden des Flurs. Ihr Herz raste, der Schweiß rann ihr in Strömen aus den Achseln, über die Stirn, vom Kinn.

Sie brauchte Minuten, sich zu beruhigen. Das Erste, was sie wahrnahm, war das erneute Miauen der Katze. Das Tier saß einen halben Meter vor ihr in unmittelbarer Nähe der Garderobe, starrte ängstlich zu ihr her, den Kopf leicht zur Seite geneigt, das seltsame Verhalten des Menschen vor sich aufmerksam verfolgend.

Lisa drückte sich vorsichtig vom Boden hoch, wischte sich den Schweiß von der Stirn, streckte die Hand nach der Katze aus. Der Vierbeiner miaute erneut, wich vorsichtig vor ihr zurück. Als sie das Tier fast erreicht hatte, sah sie das Kuvert auf dem Boden liegen, genau unter ihrer Jacke.

Sie brauchte nicht zu überlegen, erkannte es sofort. Es handelte sich um das flache Päckchen, das sie beinahe das Leben gekostet hatte. Von der Plattform fliehend, war sie darüber gestolpert, hatte es in einem unüberlegten Reflex an sich gerissen und in die Tasche der Jacke gesteckt: das Kuvert mit der Diskette, die Gronau für seine Ermittlungen benötigte.

Lisa griff nach dem Päckchen, tastete es vorsichtig ab, spürte die Umrisse der Diskette, öffnete den Verschluss. Das schmale Rechteck war unversehrt.

Sie erhob sich nun vollends, trat in Gronaus Arbeitszimmer, schaltete seinen Computer ein. Sie hatte nur noch ein Ziel: Zu erfahren, was so wichtig war, dass man ohne Zögern ihr Leben dafür opfern wollte.

21. Kapitel

Kurz nach achtzehn Uhr an diesem Donnerstag war Lorenz Meyer endlich bereit, alles offenzulegen. Sie hatten ihn mitgenommen ins Amt, ihn zuerst gemeinsam, dann abwechselnd, um ihre eigenen Kräfte und Nerven zu schonen, einem ununterbrochenen Verhör unterzogen, waren dennoch nicht über den Moment hinausgekommen, an dem er sich angeblich von Christina Bangler getrennt hatte. 21.55 Uhr – Meyer beharrte darauf, nach dieser Zeit keinerlei Kontakt mehr zu der kurz darauf ermordeten jungen Frau gehabt zu haben.

Dem Gerichtsmediziner zufolge, den Braig an diesem Mittag eigens noch einmal befragt hatte, war das der frühestmögliche Termin für den Eintritt des Todes – er plädierte allerdings eher für einen späteren Zeitpunkt, konnte es jedoch nicht mit hundertprozentiger Sicherheit ausschließen, dass der Mord schon gegen zehn erfolgt war. Braig und Neundorf waren sich zudem einig, dass sie die Zeitangabe Meyers äußerst kritisch betrachten mussten: Der Mann hatte keinen Beleg dafür gebracht, dass er und seine Begleiterin das Café wirklich um 21.55 Uhr verlassen hatten. Wer garantierte, dass er nicht ganz bewusst, um sich von vornherein aus dem Kreis der potentiellen Täter auszuschließen, einen falschen Termin genannt hatte? Jeder Laie wusste dank des Fernsehnes, dass die Medizin heute so weit fortgeschritten war, dass sie in Kenntnis der am Fundort herrschenden Temperaturen fähig war, den Tatzeitpunkt recht exakt zu bestimmen.

Hatte Meyer, diese Tatsache ausnutzend, bewusst einen früheren Termin ins Spiel gebracht, um sich damit aus der Verantwortung zu stehlen? Nein, die Zeitangabe war reine Glaubenssache,. die Aussage dehnbar wie Gummi.

Im Bewusstsein, ihn bis ins Detail zu überprüfen, waren sie von Leonberg direkt nach Waiblingen gefahren, hatten im *Café*

Bellini nach der Bedienung gefragt, die am Montagabend serviert hatte. Es war ein junger Mann, der in der Martin Luther Straße, etwa 800 Meter vom Café entfernt wohnte; dieser sah sich jedoch außerstande, den Zeitpunkt zu nennen, an dem Meyer und Christina Bangler gegangen waren. Nicht einmal die Anwesenheit der Ermordeten konnte er bestätigen, er hatte mit einem grippalen Infekt zu kämpfen und war deshalb nicht ganz auf der Höhe, hatte seine Arbeit getan, so gut es ging. Er erinnerte sich lediglich Meyers und einer Begleiterin an jenem Abend. Das Café war zwar spärlich besucht gewesen, außer einem Stammgast, dem er jedoch für diesen Zeitpunkt einen solchen Alkoholpegel zuschrieb, dass er kaum imstande sein konnte, auf Minuten genau das Kommen und Gehen anderer Gäste zu erinnern, wusste er keinen Namen der übrigen Besucher zu nennen.

Blieb nur die Chance, über die Medien nach den Gästen dieses Abends zu suchen und darauf zu hoffen, dass sich irgendjemand die Zeit gemerkt hatte, zu der Meyer und Christina Bangler gegangen waren. Braig und Neundorf behielten sich diesen Schritt als Notlösung vor, waren sich aber der Problematik und der Unwägbarkeit dieser Methode von vornherein bewusst.

Wie immer man es drehte und wendete, Meyers Aussage trug nicht dazu bei, seine Unschuld zu beweisen. In Anbetracht der Auseinandersetzung mit Christina Bangler, die er mit eigenen Worten bestätigt hatte, und in Kenntnis seiner bereits aktenkundig gewordenen Gewaltattacken gegen verschiedene Frauen befand er sich bei einer Anklage durch die Staatsanwaltschaft in einer weitgehend aussichtslosen Position. Kein Untersuchungsrichter würde sich dem Ansinnen, den Mann vorläufig in Gewahrsam zu halten, widersetzen.

»Wenn die DNA-Analyse positiv ausfällt, hilft Ihnen nichts mehr«, drohte Braig, »dann sitzen Sie für den Rest Ihres Lebens hinter Gittern.« Er wusste, dass es nicht so einfach war, dass auch ein positiver Befund noch lange keinen vom Gericht akzeptierten Beweis darstellte, versuchte Meyer einzuschüchtern, um ihn endlich zu einem Geständnis zu bewegen. Braig fühlte sich müde und ausgelaugt, litt schon seit Stunden wieder unter pochenden Kopfschmerzen.

Die Dämmerung war längst hereingebrochen, Neonröhren tauchten das Büro in ihr kaltes Licht, als der Mann seinen Widerstand aufgab. »Holen Sie Ihre Kollegin«, erklärte er, »und schalten Sie Ihr Tonband ein. Ich will nicht alles zweimal sagen.«

Braig atmete tief durch, wählte Neundorfs Nummer, bat sie zu kommen. »Herr Meyer scheint bereit zu sein auszupacken.«

Keine halbe Minute später stand sie im Raum.

»Also«, meinte sie, »Sie wollen endlich zur Sache kommen.«

Lorenz Meyer erhob sich von seinem Stuhl, legte seine dunkelgraue Anzugjacke ab, wies zum Waschbecken. »Darf ich mich kurz erfrischen?«

Braig betrachtete ihn verwundert, nickte. »Wenn es Ihnen hilft.«

Der Mann krempelte die Ärmel seines vornehmen weißen Hemdes hoch, wusch seine Hände und sein Gesicht.

»Ich habe ein Alibi«, erklärte der Autohändler. Er stand vor dem Waschbecken, brachte die Ärmel seines Hemdes wieder in Ordnung, wischte den Rest der Feuchtigkeit aus seinem Gesicht.

»Wofür?«

»Für die Zeit, nachdem Christina und ich uns trennten.«

»Was für ein Alibi soll *das* sein?« Neundorf war Skepsis in Person.

»Punkt 22.15 Uhr war ich bei einer Frau. In Böblingen, über 30 Kilometer von Waiblingen entfernt.«

»Genau um Viertel nach zehn? Woher wollen Sie das so genau wissen?«

»Weil gerade die Nachrichten im dritten Programm begannen. Die Uhr war eingeblendet und die Titelmelodie lief. *Südwest Fernsehen Aktuell.* Ich erinnere mich noch genau daran.«

»Über 30 Kilometer von Waiblingen entfernt?«

»Ich sage Ihnen doch, Christina und ich verließen das Café um Fünf vor zehn. Sie gab mir ihr Handy zurück und dann trennten wir uns voneinander.«

»Sie gab Ihnen das Handy zurück?«

»Ja, sie wollte es partout loswerden. Sie gab einfach keine Ruhe, da nahm ich es eben.«

»Und dann?«

»Ich ging zu meinem Wagen, rief in Böblingen an und fuhr sofort hin. Mit einem angebrochenen Abend gebe ich mich nicht zufrieden, ich erwähnte es.«

»Warum fällt Ihnen das jetzt erst ein?«

»Das sind persönliche Gründe.«

»Geht es etwas verständlicher?«

»Die Dame lebt nicht allein. – Begreifen Sie jetzt, weshalb ich so lange damit zurückhielt?«

Neundorf betrachtete ihn aufmerksam, prägte sich seinen Gesichtsausdruck genau ein. Der Mann schien erleichtert, als habe er sich endlich von einem gewaltigen Druck befreit.

»Name, Anschrift, Telefonnummer?«

»Ich bitte um größte Diskretion«, erwiderte Meyer, »ihre Angehörigen wissen nichts davon. Ich halte sie für unberechenbar.«

»Wir tun, was wir können. Also, Name und Adresse?«

Er schlurfte erschöpft zu seinem Stuhl zurück, zog seine Jacke wieder an. »Serpil Ince in Böblingen.«

Neundorf sah auf, schaute ihn misstrauisch an. »Was ist das für ein Name?«

»Sie ist Türkin.«

Sie notierte sich Anschrift und Telefonnummer der Frau. »Ich versuche es von meinem Büro aus.«

Braig nickte, sah Meyers angestrengte Miene.

»Könnten Sie es nicht hier, in meiner Anwesenheit, versuchen?«

»Damit Sie ihr einflüstern, was sie zu sagen hat?«

Meyer winkte energisch ab. »Ihre Familie – sie dürfen nichts erfahren.«

Neundorf zuckte mit der Schulter. »Das ist Ihr Problem. Vielleicht sollten Sie sich Gedanken über die eventuellen Konsequenzen machen, bevor Sie mit einer Frau ins Bett gehen.« Sie ersparte sich jeden weiteren Kommentar, verließ Braigs Büro.

22. Kapitel

Serpil Ince wohnte in der Stuttgarter Straße in der Nähe des Bismarckplatzes in Böblingen. Braig hatte bei der Bereitschaft des Amtes einen Kollegen angefordert, der sich um Lorenz Meyer kümmern sollte, war mit Neundorf sofort aufgebrochen, nachdem die Kollegin ihren Besuch telefonisch angekündigt hatte.

»Der Ehemann war am Apparat«, hatte Neundorf von ihrem Gespräch berichtet, » er war völlig überrascht, was die Polizei von ihm wolle. Sie hätten sich noch nie etwas zuschulden kommen lassen, seien ordentliche Leute, seit über zwanzig Jahren in Deutschland. Er erwähnte irgendetwas von einem Unfall, betonte aber, dass er überhaupt nicht wisse, um was es gehe. Er glaube aber, dass wir uns täuschen, seine Familie habe nichts zu verbergen.«

»Du hast seine Frau nicht erwähnt?«

Neundorf hatte kurz gelacht, dann ihren Bericht fortgesetzt. »Ich fragte nach Serpil.«

»Und?«

»Sie arbeitet noch, kommt erst gegen sieben nach Hause.«

»Und er weiß nichts von der Sache mit Meyer.«

»Sicher nicht. Er muss kurz nach sieben aus dem Haus. Nachtschicht, die ganze Woche.«

»Freie Bahn also für den Kerl. So könnte es tatsächlich stimmen.«

»Dass sich Meyer Montagnacht mit dieser Frau in Böblingen vergnügte?« Neundorf hatte ihrem Kollegen einen skeptischen Blick zugeworfen. »Das schon, ja. Aber das bedeutet noch lange nicht, dass Christina Bangler noch lebte, als er sich von ihr trennte.«

»Ausschließen können wir es nicht, nein. Aber glaubst du wirklich, der Kerl setzt sich in sein Auto und verbringt die

Nacht mit einer Frau, nachdem er gerade seine Ex ins Jenseits befördert hat? Er fährt nach Böblingen und zeigt sich als zärtlicher Liebhaber, obwohl er eine halbe Stunde vorher eine junge Frau erwürgte – mit denselben Händen, die sich jetzt seiner neuen Geliebten widmen?«

»Ein Übermaß an Skrupellosigkeit, wie?«

Braig hatte keine überzeugende Antwort gewusst. »Vielleicht ist es im Affekt passiert. Meyer neigt zu Gewalttätigkeit, sein Vorstrafenregister zeigt das zur Genüge. Er streitet sich mit Christina Bangler, gerät außer sich, erwürgt sie und haut ab. Die Nacht in Böblingen war dann nichts als eine Betäubungsdroge. Sex statt Alkohol, um zu vergessen und zu verdrängen, was er getan hat. Und jetzt benutzt er sie noch als Alibi, um uns von sich abzulenken. Wir müssen vorsichtig sein, bevor wir ihn freisprechen.«

Fünf Minuten vor sieben waren sie in Böblingen. Dumrul Ince empfing sie an der Wohnungstür. Der Mann hatte wuschelige graue Haare, einen dünnen Oberlippenbart, war kräftig gebaut, vom Alter her um die Fünfzig.

Neundorf stellte sich und ihren Kollegen vor, betonte noch einmal, dass gegen die Familie nichts vorliege und sie nur wegen einer Auskunft gekommen seien.

Die Miene des Mannes entspannte sich sichtbar. »Serpil isch grade komme«, sagte er in leicht gebrochenem Schwäbisch, »sie zieht sich nur noch um.«

Er hinderte sie daran, ihre Schuhe auszuziehen, drückte sie ins mit unzähligen farbigen Kissen, kleinen bunten Teppichen, Puppen und Familienfotos geschmückte Wohnzimmer, bat sie, auf dem breiten Sofa Platz zu nehmen. Braig versank fast in dem weichen Monstrum, hatte Mühe, über seine weit in die Höhe ragenden Knie wegzusehen. Der Gastgeber entschuldigte sich in lebhafter Gebärdensprache, verschwand aus dem Raum.

»Er hat keine Ahnung vom Verhältnis seiner Frau«, sagte Braig, »ich will nicht wissen, wie er reagiert, wenn er davon erfährt.«

»Wenn er Meyer die Fresse poliert, soll mir das nur Recht sein, der Kerl hat das verdient«, erwiderte Neundorf, »ich fürchte nur, er lässt seine Wut allein an seiner Frau aus.«

»Vielleicht schaffen wir es, mit ihr zu reden, ohne dass er davon erfährt. Wenn er zur Nachtschicht muss ...« Braig verstummte mitten im Satz, weil ihr Gastgeber wieder das Zimmer betrat.

Dumrul Ince hatte ein Tablett mit kleinen Tassen, Tellern und einer Schale voll Gebäck in der Hand. »Ihr müsst entschuldige«, sagte er, »Serpil wird jede Augenblick da sein.« Er stellte das Tablett auf dem Tisch ab, verteilte das Geschirr. »Sie kocht Tee für euch, einverstande?«

Braig nickte, bedankte sich für die Gastfreundschaft. »Wann müssen Sie aus dem Haus?«, fragte er.

Der Mann schaute auf die Uhr an der Wand. »In zehn Minuten. Die S-Bahn fährt kurz vor halb.«

»Sie arbeiten in Stuttgart?«

Dumrul Ince bestätigte seine Vermutung. »Bei der Bahn. Züge in Ordnung bringen.« Er seufzte laut. »Ein hartes Geschäft. Eine Woche Nachtschicht, dann Tag, dann wieder Nacht. Viel zu wenig Zeit für meine Familie.«

»Ihre Frau arbeitet ebenfalls?«

»Ja. Hier in Böblingen bei Hewlett- Packard. Aber jetzt isch sie in der Türkei.«

Braig schaute überrascht zu ihm auf. »Ihre Frau?«

Ince zog die Nase hoch, kniff seine Lippen zusammen. »Ihre Mutter«, er stockte, streckte die Arme weit von sich, »es geht ihr schlecht. Allah allein weiß, wie lange noch. Es isch besser, sie isch bei ihr. Nicht dass sie sich später Vorwürfe macht.«

»Seit wann ist sie dort?«

»Seit einer Woche«, erklärte der Mann, »ich habe nichts dagege. Es isch gut so. Deine Eltern hasch du nur einmal.« Er drehte sich um, schaute zur Tür. »Nur Serpil isch hier. Sie muss arbeite.«

Die junge Frau war fast lautlos hinter ihm ins Zimmer getreten. Braig und Neundorf sahen erstaunt zu ihr auf. Serpil Ince trug ein weites, weißes Sweatshirt und dunkelblaue Jeans, hatte kurze, dunkle Haare, ein hübsches, schmales Gesicht. Braig schätzte sie auf Anfang, höchstens Mitte zwanzig. In ihrer Rechten hielt sie eine kleine Teekanne.

»Serpil Ince«, stellte sie sich vor, »mein Vater erzählte mir, Sie wollen mich sprechen?« Sie stellte die Teekanne auf die Tischplatte, reichte Neundorf und Braig die Hand.

»Ihr Vater«, sagte Neundorf.

Braig merkte, dass seine Kollegin genauso überrascht war, wie er selbst. Er hatte gedacht, Meyer habe ein Verhältnis mit der Ehefrau des Mannes, war nicht auf die Idee gekommen, es könne sich um die Tochter handeln. Braig überlegte, dass Serpil Ince kaum älter als Christina Bangler war. Der Autohändler hatte offensichtlich ein Faible für jüngere Frauen.

»Sie haben ihn angerufen, vor einer Stunde etwa?«

Braig hatte sich aus seinem unbequemen Sitz erhoben, bestätigte die Frage. »Wir sind vom Landeskriminalamt, meine Kollegin Katrin Neundorf und ich. Mein Name ist Steffen Braig.« Er streckte ihr seinen Ausweis entgegen, sah, dass sie der Karte keine besondere Aufmerksamkeit schenkte.

»Worum geht es?« Ihre Aussprache war frei von jedem fremdländischen Akzent, doch deutlich von schwäbischen Idiomen geprägt.

»Trinken Sie einen Tee mit uns?«, fragte Neundorf. Sie zeigte auf die Tassen auf dem Tisch, sah das Nicken der jungen Frau.

Serpil Ince nahm die Kanne in die Hand, schenkte der Reihe nach ein. Sie hatte Neundorfs Versuch, Zeit zu gewinnen, bis der Mann aus dem Haus war, offenbar verstanden.

»Mein Vater muss leider zur Arbeit«, erklärte sie dann, den Blick auf die Uhr an der Wand gerichtet, »du musst dich beeilen.«

Dumrul Ince nahm seine Tochter in den Arm, verabschiedete sich mit einem Händedruck von den Kommissaren. »Du kommst wirklich allein zurecht?«, fragte er.

Die Antwort war eindeutig. »Ich bin dreiundzwanzig.«

Neundorf wartete, bis der Mann den Raum verlassen hatte, nahm die Tasse in die Hand. »Sie leben noch bei Ihren Eltern.«

Serpil Ince blickte zur Tür, lauschte den Geräuschen aus dem Flur. »Das ist türkische Tradition. Wir leben zwischen zwei Kulturen. Ich denke, meine Eltern haben Schwierigkeiten sich zurechtzufinden.« Sie setzte sich auf das Sofa. »Es hat Jahre gebraucht, bis meinem Vater klar war, dass ich erwachsen bin und mich nicht mehr von seinen Vorstellungen leiten lasse.«

»Trotzdem wohnen Sie noch hier.«

»Das hat andere Gründe.« Sie trank von dem Tee, stellte die Tasse zurück. »Meine Schwester starb vor zwei Jahren, hier in Böblingen. Gerade als ich ausziehen wollte.«

»Ein Unfall?«, fragte Braig.

Die junge Frau nickte. »Ayse wollte mit dem Fahrrad zur Schule. Ein Lastwagenfahrer übersah sie. Es war nichts mehr zu machen.«

Sie schwiegen, gaben ihr Gelegenheit, zu sich zu finden.

»Sie war zwölf. Lustig, fröhlich, immer gut drauf. Und dann passierte es. Mitten im Sommer.« Sie schluckte laut, wischte sich Tränen aus den Augen.

Braig suchte nach einem Papiertaschentuch, reichte es ihr. Sie nahm es, bedankte sich, tupfte sich die Wangen ab.

»Mein Vater hätte es beinahe nicht überlebt. Er war immer, so lange ich ihn kenne, ein freundlicher Mensch. Voller Freude, wie ein großer Bruder, nicht wie ein überstrenger Vater zu uns. Das will etwas heißen für türkische Verhältnisse. Ich kenne ganz andere Beispiele aus unserem Verwandtenkreis.« Sie fuhr sich mit dem Taschentuch wieder übers Gesicht, beseitigte die letzten Spuren ihrer Tränen. »Dann musste Ayse sterben. Vorne auf der Stuttgarter Straße. Es war schrecklich für uns alle. Aber meinen Vater traf es, glaube ich, am meisten. Er verlor jeden Spaß am Leben, wurde in kurzer Zeit zu einem alten Mann. Haben Sie seine Haare gesehen?«

Sie blickte zu Braig hinüber, sah, wie der Kommissar mit dem Kopf nickte. »Grau. Ein alter, grauhaariger Mann.« Sie griff nach ihrer Tasse, trank von dem Tee. »Bis vor zwei Jahren waren seine Haare schwarz, rabenschwarz sagt man im Deutschen. Ich weiß nicht mehr, wie lange es dauerte: Aber wenige Wochen nach Ayses Tod hatten sie jede Farbe verloren. Er war plötzlich grau. Wie heute.«

Draußen im Flur waren Geräusche zu hören. Die Wohnungstür schlug, dann war Ruhe.

»Jetzt wissen Sie, warum ich noch hier wohne. Ich wollte ihm wenigstens seine andere Tochter lassen. Aber deshalb sind Sie nicht gekommen«, sagte die junge Frau, »ich nehme an, Sie wollten mich unter vier Augen sprechen.« Sie zeigte zur Tür. »Sie können es tun. Er ist gegangen.«

Neundorf nickte. »Es geht um Lorenz Meyer.«

»Lorenz?« Serpil Ince stellte ihre Tasse zurück, schüttelte überrascht den Kopf. »Weshalb?«

»Sie sind miteinander befreundet.«

Der Gesichtsausdruck der jungen Frau veränderte sich schlagartig, sie starrte unkonzentriert in die Ferne. »Ich weiß nicht, ob man das so formulieren kann.«

»Aber Sie haben Kontakt zueinander.«

Serpil Ince schien zu träumen, nickte nach kurzem Überlegen mit dem Kopf.

»Wann haben Sie ihn zuletzt gesehen?«, fragte Braig.

Seine Stimme schien sie aufgeschreckt zu haben. Mit großen Augen blickte sie über den Tisch. »Diese Woche«, antwortete sie dann, »am, Moment«, sie dachte darüber nach, »am Montag.«

»Um wie viel Uhr?«

»Spät, sehr spät. Ich wollte gerade ins Bett.«

»Können Sie sich noch genauer daran erinnern?«, fragte Neundorf. »Es ist wichtig für uns.«

»Viertel nach zehn«, erklärte sie. »Jetzt weiß ich es wieder. Ich hatte den Fernseher laufen. Als er ins Wohnzimmer trat, war es 22.15 Uhr. *Südwest Aktuell*, die Nachrichten begannen gerade.«

»Sie wissen das ganz genau?«

»Ja, natürlich. Es war Zufall, aber gerade in dem Moment betrat er die Wohnung.«

»Sie waren allein?«

Serpil Ince nickte. »Lorenz wusste, dass meine Mutter in der Türkei ist und Vater Nachtschicht arbeitet. Er rief mich an, erklärte, dass er vorbeikomme.«

»Wann rief er an?«

»Kurz vorher. Vielleicht fünfzehn, zwanzig Minuten.«

Braig warf Neundorf einen kurzen Blick zu, fragte dann nach der Stimmung, in der sich Meyer bei seinem Anruf befunden hatte.

»Seine Stimmung?« Die junge Frau hatte Schwierigkeiten, die Intention seiner Frage zu verstehen.

»Als er sie anrief, wie klang er da? Anders als sonst?«

Serpil Ince schüttelte den Kopf. »Normal«, sagte sie, »wie immer.«

»Aufgeregt? Außer Atem?«

»Außer Atem?« Sie überlegte, schüttelte den Kopf. »Nein, das wäre mir sicher aufgefallen.«

»Oder besorgt? Irgendwie hektisch, in Eile?«

Die junge Frau betrachtete ihre Gesprächspartner der Reihe nach, schüttelte wieder ihren Kopf. »Es tut mir Leid, aber ich kann dazu nichts sagen. Er klang wie immer, ganz normal.«

»Wie war er dann, als er zu Ihnen kam? Ist Ihnen da etwas aufgefallen?«

Braig trank den Rest seiner Tasse leer, nahm sich von dem Gebäck. Es war klebrig, schmeckte sehr süß, wie mit Honig gefüllter Teig. Er betrachtete die junge Frau, sah, wie sie mit sich rang, um ihnen korrekte Antworten geben zu können.

»Er war wie immer. Ich kann Ihnen nichts anderes sagen. Mir ist nichts aufgefallen.«

»Er erwähnte«, Neundorf unterbrach sich kurz, »Verzeihung, aber ich muss die Frage stellen, er erwähnte auch nicht eine andere Frau?«

Serpil Ince atmete tief durch. Es klang eher nach einem Seufzer als nach normalem Atemholen. »Naja, ich weiß inzwischen, dass ich nicht die Einzige bin.« Sie schwieg, schaute auf einen imaginären Punkt an der Wand. »Ich habe lange gebraucht, bis ich es begriffen habe.«

»An dem Abend«, sagte Neundorf, »es geht um den Montagabend.«

»Nein, nichts Besonders. Er erwähnte keine andere Frau. Er war wie immer.«

Braig sah die Enttäuschung im Gesicht seiner Kollegin. So sehr sie sich bemühten, Meyers Verhalten passte immer genauer zu dem, was er selbst ausgesagt hatte. War er also wirklich unschuldig? Oder so abgebrüht, dass er seiner neuen Freundin Minuten nach der schrecklichen Tat völlig normal und unberührt hatte gegenübertreten können?

»Sein später Anruf und der Besuch mitten in der Nacht – Sie waren nicht überrascht?«

Serpil Ince fuhr sich über die Stirn, wischte sich ungeduldig die Haare aus dem Gesicht. »Er kommt, wann er will. Besser gesagt, wenn meine Eltern nicht zu Hause sind. Schon immer. Das bin ich so gewohnt.« Der Hauch von Resignation in ihrer Stimme war nicht zu überhören. Sie sagte die Wahrheit, war sogar bereit, ihre Wunden offen zu legen.

»Darf ich fragen, wie lange er bei Ihnen blieb?« Braig wusste, wie indiskret seine Frage war, rang sich trotzdem dazu durch. Sie mussten die Stunden bis nach Mitternacht in ihre Überlegungen einbeziehen.

»Kurz nach fünf«, erklärte Serpil Ince. »Er hatte Angst, dass mein Vater überraschend auftauchen könnte. Um halb sechs kommt der erste Zug aus Stuttgart.«

»Das heißt, er war die ganze Nacht von 22.15 Uhr an bei Ihnen. Ohne Unterbrechung.«

Die junge Frau sah Neundorf offen in die Augen. »Von Montag auf Dienstag, ja. Weshalb wollen Sie das eigentlich so genau wissen?«

23. Kapitel

Die Rückfahrt von Böblingen hatten sie fast die gesamte Zeit über schweigend verbracht. Braig und Neundorf waren zu müde, zu abgekämpft und frustriert, um sich über die Konsequenzen ihres Gesprächs mit Serpil Ince lange austauschen zu wollen.

Dass die junge Frau gelogen, sie über die Anwesenheit Lorenz Meyers von Montag- auf Dienstagnacht bewusst getäuscht haben sollte, schlossen beide aus – zu unwahrscheinlich schien ihnen diese Hypothese. All ihre Erfahrung als langjährige Ermittler sprach dafür, dass sie die Wahrheit gesagt, die Darstellung des Gebrauchtwagenhändlers somit komplett bestätigt hatte. Es war klar: Es schränkte die Spanne, in der Meyer den Mord begangen haben konnte, auf die Zeit vor 22 Uhr ein – eine Möglichkeit, die der Gerichtsmediziner zwar nicht ausschließen, der er jedoch nur schweren Herzens zustimmen wollte.

»Jetzt hängt alles von der DNA-Analyse ab«, war sich Braig sicher, als sie Böblingen verließen. Fiel das Ergebnis negativ aus, würde sich der Staatsanwalt erst gar nicht auf den Weg machen, um beim Untersuchungsrichter einen Haftbefehl für Meyer zu beantragen.

»Wenn wir Pech haben, ist der Kerl heute Abend wieder frei«, kommentierte Neundorf.

»Vielleicht stammt das Haar doch von ihm. Dann muss er uns einiges erklären.«

Das Fax mit Rauleders Unterschrift lag schon in Braigs Büro.

Betrifft: DNA-Abgleich des Haares, das an der Kleidung von Christina Banglers Leiche entdeckt wurde, mit Lorenz Meyer.

Die Probe ist negativ. Das Haar stammt nicht von Meyer.

Staatsanwalt Bockisch ist informiert.

Lars Rauleder

»Und jetzt?«, fragte Neundorf.

»Der Gerichtsmediziner. Er muss sich die Sache noch einmal genauer vornehmen. Wenn wir ihn darüber informieren, dass Meyer den Mord nur vor 22 Uhr begangen haben kann, korrigiert er vielleicht seine Aussage.«

Braig wusste selbst, dass seine Idee irgendwie bockig klang. Kein Pathologe gab eine Verlautbarung über die potentielle Tatzeit zu Protokoll, bevor er sich seiner Sache nicht weitgehend sicher war. Darauf zu hoffen, der Arzt könne seine Aussage noch grundlegend ändern, widersprach all seiner Erfahrung als Polizeibeamter. Nein, von dieser Seite her war wenig Hilfe zu erwarten.

Neundorfs Mienenspiel fiel entsprechend skeptisch aus. »Du weißt selbst, wie groß die Chancen sind, dass er das tut.«

Er nickte, massierte mit beiden Händen seine Schläfen. Die Müdigkeit drohte ihn vollends zu übermannen. Er spürte die bohrenden Schmerzen in seinem Kopf, sah sich kaum noch imstande, einen klaren Gedanken zu fassen.

»Vielleicht war es doch dieser Böhmer«, hoffte Neundorf, »warum versteckt sich der Kerl immer noch?«

Braig lief zum Waschbecken, drehte den Hahn auf, klatschte sich wieder kaltes Wasser ins Gesicht. »Ich weiß es nicht. Ich fürchte, ich weiß heute überhaupt nichts mehr.«

»Ich gebe den Kollegen Bescheid«, erklärte die Kommissarin, »sie sollen Meyer freilassen. Alles andere ist sinnlos.«

Sie wollte rausgehen, als das Telefon läutete. Braig wischte sich sein Gesicht ab, trat an den Schreibtisch. Er schaute auf die Uhr. Kurz vor Neun war. Was gab es jetzt schon wieder?

Die Stimme war ihm zur Genüge bekannt.

»Du bist tatsächlich noch im Büro?«

Er hatte seine Mutter schon unzählige Male gebeten, ihn nicht im Amt, sondern zu Hause anzurufen, es sei denn, es handele sich um einen Notfall; war mit diesem Wunsch wie mit so vielem anderen bei ihr aber auf beharrliche Ignoranz gestoßen.

Was sie sich einmal angewöhnt hatte, wurde zum mütterlichen Gewohnheitsrecht.

»Das hat mein Beruf so an sich, Mama«, seufzte er.

»Du hast ihn dir selbst gewählt.«

»Ja, ich weiß. Freiwillig. Ohne Zwang von deiner Seite.«

»Ich hoffe, du weißt das zu schätzen.«

»Unbedingt, Mama.« Er sah auf, weil Neundorf ihm winkte, nickte ihr zu. Sie wies mit der Hand nach unten, gab zu verstehen, dass sie sich um Meyers Entlassung kümmern wollte.

» ...erwischt?«

Er hatte die Frage seiner Mutter nur bruchstückhaft wahrgenommen. »Wen erwischt?«

»Von was rede ich denn? Diese bayerischen Verbrecher natürlich.«

Er versuchte fieberhaft zu erinnern, von was sie sprach, blies erschöpft die Luft von sich.

»Du brauchst nicht so angestrengt zu tun«, schimpfte sie. »Ihr seid also genauso unfähig wie diese Lederhosen-Jodler.«

Braig wunderte sich über den Ausdruck, wusste plötzlich wieder, um was es ihr ging. »Wo hast du die respektlose Bezeichnung her?«

»Respektlos? Frau Dr. Ohlrogge nennt sie so: deine unfähigen Kollegen in Bayern.«

»Wenn alle Polizisten so unfähig wären, wie du behauptest, wären die Straßen voll mit Räubern und Mördern.«

»Sind sie das etwa nicht? Wo bin ich denn heute noch sicher?«

Er seufzte laut, spürte den Hunger und seine zunehmende Erschöpfung. Auf alles hatte er jetzt Lust, nur nicht darauf, sich am Telefon in sinnlose Geplänkel zu stürzen. Er kannte seine Mutter, wusste, wo Gespräche dieser Art endeten. Sie war – aus welchen Gründen auch immer – gereizt, suchte nach einem Opfer, an dem sie ihren Frust auslassen konnte. »Was ist mit eurer Tournee?«, fragte er, um sie abzulenken. »Wo findet der nächste Vortrag statt?«

»Vortrag? Wo kann man heute noch einen Vortrag halten, ohne von Verbrechern überfallen zu werden?«

»Mein Gott, noch seid ihr am Leben, du und deine Frau Doktor.«

»Ihr habt sie also auch nicht festnehmen können. Hast du dich überhaupt darum bemüht?«

Braig hatte sich schon fast entschlossen, ihr wahrheitsgemäß zu antworten, als ihm klar wurde, was das für die Stimmung seiner Mutter und die Beziehung zu ihr – zumindest für die nächsten Wochen – fast unausweichlich bedeuten würde. »Ich habe versucht, die Ermittlungen an mich zu ziehen«, flunkerte er, »aber die bayerischen Kollegen waren dagegen. Sie stehen kurz vor der Aufklärung mehrerer Überfälle, erklärten sie. Ihr wart nicht die einzigen Opfer.«

Am anderen Ende der Leitung blieb es ruhig. Anscheinend hatte ihr seine Antwort die Sprache verschlagen. Braig nutzte den seltenen Moment, versuchte, seine Argumentation zu vertiefen. »Es kann allerdings noch ein paar Tage dauern, bis sie endgültig Bescheid wissen. Ich denke, sie sind sich längst darüber klar, um wen es sich bei den Tätern handelt, wollen sie aber auf frischer Tat ertappen.«

»Das heißt, die warten ab, bis andere Leute überfallen werden und anschließend greifen sie erst ein? Und wenn die Verbrecher diesmal ihre Opfer töten?«

Braig legte seinen Kopf in die geöffnete Hand, stützte sich mit dem Ellbogen auf seinen Schreibtisch. Er hatte keine Nerven, auch keine Kraft mehr, sich noch länger auf seine Mutter einzulassen. Der Mord an Christina Bangler war nach wie vor ungeklärt, die bestialische Entstellung ihres Körpers vollkommen ungelöst. Nichts, überhaupt nichts hatte er in Bezug auf eine Lösung des Falles anzubieten. Weder Bangler noch Böhmer noch Meyer waren überführt. Alles nur vage, unbeweisbare Verdachtsmomente. Wenn es so weiterlief, würde die Staatsanwaltschaft bald die Geduld verlieren und nach einem besseren Ermittlungskonzept fragen.

»... Fühlt ihr euch wohl dabei?«

Er hatte die Worte seiner Mutter fast vollständig überhört, nur den letzten Satz verstanden. »Wobei?«

»Frag nicht so dumm!«, wetterte sie. »Die Polizei schaut zu, wie Unschuldige von Verbrechern überfallen werden. Oder ist das nur in Bayern so üblich?«

Braig hörte die Geräusche hinter sich, sah hoch. Neundorf stand in der offenen Tür, seltsam aufgeregt, das Gesicht einerseits unübersehbar von Erschöpfung gezeichnet, andererseits von einer unnatürlichen Röte überzogen.

Er schaute seine Kollegin fragend an, sah ihr aufgeregtes Winken. »Ich melde mich wieder, wenn ich Neues weiß, Mama, ja?«

Er wartete nicht auf ihre Antwort, legte den Hörer auf. Neundorfs Zustand schien Besorgnis erregend.

»Scheiße«, presste Neundorf hervor, »totale Scheiße.« Sie lehnte am Türrahmen, stöhnte laut vor sich hin.

Braig erhob sich, blieb stehen, starrte sie an. »Irgendwas mit Meyer?»

Sie schüttelte den Kopf. »Mit Meyer? Nein. Ich glaube, der ist endgültig aus dem Spiel. Durch unser Alibi, sozusagen.«

Sie löste sich vom Türrahmen, kam langsam näher. »Du bist müde, willst nach Hause, ja?«

Er nickte, wartete auf eine Erklärung.

»Vergiss es. Wir haben einen neuen Mord. Wieder eine junge Frau. Erwürgt und entstellt. Genau wie in Waiblingen.«

Braig spürte, wie ihm übel wurde, er begann am ganzen Körper zu zittern. Er klammerte sich an seinem Schreibtisch fest, hatte Mühe, Neundorfs Aufforderung zu verstehen.

»Die Kollegen warten auf uns. In Ludwigsburg.«

24. Kapitel

Die Diskette war leer. So sehr sie sich bemühte, irgendeinen Text, eine Grafik oder ein Bild auf den Monitor zu zaubern, sie hatte keinen Erfolg. Der Datenträger, den sie im Bahnhof abgeholt, für den sie ihr Leben riskiert, der sie der Verfolgung durch einen der widerlichsten Menschen, dem sie je begegnet war, ausgesetzt hatte, war nicht beschriftet. Annähernd zwei Stunden hatte sie es versucht, hatte alle Kniffe eingesetzt, die ihr nach jahrelanger Arbeit mit Computern vertraut waren, hatte alle Kombinationen durchgespielt, die auch in scheinbar hoffnungslosen Fällen immer dazu geführt hatten, den Inhalt einer Diskette freizulegen – nichts.

Lisa Neumann saß kopfschüttelnd vor der Tastatur, starrte ungläubig auf den leeren Bildschirm. Sie konnte es nicht glauben, wollte sich nicht damit abfinden. Was um alles in der Welt hatte der leere Datenträger zu bedeuten?

Sie starrte auf den Monitor, zermarterte ihr Hirn. Sie merkte, wie es langsam dunkel wurde, das Zimmer nur noch vom Widerschein des Bildschirms erhellt war, spürte die Kraftlosigkeit und den Hunger, die sie mehr und mehr zu lähmen drohten. Doch je länger sie darüber sinnierte, je intensiver sie sich damit auseinander setzte, desto deutlicher wurde ihr, dass es nur eine Antwort geben konnte, eine Antwort, die so ungeheuerlich war, dass sie einfach nicht wahr sein konnte.

Das Bewusstsein, dass die einzige Lösung des seltsamen Sachverhalts in einer unglaublich rücksichtslosen Intrige zu suchen war, die allein auf ihren scheinbar so uneigennützigen, freundlichen Gastgeber zurückging, hatte sie in den späten Abendstunden so sehr durchdrungen, dass sie sich nicht mehr länger zurückhalten konnte.

Sie nahm das Telefon, wählte die für den Notfall gedachte Nummer, hatte ihn sofort am Apparat.

»Du wunderst dich nicht, dass die Diskette nicht in deiner Post war?«, schrie sie in den Hörer.

Seine Antwort drang nicht zu ihr durch.

»Sie ist leer. Kannst du mir das erklären? Aber komm mir nicht mit dem Märchen von einem Versehen oder einem unbeabsichtigten Irrtum!«

Er brachte irgendwelche Ausflüchte, erwähnte angebliche Tricks, die den Zugriff auf die Daten verhinderten.

»Lüg mich nicht an! Ich arbeite seit mehr als zehn Jahren mit Computern, ich weiß, wie man Inhalte unzugänglich macht. Diese Diskette ist leer, verstehst du?«

»Warum regst du dich auf?«, antwortete Gronau. »Und wieso spionierst du in meinen Unterlagen herum?«

»Wieso?« Sie konnte nicht mehr an sich halten, platzte schier vor Wut. Sie berichtete, was geschehen war, welches Wunder sich ereignet hatte, sodass sie überhaupt noch lebte.

Gronau verstummte, sagte kein Wort mehr, hörte ihr zu. Erst als sie alles erzählt hatte und vor physischer und psychischer Erschöpfung weinend verstummte, stammelte er seine Entschuldigung. »Mein Gott, du musst mir verzeihen. Das wollte ich nicht, wirklich nicht. Sie fühlen sich bedroht, weil ich einigen zu nahe gekommen bin. Ich komme, so schnell ich kann. Morgen bin ich zurück, ich verspreche es.«

25. Kapitel

Die Wilhelmstraße in Ludwigsburg lag wie der gesamte Landstrich unter einer dichten Nebeldecke. Nur andeutungsweise waren auf beiden Seiten Hausfassaden zu erahnen. Straßenlaternen und Autoscheinwerfer drangen kaum durch die milchige Suppe, bildeten nur kleine helle Punkte in der schemenhaften Umgebung.

Braig und Neundorf bemerkten erst am blinkenden Blaulicht mehrerer Polizeifahrzeuge, dass sie den Arsenalplatz bereits erreicht hatten. Zwei nur mäßig besetzte Stadtbusse quälten sich an ihnen vorbei, bogen zum Bahnhof hin ab. Neundorf parkte ihr Fahrzeug auf der anderen Straßenseite. Mehrere Polizeibeamte versperrten den Zugang zum Platz.

Braig zog seinen Ausweis, zeigte auf seine Kollegin, grüßte.

»Dort vorne, im Licht«, erklärte der uniformierte Kollege.

Ein schmaler, vielleicht fünf Quadratmeter umfassender Fleck tauchte, von den Scheinwerfern zweier Polizeiwagen angestrahlt, grell aus dem milchigen Licht. Braig sah die Leiche der jungen Frau erst in dem Moment, als er sich an den Fahrzeugen vorbei bis unmittelbar zu dem toten Körper vorgekämpft hatte.

Ein gespenstisches, unwirkliches Bild. Eine Szene wie im Film: der ins Dunkel gehüllte Platz, mittendrin, eingezwängt zwischen die Frontpartien der beiden Polizeifahrzeuge, der auf den Asphalt geworfene Körper einer Frau. Außen die grellen Lampen, in der Mitte die *Hauptdarstellerin*, drum herum mehrere Komparsen. Nur die Kameras fehlten.

Braig betrachtete die angewinkelt auf den Boden gestreckten Beine der Toten, ließ seine Augen über ihren Oberkörper gleiten, nahm die Partie oberhalb der Brust ins Visier.

Derselbe Täter, er erkannte es sofort. Das Gesicht, die Wangen, die Stirn fast bis zur Unkenntlichkeit zerkratzt, das Kinn zertrümmert. Ein Wahnsinniger, ein Mörder ohne jeden Skrupel!

Braig trat zur Seite, stützte sich an der Kühlerhaube des Polizeiautos ab. In seinem Magen rumorte es, Säure stieg ihm aus der Speiseröhre in den Rachen. Er schluckte, bekam keine Luft mehr, spürte das Brennen in seiner Mundhöhle. Weshalb diese Brutalität, woher diese Gewalt?

Er starrte zur Seite, sah Neundorf vor der Leiche stehen. Auch sie schüttelte den Kopf, seufzte laut. Erst als sie auf ihn zutrat, merkte er, dass sie am ganzen Leib zitterte.

»Wir müssen das Schwein kriegen«, stammelte sie, »bevor ...« Sie brach mitten im Satz ab, lehnte sich an ihn.

»Karen Rommel«, sagte eine männliche Stimme, »hier isch der Ausweis. Geldbeutel, Handy, alles da. Komplett in ihrer Handtasche.«

Braig atmete tief durch, schob sich an seiner Kollegin vorbei ins grelle Licht. Er hatte Helmut Rössle an seiner Stimme erkannt.

Der Techniker kniete über der Leiche, reichte ihm eine schmale, schwarze Damenhandtasche hoch. »Alle achtzig Deifel von Sindelfinge«, keuchte er, »wenn ihr den Kerl net bald fanget, no schlaf i koi Nacht mehr. Oder glaubet ihr, i krieg heut au bloß oi Aug zu nach dem Ablick?«

Braig schüttelte den Kopf, versuchte sich aufrecht zu halten. Sein Magen rumorte immer noch, sein Kopf schien von unzähligen Nadeln durchbohrt. »Glaubst du, mir geht es besser?«, schimpfte er.

»Jaja, i woiß, mir hocket ja alle in der Scheiße.« Rössle starrte in die Dunkelheit hinter den Scheinwerfern. »Wo isch die Ärztin?«, rief er und wandte sich an Braig: »Sie hat sie schon gründlich untersucht, wartet nur noch auf euch. I bin au fascht fertig. I sag dirs, derselbe Kerl wie in Waiblinge. Das wird heiter!«

Eine in einen dicken, grünen Mantel gehüllte Frau trat näher, reichte Braig die Hand. »Schlotterbeck«, sagte sie, »ich bin die

Ärztin.« Sie zeigte auf die Leiche zu ihren Füßen. »Das muss schnell aufgeklärt werden. Der Kerl ist wahnsinnig.«

»Sie haben sie untersucht?«, fragte Neundorf. Sie hatte sich zu ihnen dazugestellt, wartete auf die Aussage der Frau.

»Sie wurde erdrosselt, mit bloßen Händen. Die Abdrücke sind noch deutlich sichtbar.« Die Ärztin beugte sich nieder, drehte die Leiche auf die Seite, zeigte auf ihren Hals. Das Zupacken mehrerer Finger war gut zu erkennen. »Zugleich attackierte er ihr Gesicht. Sie sehen die Spuren.«

Braig starrte auf den Kopf der Toten, spürte seine Beklemmung. Als ob ein überdimensional großer Schraubstock ihn gefangen hielt und irgendjemand immer fester zudrückte. Er schnappte nach Luft, glaubte, auch er müsse ersticken. Ein widerlicher Horrorfilm.

»Sonst kann ich nichts entdecken. Keinerlei Anzeichen für ein Sexualdelikt, meines Erachtens auch nicht der Versuch dazu. Unterhalb des Halses ist die Kleidung der Frau unversehrt.« Die Ärztin drehte die Leiche wieder zurück, zeigte auf den Anorak und die Jeans der Toten.

»Wann ist es etwa passiert?«, fragte Braig.

»Sie war noch warm, als ich kam«, erklärte Dr. Schlotterbeck. »20.10 Uhr schätze ich, plus-minus zehn Minuten. Auch wenn es gewagt klingt, dass ich mich so akkurat festlege. Ich war gerade unterwegs, als der Notruf kam. Vorne am Schlossgarten. Ich bin mir recht sicher.« Sie wischte sich mehrere Fransen aus dem Gesicht, wandte sich ab, hustete kräftig. »Das ist kein normaler Verbrecher«, sagte sie dann. »Ich war lange in der Psychiatrie tätig in Winnenden.« Sie zeigte auf die Tote. »Anders kann ich mir das nicht erklären.«

Braig atmete tief durch, spürte die feuchte Kälte durch seine Kleider dringen. »Beim ersten Mal vor drei Tagen in Waiblingen vermuteten wir noch Eifersucht. Ein verlassener Liebhaber oder so. Im Affekt. Aber jetzt? Das ist doch die gleiche Handschrift. Ein Serienmörder. Also nichts mehr mit enttäuschter Liebe, Eifersucht – oder doch?« Er hatte Mühe, sich zu konzentrieren, fand nicht die richtigen Worte, sein Anliegen differenziert darzulegen.

»Ich sagte Ihnen doch, das ist kein normaler Täter«, beharrte die Ärztin. »Der ist schizophren.« Sie reichte ihm ein Blatt mit handschriftlichen Notizen,. »Hier, meine groben Aufzeichnungen. Das Ausführliche folgt per Fax. Die Pathologie übernimmt, ja?« Dann verabschiedete sie sich.

Braig nickte, reichte ihr die Hand. Sie trat einen Schritt hinter das Polizeifahrzeug, verschwand im Nebel.

Von der Straße her waren laute Stimmen zu hören. Neugierige erkundigten sich, was die von so vielen Polizeibeamten kontrollierte Absperrung zu bedeuten hätte.

»Dode hots gebe«, kreischte ein Mann. »Zwoi oder drei.« Seine schrille Stimme klang alkoholisiert, übertönte das Aufheulen verschiedener Motoren auf den nahen Straßen.

Braig fasste sich an seine Schläfen, massierte sie. Er fühlte sich unendlich müde, einsam, verbraucht. Sollte das immer so weiter gehen?

Helmut Rössles Stimme schreckte ihn aus seinen Gedanken. »Raubmord isch es au net«, sagte der Techniker unmittelbar neben ihm, »i moin jedenfalls, dass alles do isch.« Er zeigte auf die Damenhandtasche zu Braigs Füßen. »Es sei denn, der Kerl hat koi Gelegenheit mehr ghabt, des Zeugs an sich zu reiße. Aber warum hat er dann so lang in ihrem Gsicht rumgfuhrwerkt?«

Braig nahm die Tasche an sich, durchsuchte ihren Inhalt: Handy, Spiegel, Taschentücher, Deo-Stift, Kugelschreiber, Geldbeutel, Ausweise. Alles, was eine Frau normalerweise so mit sich führte, schien vorhanden. Er öffnete die Geldbörse, sah, dass sie reichlich gefüllt war. Viele Münzen, mehrere Scheine. 5er, 10er, zwei 50er. Auch die Scheckkarte steckte in der dafür vorgesehenen Lasche.

»Die Uhr isch au do«, sagte Rössle. Er deutete auf den linken Arm der Toten, zeigte auf ihre Finger. »Und die Ringe dazu.«

»Also wirklich kein Raubmord«, meinte Neundorf.

Braig nahm den Ausweis der Frau, las die Daten.

Karen Rommel, geboren am 21. 6. 1981 in Crailsheim.

Er betrachtete ihr Foto, sah, dass es sich um eine hübsche junge Frau mit kurzen, dunklen Haaren handelte, die zur Zeit in der Markgröninger Straße in Möglingen wohnte.

»Da vorne stoht ihr Golf«, erklärte Rössle, reichte Braig den Fahrzeugschein der Ermordeten, »die Schlüssel stecket scho. I denk, die war grad dabei, in ihren Karre zu steige.«

»Die Schlüssel stecken?«, fragte Neundorf.

Rössle winkte die beiden Kommissare aus dem Scheinwerferlicht zu einem etwa drei Meter entfernt geparkten Golf. »Da«, sagte er, »die wollt grad aufschließe und wegfahre. No hat der Deifel sie erwischt.«

Braig ließ sich von dem Techniker eine Taschenlampe geben, untersuchte das Türschloss.

»Do isch nix. Koin Kratzer. I han scho alles untersucht.«

»Du kümmerst dich um Fingerabdrücke auf den Schlüsseln und dem Auto?«, bat Braig.

Rössle nickte schweigend.

»Sie war dabei, ihr Auto aufzuschließen«, überlegte der Kommissar, »und dabei wurde sie von dem Kerl überrascht.«

»Angesichts des dichten Nebels ein Kinderspiel und nicht ein einziger Zeuge«, ergänzte Neundorf. Sie schaute sich um, versuchte angrenzende Gebäudeteile zu erspähen. Vergeblich. Außer dunklen Nebelwolken war nichts zu erkennen. »Wer hat sie entdeckt?«

Rössle wies ins Dunkel hinter sich. »Ein Herr Sautter. Er wartet dort in seinem Auto. Der isch völlig fertig.«

Braig und Neundorf begaben sich zu dem Fahrzeug. Sie erkannten einen älteren Mann auf dem Fahrersitz. Er schien zu schlafen.

Braig klopfte an die Scheibe, sah, wie der Mann zusammenfuhr. Mit großen Augen starrte er zu ihnen hoch, öffnete dann die Tür, trat ins Freie.

»Entschuldigen Sie bitte, mein Name ist Braig. Meine Kollegin Neundorf begleitet mich. Wir sind vom Landeskriminalamt. Sie haben die Tote gefunden?«

Der Mann nickte, blinzelte mehrfach mit den Augenlidern. »Sie müssen sich nicht entschuldigen«, antwortete er, »ich bin eingeschlafen. Ich habe zu lange gearbeitet heute. Und dann noch diese schreckliche Sache. Sautter, Herbert Sautter. Sie wollen sicher meinen Ausweis sehen?«

Braig nahm die Kennkarte entgegen. Der Mann war 1942 geboren und wohnte in Schwieberdingen. Braig notierte sich den Namen und die Adresse.

»Sie haben wahrscheinlich lange auf uns gewartet«, sagte Neundorf, »erzählen Sie bitte kurz, wie Sie die Frau gefunden haben.«

Herbert Sautter nahm seinen Ausweis wieder zurück, nickte aufgeregt mit dem Kopf. »Ich kam von der Arbeit, dort vorne in der Wilhelmstraße.« Er drehte sich um, zeigte ins Dunkel.

»Ich bin Anwalt in einer Kanzlei. Heute Abend war ich noch einmal kurz im Büro, hatte das Auto deshalb hier geparkt. Ich wollte zu meinem Wagen, freute mich, dass der Parkplatz recht leer war und ich fast schnurgerade hierher laufen konnte, als ich buchstäblich über die Frau stolperte. Sie lag direkt vor mir. Ich dachte zuerst, sie sei gefallen und habe sich verletzt, aber als sie überhaupt keine Antwort gab ... Ich rannte zur Wilhelmstraße zurück, wo gerade ein paar Leute liefen, und sagte Bescheid. Eine Frau gab mir ein Handy. Damit wählte ich den Notruf.«

»Wissen Sie noch, wann genau das war?«

Herbert Sautter antwortete nicht sofort. »Ich weiß, ich hätte auf die Uhr schauen sollen.« Er wand sich hin und her, suchte nach einer Erklärung. »Ich war so aufgeregt, verstehen Sie, und vollkommen überrascht.«

»Ungefähr«, sagte Neundorf, »nur ganz grob.«

»Als ich das Büro verließ, war es zehn nach acht«, meinte er, »aber wie lange ich bis zu der Frau brauchte? Höchstens vier, fünf Minuten. Mehr nicht.«

»Zwanzig Uhr fünfzehn also«, überlegte die Kommissarin, »das reicht uns. Haben Sie jemand gesehen, irgendeine Person? In der Nähe der Leiche, meine ich, oder auf dem Parkplatz?«

Herbert Sautter wog seinen Kopf bedächtig hin und her. »Das werfe ich mir schon die ganze Zeit vor.«

»Was?«

»Als ich auf den Platz einbog, etwa in Höhe des Kriegerdenkmals, sah ich eine Gestalt wegspringen. Einen Mann oder irgendeine Person, genau von dort weg, wo ich dann auf die Frau stieß.«

Braig und Neundorf starrten den Mann elektrisiert an. »Würden Sie ihn wiedererkennen?«

»Um Gottes willen, nein.« Herbert Sautter wehrte das Ansinnen mit den Händen durch die Luft wedelnd ab. »Das werfe ich mir doch vor, dass ich genauer hätte hinsehen sollen. Aber wer denkt denn in einem solchen Moment an einen Mörder? Darum handelt es sich doch, um Mord, oder?«

Braig nickte, wiederholte die Frage seiner Kollegin. »Wie sah der Mann aus? Können Sie ihn in etwa beschreiben?«

»Nein. Wirklich nicht. Er huschte an mir vorbei, was heißt *er* – ich weiß ja noch nicht einmal, ob es überhaupt ein Mann war. Irgendeine Person, aber ich sah nur den Umriss, einen Schatten, wirklich, mehr nicht. Denken Sie an den Nebel, vorhin war es kein Haar besser als jetzt.«

Braig nickte, wollte den Mann nicht länger aufhalten.

»Ich werfe es mir schon die ganze Zeit vor«, wiederholte Herbert Sautter. »Aber ich kann Ihnen leider überhaupt nicht helfen.«

»Ist schon gut«, bedankte sich Neundorf. »Sie haben uns immerhin sofort verständigt, das ist viel wert. Für heute reicht es. Sie können nach Hause fahren. Wenn wir weitere Fragen haben, melden wir uns bei Ihnen.« Sie zog eine Visitenkarte aus ihrer Tasche, reichte sie ihm. »Falls Ihnen noch etwas einfällt. Irgendetwas zum Aussehen dieser unbekannten Person. Wie sie sich bewegt hat, wie groß oder wie schlank sie war, die Form ihrer Haare, was sie anhatte – bitte denken Sie darüber nach, das ist für unsere Ermittlungen sehr wichtig. Vielleicht können Sie uns morgen Bescheid geben? Wir sind für jeden Hinweis dankbar.«

Der Mann nahm die Karte, öffnete die Tür seines Autos, verabschiedete sich.

»Und jetzt?«, fragte die Kommissarin.

»Die Familie der Toten«, antwortete Braig, »machen wir es gemeinsam?« Er sah, wie seine Kollegin nickte, merkte an ihrem unsicheren Gang, wie erschöpft sie war. »Vielleicht ist es besser, du gehst nach Hause. Ich erledige es allein. Es ist dein erster Tag im Dienst nach der Operation.«

»Es geht noch«, sagte sie, »ich melde mich schon, wenn ich nicht mehr kann.«

Sie klopfte ihm auf die Schulter, versuchte zu lächeln, konnte ihren wahren Zustand dennoch nicht verbergen.

»Wie steht es mit Johannes? Ist er versorgt?«

»Meine Mutter passt auf. Sie bleibt noch mindestens eine Woche da. Bis ich wieder vollends fit bin.«

Sie gingen zurück zum Fundort, baten Rössle, den Abtransport der Toten in die Gerichtsmedizin zu überwachen, damit sie deren Angehörige aufsuchen konnten. Der Techniker verzog genervt sein Gesicht, aber auch er war offensichtlich viel zu müde, um ihnen zu widersprechen. Braig und Neundorf verabschiedeten sich, suchten ihren Dienstwagen auf.

* * *

»Handelt es sich tatsächlich um denselben Täter wie in Waiblingen?«, fragte Neundorf, als sie Ludwigsburg auf der nebelverhüllten Schwieberdinger Straße verließen.

Braig überlegte nicht lange: »Die Frauen sahen sich verteufelt ähnlich. Wenn du verstehst, was ich meine.« Er wusste selbst, wie makaber seine Worte klangen. Aber traf er damit nicht genau den richtigen Sachverhalt? Zwei völlig unterschiedliche Menschen – von einem skrupellosen Mörder im Tod gleichermaßen entstellt. »Rössle hat beide Leichen als Erster gesehen. Er ist der gleichen Meinung. Ein- und dieselbe Handschrift.«

»Dann müssen wir unbedingt feststellen, welche Verbindung zwischen den Frauen besteht. Der Mörder wird sich seine Opfer wohl kaum willkürlich ausgesucht haben.«

»Es sei denn, wir haben wirklich einen Verrückten vor uns, wie die Ärztin meinte.«

»Verrückt ist der Kerl auf jeden Fall – gleich, aus welchem Grund er seine Verbrechen begeht. Kennen wir ihn?«

Er drehte sich zu seiner Kollegin, schaute sie fragend an.

»Dieser Böhmer – er ist immer noch flüchtig.«

»Du glaubst tatsächlich ...«

»Du kennst ihn«, sagte Neundorf, »du hast mit ihm gesprochen – ich nicht.«

»Er hat mich in den Schuppen gesperrt«, antwortete Braig, »du siehst, wie ich mich von ihm habe täuschen lassen.«

»Warum ist er untergetaucht?«, fragte sie. »Bisher dachten wir, aus der Angst heraus, automatisch wieder in Verdacht zu geraten, weil er schon einmal gewalttätig war. Vielleicht versteckt er sich aber aus ganz anderen Gründen?«

»Was willst du damit sagen?« Braig litt unter dem ständig zunehmenden Stechen hinter seinen Schläfen, fühlte sich hungrig und ausgelaugt. Er war müde, sah sich kaum noch imstande, irgendwelchen Spekulationen nachzugehen.

»Vielleicht verbirgt er sich, weil er nur so seine Ziele verwirklichen kann.«

Trotz seiner Erschöpfung begriff er, worauf seine Kollegin hinauswollte. »Du meinst, weil wir ihn daran gehindert hätten, noch mehr Frauen ...« Er ließ den Rest des Satzes offen, sah, wie Neundorf zustimmend nickte.

»Seine Verbindung zu Christina Bangler war weitaus intensiver, als er dir gegenüber zugeben wollte. Er fühlte sich von ihr angezogen, wusste aber nicht, wie er sich ihr mitteilen konnte. Der Sterngucker beschäftigt sich normalerweise nicht so intensiv mit Menschen, im Umgang mit Himmelskörpern kennt er sich weit besser aus als im Kontakt mit irdischen Geschöpfen. Er verhielt sich ihr gegenüber unbeholfen, wurde abgewiesen, fühlte sich gekränkt, in seiner Ehre, seinem Stolz verletzt. Sie besucht ihn überraschend, aus einem Zufall heraus, wie du festgestellt hast, er versucht erneut, sich ihr zu erklären, erhält keine bestätigende Antwort. Das ist zu viel, er rastet aus, tötet sie. Vielleicht hat er früher mit Karen Rommel Ähnliches erlebt. Auch hier plumpe Annäherungsversuche, dann aber deutliche Ablehnung. Christina Banglers schnelles Ende hat ihn auf die Idee gebracht, Karen Rommel ebenso zu beseitigen. Einzige Chance, das zu bewerkstelligen: Er darf sich nicht von der Polizei in Gewahrsam nehmen lassen. Also schließt er dich ein und büxt aus.«

Braig massierte seine Schläfen, versuchte seine Schmerzen zu mildern. Er hatte Schwierigkeiten, der Kollegin zu folgen, und hegte gleichzeitig den Verdacht, dass auch sie referierte, um nicht augenblicklich einzuschlafen. »Wieso war die DNA-Analyse dann aber negativ?«

»Das Haar an Christina Banglers Jacke muss nicht zwangsläufig von ihrem Mörder stammen«, antwortete Neundorf. »Das weißt du selbst.«

Er nickte, gab ihr Recht.

»Wir müssen unbedingt nachprüfen, ob es da eine Verbindung gibt. Nicht, dass er noch andere Frauen auf diese Weise ...«

»Um Gottes willen«, Braig fiel seiner Kollegin mitten ins Wort, »du glaubst doch nicht etwa ...«

»Ich will es nicht beschwören«, antwortete sie, »aber können wir es wirklich ausschließen? Weißt du, wie viele frustrierende Begegnungen mit jungen Frauen er hinter sich hat?«

Braig spürte, wie sich sein Puls beschleunigte und eine Gänsehaut sich auf seinem Rücken ausbreitete. Sollte Neundorf tatsächlich Recht haben? Befand sich der menschenscheue Sterngucker, längst verurteilt wegen eines gewaltsamen Übergriffs auf eine Frau, auf einem Rachefeldzug zur Wiederherstellung seiner vermeintlich verletzten Ehre?

Er sah das zerschundene Gesicht Christina Banglers vor sich, dann die entstellten Wangen Karen Rommels. Waren die beiden Frauen dem scheinbar so harmlosen Sterngucker aus Welzheim zum Opfer gefallen?

Er seufzte laut, starrte nach draußen. Sie hatten Möglingen erreicht, bogen nach rechts in die Ludwigsburger Straße ein. Die Scheinwerfer ihres Wagens konnten den Nebel nur wenige Meter weit durchdringen. Niemand war zu sehen, Möglingen schien ausgestorben.

Braig schaute auf seine Uhr. Kurz nach zehn. Wer wagte sich um diese späte Stunde schon noch freiwillig in den dichten Nebel? Er massierte seine Schläfen, spürte eine leichte Linderung. Das stechende Pochen verlor an Intensität. Gerade als sie den Anfang der Markgröninger Straße erreicht hatten, fiel es ihm siedend heiß ein. Der Zusammenhang zwischen Markus Böhmer und Karen Rommel lag näher, als er vorhin noch gedacht hatte. Er spürte, wie seine Hände zitterten, sah, dass sie bei der richtigen Hausnummer angelangt waren.

»Erinnerst du noch, wo Frau Rommel geboren wurde?«, fragte er.

Neundorf hatte das Auto abgestellt, wollte gerade auf die Straße treten. »In Crailsheim«, sagte sie, »wir haben es doch in ihrem Ausweis gelesen.«

»Dort wohnt Böhmers Mutter«, erklärte Braig, »ich habe mit ihr telefoniert.«

Vor Schreck hielt seine Kollegin mitten in ihrer Bewegung inne.

26. Kapitel

Wenige Minuten vor Mitternacht war Braig nach Hause gekommen, erschöpft, müde, vollkommen ausgelaugt. Er hatte sich einen Joghurt aus dem Kühlschrank geholt, ihn lustlos in sich hinein gelöffelt, dann ein Glas Rotwein eingeschenkt und es als Schlummertrunk zu sich genommen. Sein Versuch, schnell Schlaf zu finden, war dennoch nicht von Erfolg gekrönt – die Misserfolge und Hiobsbotschaften der vergangenen Stunden lasteten wie gewaltige, unüberwindbare Ungetüme auf seiner Seele. Waren sie trotz all ihrer Anstrengungen auch nur einen einzigen Schritt weiter gekommen?

Braig wälzte sich im Bett zur Seite, überlegte, ob sein Wirken nicht mehr und mehr dem des Sisyphos glich, jener antiken Sagengestalt, die ihres rebellischen und ungehorsamen Verhaltens wegen von den Göttern dazu verurteilt war, unablässig und in alle Ewigkeit unter größten Mühen einen Felsblock zum Gipfel eines Berges zu bewegen, um dann mit ansehen zu müssen, wie ihm der Stein direkt bei Erreichen der Spitze aus den Händen glitt und wieder zu Tal rollte. Gab es in seiner eigenen Tätigkeit wirklich noch Unterschiede zu diesem tragischen griechischen Helden?

Den ganzen Tag über hatten sie versucht, Lorenz Meyer den Mord an Christina Bangler nachzuweisen, ihn als Täter, der dieses grauenvolle Verbrechen zu verantworten hatte, zu überführen, nur um dann abschließend erleben zu müssen, wie eine zweite junge Frau mit derselben kriminellen Energie zu Tode gekommen war – genau in der Zeit, in der Meyer sich in ihrer Obhut befunden hatte. Zu spät waren ihnen die Zusammenhänge zwischen dem immer noch spurlos verschwundenen Böhmer und den beiden getöteten Frauen aufgegangen – doch was nützte diese Erkenntnis, wenn es nicht gelang, den untergetauchten mutmaßlichen Mörder zu finden?

Braig hatte noch am späten Abend eine Durchsuchung der Wohnung von Böhmers Mutter in Crailsheim am nächsten Morgen beantragt und vom zuständigen Untersuchungsrichter zugesagt bekommen, setzte dennoch nicht allzu viel Hoffnung in diese Aktion. Der junge Sterngucker schien zu clever, sich ausgerechnet dort zu verstecken, wo ihn die Polizei zuallererst vermuten würde.

Er drehte sich wieder zur Seite, dachte daran, wie sie am späten Abend in Möglingen auf die Freundin Karen Rommels gestoßen waren, die gemeinsam mit der Ermordeten ein Zwei-Zimmer-Apartment bewohnte. Schon kurz nach dem ersten Läuten war Raffaela Mai zur Tür gestürzt, seit Stunden schon auf ihre Freundin wartend, hatte sie besorgt empfangen. Die Fahnder waren behutsam vorgegangen, Karen Rommels Schicksal nur ansatzweise beschreibend, hatten dennoch nicht verhindern können, dass die junge Frau hemmungslos zu weinen begann und sich Tränen überströmt vor ihnen zurückzog, unfähig, ihnen auch nur die einfachsten Fragen zu beantworten. Den wenigen Worten zufolge, die sie als verständliche Aussagen präsentierte, arbeitete Frau Rommel in einer Buchhandlung in der Innenstadt von Ludwigsburg. An diesem Abend hatte sie einen kleinen Einkaufsbummel geplant, wahrscheinlich, um für Raffaela Mais Geburtstag am Wochenende noch Geschenke zu besorgen. Ihre Eltern, Kurt und Margarethe Rommel, wohnten in Crailsheim, sie hatten zwei weitere Töchter, Ines und Caroline, die noch zu Hause lebten. Mit dem Namen Markus Böhmer wusste Frau Mai nichts anzufangen, sie konnte sich nicht erinnern, ihn jemals – auch nicht von Karen Rommel – gehört zu haben. Eine bedeutende Rolle im Leben der Ermordeten konnte er auf jeden Fall nicht gespielt haben, soviel war klar.

Mehr war von Raffaela Mai nicht zu erfahren; ihre Verfassung hatte sich im Verlauf des Abends so verschlechtert, dass Neundorf eine ältere Nachbarin, die mit den beiden jungen

Frauen befreundet war, beauftragt hatte, nach ihr zu schauen und sie in der Nacht unter ihre Fittiche zu nehmen. Erst gegen elf hatten sie die Wohnung verlassen, um im Amt die Fahndung nach dem flüchtigen Sterngucker zu intensivieren und die Crailsheimer Kollegen darum zu bitten, die Eltern Karen Rommels über den Tod ihrer Tochter zu informieren – ob noch in der Nacht oder aus Pietät erst am Morgen, blieb den Beamten vor Ort überlassen.

Braig versuchte, seine beruflichen Probleme zu vergessen, um endlich Schlaf zu finden. Er drehte sich zur Seite, sah die undurchdringliche Nebelbank vor dem Fenster. Nicht einmal die Fassaden der gegenüber gelegenen Häuser waren zu erkennen. Er gähnte kräftig und fiel in einen tiefen Schlaf.

* * *

Nach dem viel zu frühen Läuten des Weckers gönnte er sich eine kurze Dusche und ein bescheidenes Frühstück, trat dann kurz nach halb acht auf die überraschend nebelfreie Straße. Ein kräftiger Wind wehte, die Luft war deutlich wärmer als an den Tagen zuvor. War das ein gutes Omen? Lichteten sich jetzt die Nebel nicht nur in den Straßen, sondern auch in seinen mühsamen, bisher völlig ergebnislosen Ermittlungen?

Kurz vor acht hatte er das Amt erreicht. Auf seinem Schreibtisch lag der schriftliche Bescheid des Untersuchungsrichters zur Durchsuchung der Wohnung Marion Böhmers in Crailsheim. Braig wählte die Nummer der Kriminaltechniker, bat um die Begleitung zweier Kollegen. Er überflog die in den vergangenen Stunden eingegangenen Informationen, erkundigte sich dann im Diakonissenkrankenhaus nach dem Zustand Ann-Katrins. Die Schwester am Apparat war in großer Eile, teilte ihm aber mit, dass seine Freundin im Verlauf des Morgens in einen anderen Raum verlegt werden sollte. Braig bedankte sich für die Auskunft, hörte das Klopfen an der Tür. Neundorf trat in sein Büro.

»Ausgeschlafen?«

Er nickte freundlich, begrüßte sie. »Der Nebel ist verschwunden. Vielleicht finden auch wir jetzt endlich den richtigen Durchblick.«

»Ich fürchte, das wird nicht so einfach«, sagte sie. »Von Böhmer gibt es immer noch keine Spur. Die Wohnungsdurchsuchung in Crailsheim klappt?«

Braig nickte, reichte ihr den Bescheid. »Ich bin bereit. Hutzenlaub und Rauleder kommen mit. Sie melden sich, wenn sie soweit sind.« Er zeigte zum Telefon, wurde von dessen Läuten überrascht. »Na, wer sagt's denn?«

Braig nahm ab und wunderte sich über eine fremde Stimme.

»Nicola Bursac«, meldete sich der Mann, »ich bin Kollege vom Ludwigsburger Kommissariat. Wenn ich mich richtig erinnere, hatten wir letztes Jahr miteinander zu tun. Es ging um eine Beate Berg. Sie wollten über ihren Selbstmord Bescheid wissen.«

Braig wusste sofort, wovon der Mann sprach. Bei ihren Ermittlungen nach einem Serienmörder, der mehrere Männer mit Blausäure vergiftet hatte, waren sie durch den in einer Kirche gefundenen Kugelschreiber auf die Wohnung einer Ludwigsburger Paketzustellerin gestoßen, die Tage zuvor bereits Suizid begangen hatte.

»Ja, ich erinnere mich«, sagte er, »es ging um die Giftmorde letzten Sommer. Es waren mühsame Ermittlungen. Womit kann ich Ihnen helfen?«

Bursac lachte. »Wir brauchen keine Hilfe. Im Moment jedenfalls nicht. Aber ich glaube, ich habe eine wichtige Information für Sie.«

»Für uns?«

»Ja«, sagte Bursac. »Es geht um den Fall Rommel.«

Braig spitzte die Ohren, winkte Neundorf, einen Moment zu warten. »Rommel?«, fragte er laut.

»Karen Rommel. Sie wurde gestern Abend ermordet.«

»Wir arbeiten daran, ja. Und tappen leider noch im Dunkeln.«

»Warten Sie ab«, fiel ihm Bursac ins Wort, »wir haben eine wichtige Neuigkeit, was diese Sache betrifft.«

Braig schaute überrascht auf, sah Neundorf die Anordnung des Richters studieren. Er wedelte mit den Armen, um ihre Aufmerksamkeit zu erlangen, schaltete auf Zimmerlautstärke um. »Ich höre«, sagte er.

»Wir haben hier den Anruf einer Frau Haiges. Sie ist Buchhändlerin. Frau Haiges arbeitete früher mit Karen Rommel zusammen, trifft sich noch gelegentlich mit ihr. Sie kennt sie also gut. Und jetzt der entscheidende Punkt: Sie sah Frau Rommel gestern Abend kurz nach zwanzig Uhr auf dem Arsenalparkplatz. Mit einem Mann.«

»Mit einem Mann?«, rief Braig.

»Ja. Sie sagt, der Mann stand direkt hinter Frau Rommel.«

»Und?«

»Sie kennt diesen Mann.«

»Sie kennt ihn?« Braig sprang von seinem Schreibtisch weg, riss den Telefonapparat zur Seite. »Wo ist die Frau? Können wir sie sprechen?«

»Selbstverständlich. Sie arbeitet bei der Buchhandlung *Aigner* in der Arsenalstraße. Ich erklärte ihr am Telefon, dass jemand von uns in der nächsten halben Stunde bei ihr im Laden vorbeischauen wird. Wollen Sie die Sache übernehmen?«

Braig brauchte nicht zu überlegen. »Wir brechen sofort auf«, sagte er, »ich bedanke mich für die Information.« Er verabschiedete sich von dem Kollegen, sah Neundorfs erwartungsvolle Miene.

»Endlich scheint sich was zu tun«, sagte sie.

Braig nickte, spürte seine Unruhe. Er nahm sein Handy, dazu das Notizbuch samt Stift, drängte seine Kollegin aus dem Büro.

»Willst du nicht Hutzenlaub und Rauleder benachrichtigen?«, fragte sie. »Wir verschieben Crailsheim vorerst, oder?«

»Zuerst fahren wir nach Ludwigsburg«, stimmte er ihr zu. »Ich verständige die beiden per Handy.«

Sie eilten zur Tiefgarage, holten ihr Dienstfahrzeug, nahmen den schnellsten Weg in die Barockstadt. Der Nebel war vollständig verschwunden, einzelne Wolken huschten über den von einer noch kaum dem Horizont entstiegenen Sonne nur fahl beleuchteten Himmel. Windböen peitschten das letzte Laub des zu Ende gehenden Herbstes durch die Luft.

Sie kamen von Süden her in die Stadt, passierten das moderne Gebäude des Forums, erreichten die Ausläufer des weitläufigen Schlossparks. Als sie in die Wilhelmstraße einbogen, setzte schlagartig ein kräftiger Regen ein. Braig starrte zum Himmel, konnte nur eine kleine unscheinbare Wolke erkennen. Sie fuhren am Rathaus vorbei, bogen in die Arsenalstraße und den gleichnamigen Parkplatz ein. Der Himmel hatte seine Schleusen immer noch geöffnet; bis sie die Straße überquert und vor der Buchhandlung angelangt waren, fühlten sie sich einer zweiten morgendlichen Dusche entkommen.

Braig klopfte an die noch verschlossene Tür des Ladens, wischte sich über die Haare, versuchte, die Feuchtigkeit von sich abzuschütteln. Sie mussten nicht lange warten; eine auffallend hübsche, sehr jugendlich wirkende Frau mit blondem Haar, einem dezent geschminkten Gesicht und modischer, hellgelber Bluse eilte zum Eingang, öffnete.

»Wir suchen Frau Haiges«, sagte er, »mein Name ist Braig und das ist meine Kollegin Neundorf, wir kommen vom Landeskriminalamt und ermitteln im Fall Karen Rommel.«

Sie nickte, stellte sich als Traudl Haiges vor, ließ sie eintreten. »Ich dachte mir, dass Sie bald kommen«, erklärte sie, »hoffentlich hilft es Ihnen, Karens Mörder zu finden. Es ist so schrecklich, ich kann es noch gar nicht fassen.«

Sie gab einer ihrer Kolleginnen Bescheid, führte Braig und Neundorf in das ebenfalls mit Büchern ausgestattete, von urwüchsiger Fachwerkstruktur geprägte Obergeschoss. Der

Raum strahlte eine behaglich-warmherzige Atmosphäre aus, die gar nicht zu der traurigen Angelegenheit passen wollte, deretwegen sie gekommen waren. Durch zwei dunkelbraune Sprossenfenster schauten sie direkt auf den Arsenalplatz. Die Buchhändlerin wies auf drei Stühle, bot ihnen Platz an. Sie war über den Tod ihrer Bekannten sichtlich erschüttert, sprudelte sofort ihr Wissen aus sich heraus.

»Heute Morgen habe ich von dem schrecklichen Geschehen erfahren«, sagte sie, »ich kann es noch nicht glauben, es darf einfach nicht wahr sein. Hätte ich gestern geahnt, in welcher Gefahr sie sich befindet, ich wäre ...« Sie verstummte, schluckte, wusste nicht, wie sie fortfahren sollte.

»Sind Sie mit Frau Rommel befreundet?«, versuchte Neundorf ihr zu helfen.

Traudl Haiges nickte eifrig mit dem Kopf. »Wir sind Kolleginnen. Karen und ich waren früher beide in Stuttgart, dann kamen wir nach Ludwigsburg, allerdings in zwei verschiedene Buchhandlungen. Wir haben viel zusammen unternommen.«

»Was haben Sie gestern Abend gesehen? Erzählen Sie es uns bitte.«

»Ich arbeitete bis kurz nach acht. Donnerstags haben wir bis 20 Uhr geöffnet. Als ich fertig war, verließ ich den Laden und wollte zum Bahnhof laufen. Ich wohne in Bissingen bei Bietigheim und nehme die S-Bahn, wissen Sie.« Die Buchhändlerin betrachtete Neundorf, sah ihr zustimmendes Nicken. »Da kam ein Stadtbus um die Ecke. Mit meiner Karte kann ich alle Busse und Züge benutzen, es kostet nichts extra. Ich lief zur Haltestelle hier gleich vor unserem Laden und stieg in den Bus, so sparte ich die drei Minuten Fußweg. Draußen war es kalt und neblig, man konnte nicht viel erkennen, aber genau in dem Moment, als der Bus losfuhr und ich zum Parkplatz hinüberschaute, sah ich Karen vor ihrem Auto stehen. Es war Zufall, dass ich in dem Moment gerade in diese Richtung blickte, purer Zufall ... Jedenfalls sah ich Karen vor ihrem Golf, sie wollte ihn gerade aufschließen und da war dieser Mann direkt hinter ihr ...«

Neundorf und Braig verfolgten aufgeregt den Bericht der Frau. »Wo war der Mann genau?«, beeilte sich der Kommissar.

»Hinter ihr, vielleicht einen oder einen halben Meter von ihr entfernt.«

»In ihrem Rücken«, vergewisserte sich Neundorf, »das heißt, sie konnte ihn in diesem Moment nicht sehen?«

Traudl Haiges nickte. »Genau. Ich dachte noch, sie hätten sich dort getroffen und sie wollte ihm etwas aus ihrem Auto holen, weil er seine Hände so komisch nach oben hielt ...«

»Nach oben?«

»Na ja, so in die Höhe ihrer Brust oder ihres Halses etwa ...« Sie verstummte plötzlich, sah ihre Gesprächspartner mit großen Augen an.

»Das haben Sie gesehen?«, Braig wurde laut.

Die Frau benötigte einige Zeit, sich aus ihrer Erstarrung zu lösen. »Mein Gott, wenn ich jetzt darüber nachdenke, was das bedeutet ...« Sie schluckte, schaute irritiert zu ihnen her. »Aber ich sah es nicht richtig«, erklärte sie, »der Nebel, plötzlich waren sie wieder von der Nebeldecke verschluckt und der Bus fuhr. Sie dürfen nicht vergessen, der Bus fuhr immer schneller und deshalb ...Was ich Ihnen schildere, sah ich innerhalb weniger Sekunden ...«

»Wir verstehen die Situation vollkommen«, sagte Neundorf, »aber Ihre Beobachtungen sind sehr, sehr wichtig für uns, deshalb wollen wir alles genau wissen.«

»Ja, das ist richtig«, bestätigte Traudl Haiges, »ich mache mir nur jetzt solche Vorwürfe, dass ich nicht ...«

»Sie brauchen sich keine Vorwürfe machen«, erwiderte die Kommissarin. »Sie konnten nicht wissen, in welcher Gefahr Frau Rommel sich befand. Außerdem haben wir noch lange keinen Beweis dafür, dass es sich bei dem Mann, den Sie beobachtet haben, tatsächlich um ihren Mörder handelt. Vielleicht war es eine andere Person und der Mann ist völlig unschuldig.«

Die junge Frau fuhr sich nachdenklich über die Haare.

»Sie kennen den Mann?«, fragte Braig, »können Sie uns seinen Namen und die Anschrift nennen?«

»Ja, Moment«, Traudl Haiges kam ins Stottern, »ich kenne den Mann schon, das heißt, ich habe ihn schon einmal gesehen. Hier, bei uns im Laden, glaube ich, er hat einmal etwas gekauft. Aber wie er heißt und wo er wohnt, kann ich Ihnen leider nicht sagen.«

Braig erbleichte vor Schreck. »Sie kennen ihn nur vom Sehen?«

»Ja, er war schon bei uns.«

»Wann war das?«, fragte Neundorf.

Die Buchhändlerin beugte ihren Kopf nach vorne, überlegte. »Vor drei, vier Wochen vielleicht. Ich weiß es nicht genauer.«

»Sie sind sich sicher, dass es sich genau um diesen Mann handelt?«

»Aber ja, ohne Zweifel. Ich überlegte noch, ob er auch bei Karen einkauft oder ob es sich um eine Zufallsbekanntschaft handelt. Ich kenne ihn, garantiert.«

»Dann können Sie sein Aussehen beschreiben?«

»Ja, natürlich.« Traudl Haiges zeigte sich vollkommen überzeugt. »Ich sagte es doch, ich kenne ihn.«

»Schiek«, sagte Neundorf, an ihren Kollegen gewandt, »wir brauchen Daniel Schiek, sofort, ja?«

Braig nickte, nahm sein Handy, gab die Nummer des Amtes ein, ließ sich mit dem Grafiker verbinden.

Keine dreißig Minuten später saßen sie zu viert vor dem Bildschirm in Daniel Schieks Büro, verfolgten, wie dort das Porträt des Mannes langsam aber stetig immer lebensechter entstand.

27. Kapitel

Wochen später noch dachte Braig an diesen Freitagvormittag im November zurück, an dem plötzlich der seit Wochen schwer auf dem ganzen Land lastende dichte Nebel verschwunden war und sich gleichzeitig der seit Tagen vergeblich erhoffte Ermittlungserfolg – wieder einmal durch einen puren Zufall – einzustellen schien.

Daniel Schiek hatte keine dreißig Minuten gebraucht, auf dem Bildschirm ein – wie Traudl Haiges urteilte – verblüffend lebensecht wirkendes Porträt zu zaubern, das den Mann darstellte, den sie am Abend zuvor in unmittelbarer Nähe Karen Rommels gesehen hatte.

»Er ist es, hundertprozentig«, beteuerte die Buchhändlerin, »genau so habe ich ihn in Erinnerung.«

Der Mann hatte kurze, dunkle Haare, eine lang gezogene, leicht schiefe Nase, breite Lippen, ein schmales, mit einem kleinen Spitzbart geschmücktes Kinn. Vom Alter her schien er um die Dreißig.

»Markus Böhmer?«, fragte Neundorf.

Braig schüttelte den Kopf. »Die beiden sind sich so ähnlich wie ein Affe und ein Kamel.«

Seit 10.20 Uhr an diesem Morgen wurde nach dem unbekannten Mann gefahndet. Braig und Neundorf bedankten sich bei Daniel Schiek für seine Hilfe, begleiteten Traudl Haiges ins Büro des Kommissars. Sie war von ihrem Chef für den Morgen freigestellt worden.

»Wenn der Mann bei Ihnen im Laden war«, überlegte Braig, »müsste er dann nicht irgendwo in der Nähe wohnen oder arbeiten?«

»Das ist möglich, ja. Es sei denn ...«

»Ja?«

»Er wohnt außerhalb und kommt nur zum Einkaufen oder Bummeln nach Ludwigsburg.«

Braig nickte. »Was ist mit Ihren Kolleginnen? Könnte es sein, dass sie den Mann erkennen, wenn sie sein Bild sehen?«

»Ich weiß es nicht. Vielleicht.«

»Wir müssen es versuchen«, sagte Neundorf, »wir zeigen ihnen das Bild. Zuerst Ihren Kolleginnen, dann den Leuten in der Umgebung der Buchhandlung. Wenn der Mann bei Ihnen gekauft hat, war er vielleicht auch in einem Laden in der Nähe. Oder in mehreren. Wir nehmen uns die Straßen rund um den Arsenalplatz vor. Wir klappern alle ab. Das ist mühsam, aber der schnellste Weg. Vielleicht haben wir Glück.«

Braig stimmte dem Vorschlag seiner Kollegin zu. Er benachrichtigte Daniel Schiek, bat ihn, schnellstmöglich einhundert großformatige Ausdrucke zu erstellen, forderte bei seinen Kollegen Verstärkung an. Anja Wintterlin und Michael Felsentretter waren sofort bereit, ihnen bei der Befragung zu helfen.

»Wir benötigen einen Stadtplan«, erklärte Neundorf, »ich sehe mich im Internet um.« Sie ging an Braigs Computer, ließ einen Plan des Ludwigsburger Zentrums ausdrucken. »Wo sollten wir uns besonders aufmerksam umsehen?«, fragte sie.

Traudl Haiges betrachtete die Skizze. »Die Geschäfte und Banken in der Myliusstraße«, erklärte sie, »vielleicht kam er vom Bahnhof her, dann nahm er diesen Weg. Auf jeden Fall in der Wilhelm- und der Körnerstraße, rund um den Marktplatz und natürlich in der Fußgängerzone in der Seestraße. In diesem Areal liegen die meisten Läden. Wenn ihn dort niemand kennt ...« Sie zuckte mit der Schulter.

»Wir versuchen es«, sagte Neundorf, »wenn wir bis heute Nachmittag keinen Erfolg haben, müssen wir darauf hoffen, dass ihn irgendjemand in den Medien erkennt. Vor heute Abend schauen wohl nur die Wenigsten Fernsehen, aber dann ...« Sie kopierte den Stadtplan, verteilte ihn an die Kollegen, sprach sich mit ihnen ab, wie sie sich aufteilen sollten.

Zwanzig Minuten vor zwölf waren sie zum zweiten Mal an diesem Tag nach Ludwigsburg unterwegs.

28. Kapitel

Ludwigsburg und seine Einwohner standen im Schwäbischen schon immer in dem Ruf, das Leben leichter zu nehmen als seine Nachbarn – kein besonders wohlmeinendes Urteil in einem Land, das Jahrhunderte lang unter dem Diktat lebensverneinender Strenge engstirnig-sündenbewusster Pietisten gelitten hatte. Herzog Eberhard Ludwig hatte dem sonst so nüchtern-introvertierten Schwaben mit der Gründung der Stadt und dem Bau des Schlosses und den dort unablässig inszenierten pompösen Festivitäten zu Beginn des 18. Jahrhunderts ein Flair barocker Weltläufigkeit vermittelt, das erst knapp hundert Jahre später mit dem Umzug der Residenz ins benachbarte Stuttgart wieder schwäbisch-evangelisch-bescheidenerer Lebensart Platz machen sollte. Erhalten blieb das einzigartig prunkvolle Geflecht dreier in verschwenderischer Pracht ausgeführter Schlösser, Parks und Alleen mitten in der Stadt, dazu ein ständig frisch aufpolierter lebendiger Stadtkern mit unzähligen historischen Gebäuden und Plätzen, einer großzügigen Fußgängerzone und einem großen Angebot an Cafés, Bistros und anderen Lokalen. Allein die gepflegten Schlossanlagen mit wechselnden Blütenmeeren und immer neuen Events zogen Jahr für Jahr Hunderttausende von Besuchern in die Stadt.

Braig wusste an diesem Tag mit dem besonderen Glanz Ludwigsburgs nichts anzufangen. Beseelt von der Hoffnung, dem skrupellosen Mörder der beiden jungen Frauen endlich spürbar nahe gekommen zu sein, eilte er in den Geschäften und Wohnungen der Fußgängerzone von Tür zu Tür, zeigte das Foto und fragte nach dem darauf abgebildeten Mann. So sehr er sich insgeheim eine schnelle Identifikation des bisher noch Unbekannten erhofft hatte – bedauerndes Kopfschütteln und eine Flut von Absagen waren die einzige Reaktion, die ihn erwartete.

»Noi, tut mir Leid, den han i noch nie gsehe!«

»Den soll i kenne? Sie täuschet sich!«

»Ob der scho bei uns was kauft hat? Net das i wüsst!«

Sie hatten sich nach der Ankunft in der Stadt auf die verschiedenen Areale des Zentrums verteilt, warteten insgeheim auf den Anruf einer der Kollegen, auf eine Spur des Mannes gestoßen zu sein. Je länger der Erfolg ausblieb, desto stärker wuchs der Frust.

Nach mehr als einer Stunde vergeblichen Mühens machte Braig bei einer Bäckerei Halt, aß im Stehen zwei Brezeln, bestellte einen Kaffee.

Er starrte nach draußen, sah die Passanten mit hoch erhobenen Schirmen die Straße entlangspurten. Wie zur Bestätigung seines Gemütszustands hatte sich auch die Wetterlage grundlegend verschlechtert. Sonnigen, nur von einigen Schauern unterbrochenen Stunden war ein intensiver Dauerregen gefolgt, der, von Windböen begleitet, den Aufenthalt im Freien zur Qual werden ließ. Dass die Lufttemperatur gegenüber den Vortagen um mehrere Grad zugelegt hatte, vermochte Braigs Stimmung nicht zu verbessern.

Er trank den Rest seines Kaffees, zog sein Handy aus der Tasche, erkundigte sich im Diakonissenkrankenhaus in Stuttgart nach der neuen Zimmer- und Telefonnummer Ann-Katrins. Die Frau am anderen Ende wies bedauernd darauf hin, dass ihr die Daten im Moment noch nicht bekannt seien und bat ihn, zwei oder drei Stunden später noch einmal anzurufen. Verärgert beendete er das Gespräch, nahm sich fest vor, Ann-Katrin spätestens am Abend in der Klinik zu besuchen, gleichgültig, wie weit sie bis dahin mit ihren Ermittlungen gekommen waren. Er spürte mehr als ein schlechtes Gewissen, weil er seit dem vorherigen Morgen nicht ein einziges Mal mit ihr geredet hatte, wusste, dass er sein Privatleben den beruflichen Verpflichtungen nicht länger so rückhaltlos unterordnen durfte.

Braig starrte durch die von unzähligen Regentropfen verschleierte Scheibe nach draußen. Taschen, Einkaufstüten und

Schirme in den Händen, hasteten die Menschen vorbei. Voller Widerwillen verfolgte er ihre Schritte. Braig hasste Einkaufen. Der Anblick hektisch nach immer neuen Konsumartikeln jagender Menschenmassen verursachte ihm heftige Übelkeit. Die Mehrheit dessen, was zum Kauf angeboten wurde, empfand er als überflüssigen Tand. Dinge, die selbst nach längerem Überlegen kaum jemand benötigte, deren Erwerb breiten Bevölkerungsgruppen jedoch durch unablässige Werbung und mit immer neue Tricks Tag für Tag eingebleut wurde. Braig fühlte sich angewidert, wenn er daran dachte, wie sehr der Wunsch, immer mehr kaufen und besitzen zu wollen, viele Menschen beherrschte.

Der Anruf Anja Wintterlins riss ihn aus seinen trübsinnigen Gedanken.

»Ich habe ihn«, sagte sie kurz.

»Wen? Den Kerl, den wir suchen?«

»Genau den. Ein gewisser Herbert Pflüger. Er wohnt in Enzweihingen.«

»Woher weißt du das?«

»Eine Frau hat ihn erkannt. Sie arbeitet hier am Marktplatz in der Touristeninformation. Pflüger ist der ehemalige Freund ihrer Schwester.«

»Sie ist sich sicher?«

»Hundert pro. Sie hat keinerlei Zweifel.«

»Weiß sie, wo wir ihn jetzt um diese Zeit finden können?«

»Er verkauft Autos. Frau Besler kennt die Firma. Jedenfalls war er vor ungefähr vier Monaten, als sie ihn das letzte Mal sah, noch dort beschäftigt. Ich habe mir die Adresse notiert. Es liegt am Rand von Ludwigsburg Richtung Eglosheim.«

»Dann fahren wir sofort hin. Du hast die anderen informiert?«

»Katrin, ja. Sie verständigt gerade Felsentretter.«

»Sehr gut. Dann können wir sofort los. Wir treffen uns auf dem Arsenalplatz.«

Der Regen hatte zum Glück nachgelassen. Er hatte seinen Schirm in der Hektik des Aufbruchs im Amt vergessen, eilte nun mit großen Schritten zum Parkplatz. Als er den Dienstwagen erreicht hatte, spürte er allerdings doch Feuchtigkeit den Nacken hinabkriechen. Seine Kollegen hatten bereits Platz genommen. Er riss die Tür auf, schüttelte sich , ließ sich neben Wintterlin auf den hinteren Sitz fallen.

»Dann holen wir uns den Kerl«, brummte Felsentretter. Seine bullige Gestalt passte nur mit Mühe hinters Steuerrad. »Mal sehen, was er zu sagen hat.« Er startete das Fahrzeug, verließ den Parkplatz.

»Du weißt, wo das Autohaus liegt?«, fragte Braig, noch außer Atem vom schnellen Laufen.

»Wir haben es auf dem Stadtplan gefunden«, erklärte Wintterlin. Sie bogen auf die Wilhelmstraße ein, fuhren dann Richtung Eglosheim. »Frau Besler meinte, Pflüger habe eine feste Anstellung bei dieser Firma. Also ist wohl anzunehmen, dass sich nichts daran geändert hat«, setzte die Kollegin hinzu.

»Wie alt ist der Mann?«

»Anfangs dreißig, glaubte sie. Genau wusste sie es nicht, weil ihr Verhältnis zu ihrer Schwester nicht besonders gut sei.«

»Aber sie hat ihn trotzdem sofort erkannt?«

Wintterlin drehte sich zur Seite, nickte mit dem Kopf. »Sie sah ihn fast jedes Wochenende. Wenn sie sich bei ihren Eltern in Marbach trafen.«

»Mich wundert nur, dass ihn sonst niemand erkannte«, sagte Braig. »Immerhin arbeitet er in Ludwigsburg. Aber außer der Buchhändlerin und dieser Frau Besler kann sich niemand an ihn erinnern. Oder habt ihr andere Erfahrungen gemacht?« Er sah, wie Neundorf und Felsentretter die Köpfe schüttelten.

»Das braucht dich nicht zu wundern«, erwiderte Wintterlin, »er stammt nicht von hier. Frau Besler meinte, Pflüger sei erst vor etwas mehr als einem Jahr zugezogen. Irgendwo aus dem Norden.« Sie schwieg, starrte nach draußen.

Felsentretter hatte den Wagen abgebremst und am Fahrbahnrand zum Halten gebracht. »Dort vorne ist es«, sagte er.

Sie stiegen aus, folgten der Straße, erreichten das weitläufige Gelände des Autohauses. Gebrauchtwagen verschiedener Marken parkten auf dem Hof, Preisschilder hinter den Scheibenwischern. Menschen waren nirgends zu sehen, das triste Novemberwetter wirkte offensichtlich abschreckend auf Interessenten.

»Ich schlage vor, wir trennen uns«, sagte Neundorf. »Zwei warten hier draußen, für den Notfall.« Sie sah die Zustimmung der Kollegen, steuerte mit Braig auf die Glasfront des Hauptgebäudes zu. Im Inneren brannte Licht, mehrere Fahrzeuge thronten auf runden Podesten, von verschiedenfarbigen Strahlern in Szene gesetzt.

Braig öffnete die Tür, sah zwei Männer in einem kleinen Büro hinter Computermonitoren sitzen. Als sie die Ausstellungshalle betraten, federte der Ältere von seinem Platz, eilte mit weit ausgebreiteten Armen auf sie zu.

»Einen wunderschönen Tag, meine Dame, mein Herr, wir freuen uns, Sie bei uns begrüßen zu dürfen.« Er hatte modisch kurze Haare, kahl rasierte Schläfen, ein schmales, kantiges Gesicht, trug einen hellgrauen Anzug, dazu ein weißes Hemd und eine blaugelb gepunktete Krawatte, streckte ihnen seine rechte Hand zum Gruß entgegen. »Mein Name ist Mösle, ich heiße Sie herzlich willkommen.«

Braig machte ebenso wie seine Kollegin keine Anstalten, auf die Geste des Mannes einzugehen, warf ihm einen skeptischen Blick zu. Er fühlte sich angewidert, hatte Mühe, seine Abneigung zu überspielen. »Wir würden uns gerne von Ihrem Kollegen beraten lassen, Herrn Pflüger«, sagte er.

Der Mann stutzte, starrte verwundert zuerst Braig, dann Neundorf an, nahm zögernd seine ausgestreckte Hand zurück. Ihm war deutlich anzusehen, dass er nicht mit solch einer Reaktion gerechnet hatte. »Herr Pflüger«, wiederholte er mit leicht beleidigtem Unterton in der Stimme, »bitte, wenn Sie es so wollen.« Er deutete eine leichte Verbeugung an, lief zurück ins Büro, redete mit seinem Kollegen. Eine Wolke herben Rasierwassers hing in der Luft.

Braig beobachtete die Szene, erkannte Pflüger sofort. Der Mann, der jetzt auf sie zukam, sah dem von Daniel Schiek erstellten Bild verblüffend ähnlich. Die Buchhändlerin, Frau Haiges, hatte sich sein Aussehen außergewöhnlich gut eingeprägt. Pflüger schien Mitte dreißig, trug wie sein Kollege eine modische Kurzhaarfrisur, dazu einen hellgrauen Anzug, ein weißes Hemd und eine unscheinbare, beigefarbene Krawatte. Auch seine Begrüßung war tausendfach erprobt, die Gestik und das Strahlemann-Lächeln, anbiedernd und peinlich aufgesetzt.

»Einen schönen guten Tag, meine Dame, einen schönen guten Tag, mein Herr, ich höre, Sie wollen von mir bedient werden. Das freut mich sehr. Mein Name ist Pflüger, Herbert Pflüger, was kann ich für Sie tun?« Er streckte zuerst Neundorf, dann Braig seine Hand entgegen, registrierte irritiert, dass sein Gruß nicht erwidert wurde.

»Herr Pflüger, ich will es kurz machen.« Braig nahm all seine Kraft zusammen, unterdrückte seinen Ekel vor der kriecherischen Darbietung des Mannes, kam direkt zum Thema. »Sie kennen den Arsenalplatz?«

Pflüger starrte ihn überrascht an. Das anbiedernde Grinsen verschwand aus seinem Gesicht.

»Sie waren gestern Abend dort. Kurz nach zwanzig Uhr.«

Braig sah deutlich, wie es in dem Mann arbeitete. Seine Stirn legte sich in Falten, das rechte Augenlid begann zu zucken. Der Autoverkäufer öffnete den Mund, wollte ihm antworten, ließ es dann aber sein.

»Man hat sie beobachtet«, ergänzte Braig. Er sah, wie Pflüger einen Schritt rückwärts machte, hatte plötzlich das Gefühl, der Mann wolle fliehen, erinnerte sich an Markus Böhmers Verhalten in der Wilhelma. Panik kam in ihm auf. Noch einmal wollte er sich nicht so plump vorführen lassen. Er beugte sich hastig zur Seite, riss seine Pistole aus ihrem Halfter, entsicherte sie, streckte sie Pflüger dann mit beiden Händen entgegen. »Es hat keinen Sinn mehr. Geben Sie auf!« Seine Stimme schallte laut durch die Ausstellungshalle.

Braig sah Neundorfs irritierten Blick, bemerkte die vor Angst verzerrte Miene des Mannes. Pflüger starrte auf die Pistole, erschrak heftig, fing dann plötzlich an zu jammern und zu heulen.

»Aber ich, ich, ich wollte ...« Es dauerte mehrere Sekunden, bis Braig endlich verstand, was der Autoverkäufer von sich gab. »Ich wollte es nicht, ich wollte es nicht tun, ich wollte sie nicht ...«

»Was wollten Sie nicht?«, fragte Neundorf mit leiser Stimme.

»Ich wollte die Frau nicht töten. Ich weiß nicht, warum ich es getan habe.«

29. Kapitel

Es tut mir unglaublich Leid. Ich weiß überhaupt nicht, wie ich mich entschuldigen soll. Mein Gott, ich habe nicht geglaubt, dass sie wirklich so weit gehen.«

Kurz nach 12 Uhr an diesem Mittag stand Gronau vor der Wohnungstür, einen riesigen Strauß roter Rosen, zwei Kartons mit warmen, duftenden Pizzas und einen unförmigen fahrbaren Koffer bei sich. Er hatte zweimal von unterwegs angerufen und ihr die genaue Uhrzeit mitgeteilt, wann mit seiner Ankunft zu rechnen sei, um sie darauf vorzubereiten und ihr die Angst vor der Person vor der Tür zu nehmen.

»Ich weiß nicht, wie ich das wieder gutmachen kann.« Im Eingangsbereich der Wohnung war er stehen geblieben, hatte ihr malträtiertes Gesicht betrachtet.

»Starr mich nicht so an«, hatte sie ihn angegiftet, »ich kann nichts dafür!«

Er war einen Schritt zur Seite getreten, hatte den Koffer und die Blumen abgelegt, sie dann sacht in den Arm genommen und an sich gedrückt. »Verzeihe mir. Ich habe die Sache unterschätzt.«

Eine halbe Stunde später saßen sie gemeinsam am Tisch in der Küche, aßen die beiden Pizzas, die er mitgebracht hatte. Joschka hatte sich auf seinem Schoß zusammengerollt, schnurrte leise vor sich hin.

»Ich habe dir nicht die Wahrheit gesagt«, gestand er dann, den Kopf müde in beide Hände gestützt, verlegen auf die Tischplatte blickend, »die Wohnung wurde schon länger überwacht.«

»Sie haben dich auch schon überfallen?«

Er hob den Kopf, verneinte energisch. »Nein, das nicht. Um Gottes willen, dann hätte ich dir nicht angeboten, hier zu wohnen. Mein Beruf ist gefährlich, aber das blieb mir bisher erspart. Zumindest in unserem Land.«

Sie warf ihm einen misstrauischen Blick zu, gab deutlich zu erkennen, dass sie seiner Aussage nicht traute.

»Du glaubst mir nicht«, stellte er fest, »du meinst immer noch, ich hätte bewusst dein Leben riskiert.«

Lisa Neumann gab keine Antwort, musterte ihn minutenlang.

Gronau schob den Rest der Pizza von sich weg, hob die Hand vor den Mund, hustete. Er nahm die Bierflasche, die mitten auf dem Tisch stand, schenkte sich ein Glas ein, trank. Die Katze auf seinem Schoss erhob sich gähnend, suchte sich eine bequemere Position, ließ sich dann wieder eingerollt nieder.

»Ob du mir glaubst oder nicht, damit habe ich nicht gerechnet. Mein Ehrenwort. Ich recherchiere brisante Entwicklungen. Aber wir leben in Deutschland. Dass sie so weit gehen, hätte ich niemals für möglich gehalten«, er wiederholte sich. »Ich habe die Leute unterschätzt.«

»Woran arbeitest du?«, fragte sie.

»Drogen«, antwortete er. »Ich versuche, verschiedene Herkunftswege aufzuspüren. Seit mehreren Monaten.«

»Du arbeitest mit der Polizei zusammen?«

Gronau schüttelte energisch den Kopf. »Ich bin Journalist. Meine Unabhängigkeit ist mein wichtigstes Pfand. Die Polizei darf nur tun, was die Staatsanwaltschaft erlaubt. Und da gilt es, Rücksicht zu nehmen auf gewisse Herren.«

»Seit wann kümmerst du dich um Drogen?«

»Es begann mit einem Zufall: Ich untersuchte die Tätigkeit amerikanischer Agenten, die das Know-how deutscher Industrieentwicklungen ausspionieren, stieß dabei auf einen Heroinimportkanal. Seither habe ich mehrere Verteiler bloßgestellt. Ich werde von mehreren großen Zeitungen unterstützt. Das Treffen in Hamburg brachte interessante Informationen. Ich muss zugeben, dass ich froh war, dass du dich in der Wohnung aufgehalten hast. Ich hoffte, es würde meine Beschatter ablenken.«

»Das habe ich auch getan. Ganz offensichtlich.« Sie zeigte auf ihr Gesicht.

»Ich hatte die Diskette bei Mario deponiert, um sie zu täuschen. Weil ich merkte, dass sie die Wohnung überwachen. Ich brauchte irgendjemanden, den ich von hieraus hinschicken konnte. Ich wusste, dass sie damit rechnen, dass ich meine Informationen woanders hinterlege. Zu meiner Sicherheit. Es ist unverzeihlich, ich gebe es zu.«

»Du hast mein Leben bewusst riskiert.«

»Nein«, widersprach er heftig, »das habe ich nicht. Ich wusste nicht, dass sie so weit gehen würden, wirklich nicht. Aber deine Anwesenheit in der Wohnung war ein Glücksfall, ja.«

Sie schwiegen beide, wandten die Blicke voneinander weg. Lisa aß den Rest ihrer Pizza, wischte sich den Mund ab. »Ich benötige deine Hilfe«, sagte sie.

Gronau sah auf, erwachte aus seinem Dämmerzustand. »Gerne. Ich weiß, was ich gutzumachen habe.«

Sie erhob sich, verließ die Küche, kehrte kurz darauf mit einem Blatt zurück. Die Katze hob ihren Kopf in die Höhe, betrachtete das Geschehen aus verschlafenen Augen.

»Kennst du den Mann?« Sie faltete das Papier auseinander, legte es vor ihn auf den Tisch.

Gronau pfiff laut durch die Zähne. »Was willst du von ihm?«

»Du kennst ihn?«

Er wog seinen Kopf hin und her. »Kennen ist nicht der richtige Ausdruck.«

»Aber du weißt, um wen es sich handelt.«

Gronau nickte. »Eine Phantomzeichnung, ja? Wer hat den skizziert?«

»Ich war ebenfalls nicht ehrlich zu dir«, erwiderte sie. Er schaute sie überrascht an. »Unsere Begegnung im *Café Schweickhardt* war nicht zufällig.«

»Du weißt, dass ich seit Jahren dort verkehre.«

Lisa nickte. »Ich wollte dich nach dem Mann fragen«, sagte sie. »Aber nicht in aller Öffentlichkeit. Außerdem fürchtete ich, dass du mir keine Auskunft geben würdest.«

»Deshalb hast du die Chance genutzt, dich bei mir einzuquartieren?«

Sie nickte wieder.

»Warum interessiert er dich?«

Sie schwieg, gab keine Antwort.

»Du willst es nicht erzählen?«

»Michael starb nicht durch einen Unfall«, sagte sie dann.

Er merkte an ihrem Tonfall, wie nahe es ihr ging. »Dein Mann.«

»Er sprang aus dem obersten Stockwerk eines Hochhauses. In Asemwald.«

»Selbstmord«, sagte er. »Du weißt, weshalb?«

»Anna war sein Ein und Alles. Er kämpfte ein Jahr lang mit Gott und der Welt. Rannte in Kirchen, stritt sich mit dem Allmächtigen. Michael schaffte es nicht. Er konnte nicht mehr.«

»Was ist passiert?«

Die Katze auf seinem Schoss gähnte ausgiebig, rollte sich dann wieder zusammen.

Lisa schaute irritiert zu ihr hin. »Wir hatten eine schöne Zeit. Mit allen Freuden und Problemen. Bis Anna mit 16 an Drogen herankam. Wir hatten keine Chance. Trotz aller Therapien wurde sie immer wieder rückfällig. Im Delirium kletterte sie auf unser Dach und stürzte in den Tod. Vor unseren Augen.« Ihre Stimme erstarb, das Geschehen lief erneut vor ihr ab: Das Mädchen auf dem Dach, der Moment, als sie auf den nassen Ziegeln ausrutschte, ihr Aufprall auf dem Boden, der Traum, der sie seitdem Nacht für Nacht verfolgte.

Sie nahm alle Kraft zusammen, zeigte auf das Blatt. »Zuerst ging es mir wie Michael. Ich konnte nicht mehr, war fertig. Anna, der Sinn in unserem Leben. Wozu noch weitermachen, weshalb noch aufstehen, jeden Morgen? Dann kam sein Tod.« Sie schwieg, hatte Mühe weiterzusprechen. »Als ich plötzlich allein dastand, war mir alles klar: Wir gehen alle vor die Hunde – erst Anna, dann Michael und jetzt noch ich. Und die Schweine, die an unserem Elend schuld sind, die Annas Drogenabhängigkeit zu verantworten haben, frohlocken. So ist das nun mal auf dieser Welt.«

Er folgte ihr gebannt, schwieg.

»Plötzlich begriff ich, dass ich es ihnen nicht so leicht machen darf. Anna und Michael haben das nicht verdient. Und dann wurde mir klar, was mir bleibt. Ich muss kämpfen. Ich will den, der das ganze Teufelszeug vertreibt.« Sie zeigte auf das Blatt.

»Wie kamst du dazu?«

»Ich habe sie bearbeitet, Tag und Nacht. Die Polizeibeamten, die Annas Tod aufgenommen hatten. Irgendwann nahm mich einer beiseite, gab mir die Kopie. ›Er‹, sagte er, ›der ist es, den Sie suchen, aber wir können nichts für Sie tun.‹« – Sie schwieg, betrachtete die ruhig schlafende Katze. »Ich hoffte, du würdest mir helfen, nach ihm zu suchen. Als Journalist, auf der Suche nach einer neuen Story.«

Gronau pfiff durch die Zähne. »Ich kenne den Mann. Aber er ist gefährlich. Es ist besser, wir lassen die Hände von ihm. Besser für uns beide.«

30. Kapitel

Kurz vor vier Uhr an diesem Nachmittag hatte Herbert Pflüger in Braigs Büro das Geständnis unterschrieben, Karen Rommel am Abend zuvor auf dem Arsenalplatz in Ludwigsburg erwürgt zu haben. Es hatte keinerlei Druck oder anderer Methoden bedurft, den Mann zum Reden zu bringen, er war vorbehaltlos und ohne jedes Drängen bereit, das Verbrechen zu gestehen.

Braig hatte das Empfinden, dass sich der Mann nach seiner Aussage im wahrsten Sinn des Wortes erleichtert fühlte, so als habe er nach einem Menschen gesucht, dem er sein Herz ausschütten konnte. So altmodisch dies klang, überlegte er, so treffend charakterisierte es den wahren Sachverhalt. Und wenn noch so viel Unrat, menschliche Niedertracht und Verkommenheit dabei zum Vorschein gekommen waren, der Autoverkäufer hatte eine Person benötigt, der er seine ruchlose Tat gestehen konnte. Das aber, sinnierte Braig voll Bitterkeit, änderte nichts mehr am vollkommen sinnlosen Tod der jungen Frau.

Die junge Frau, so hatten sie im Verlauf der vergangenen Stunde von Pflüger erfahren, war dem Mann weder bekannt noch jemals vorher begegnet, jedenfalls nicht, soweit er sich erinnern konnte.

»Wie bitte?«, hatten Braig und Neundorf sich unisono geäußert, als der Autoverkäufer ihnen diesen Sachverhalt mitgeteilt hatte. Sie konnten es nicht fassen. »Sie behaupten, Sie hätten Frau Rommel nicht gekannt?«

Pflügers Antwort war: »Frau Rommel? Wer ist das? Die ...«

»Die junge Frau, die Sie ermordet haben«, hatte Neundorf mit sich überschlagender Stimme gebrüllt. Ihr Gesicht war rot angelaufen, nur mit Mühe war es ihr gelungen, auf ihrem Stuhl sitzen zu bleiben.

»Ich kannte sie nicht.« Er hatte nur seinen Kopf geschüttelt.

Braig und Neundorf waren unfähig gewesen, sofort nachzuhaken. Es hatte mehrere Sekunden gedauert, bis der Kommissar die Aussage des Mannes begriffen hatte. »Sie wollen Frau Rommel nicht gekannt haben? Können Sie uns dann bitte erklären, weshalb Sie sie getötet haben?«

»Ich weiß es nicht!«

Draußen war wolkenbruchartiger Regen niedergegangen, als Pflüger in ruhigem Ton geantwortet hatte. Kaskaden von Wasser waren mit lautem Trommeln an die Scheiben geprallt.

»Sie wissen es nicht?« Braig und Neundorf hatten immer noch Mühe gehabt, die unverhoffte Neuigkeit zu akzeptieren. »Aber warum, warum haben Sie es dann getan?«

Es gab keine rational nachvollziehbare Antwort auf die Frage. Herbert Pflüger, so hatten sie erfahren, war auf dem Weg zu einem Rockkonzert, als er den Arsenalplatz überquerte. »Ich freute mich schon die ganze Woche auf den Abend«, hatte er erklärt, »weil eine irre Gruppe angesagt war. Vier Tage tote Hose und endlich geht wieder einmal die Post ab. Ich bin zur Zeit solo, verstehen Sie, nichts los in der Bude. Und da wollte ich einen draufmachen.«

»Mit welchen Drogen?«, war Neundorf ihm ins Wort gefallen.

Pflüger hatte sie nur sprachlos angestarrt.

»Speed, Koks, Heroin?«

»Ich bin doch kein Junkie!« Sein Protest war laut und heftig ausgefallen – zu laut, wie die Kommissarin bemerkt hatte.

»Speed also«, hatte sie kommentiert, »zwei oder drei?«

Die Antwort des Mannes hatte eine Weile auf sich warten lassen. »Zwei.« Er war nervös auf seinem Stuhl hin und her gerutscht, hatte unsicher vom einen zum anderen geblickt.

»Und dann?«

Pflüger war es schwer gefallen weiterzusprechen. Er hatte mehrfach dazu angesetzt, seinen Bericht erst nach einigen vergeblichen Anläufen fortgeführt. »Ich lief mitten durch den

Nebel. Nichts war zu erkennen, alles unter einem dichten Schleier verborgen. Es herrschte ein fahles, unwirkliches Licht. Nur die Umrisse der Häuser und der Autos waren da, aber auch erst in dem Moment, wenn man sich direkt davor befand. Ich überquerte die Straße, kam auf den Parkplatz. Plötzlich stand Nadine vor mir, unmittelbar aus dem Boden gewachsen und fuchtelte mit ihren Autoschlüsseln vor mir rum. Ich blieb stehen, starrte sie an. Sie grinste mich höhnisch an, wandte mir dann den Rücken zu. Ich brauchte nicht zu überlegen, es war ein Reflex ...«

»Wer ist Nadine?«

»Eine frühere Freundin. Wir waren über ein Jahr lang zusammen, bis ich sie mit einem andern erwischte. Die Sache lief schon seit Wochen, bis ich es endlich bemerkte. Sie hat mich nach Strich und Faden verarscht. Der Kerl war ein reicher Schnösel, der sie mit seinem Cabriolet becircte. Unsere Beziehung war von einem Tag zum anderen zu Ende. Und dann stand sie plötzlich, aus dem Nebel aufgetaucht, vor mir, grinste mich höhnisch an und ich weiß nur noch, wie Zorn in mir hochstieg und ich mich auf sie stürzte ...« Pflüger hatte dies alles nur stockend vorgetragen, sich mehrfach dabei unterbrochen. »Ich stürzte mich auf sie und erwischte sie am Rücken. Mehr weiß ich nicht. Filmriss.«

»Sie haben die Frau ermordet. Karen Rommel, nicht ihre ehemalige Freundin Nadine.«

Der Autoverkäufer hatte den Kopf mehrfach hin und her geworfen, mit glasigem, fast irrem Blick vom einen zum anderen gestarrt, war dann heulend zusammengebrochen, »ich wollte es doch nicht, ich wollte es doch nicht«, vor sich hin stammelnd.

Braig hatte angesichts des widerwärtigen Verbrechens keinen Anlass gesehen, den Mann zu schonen. »Und Christina Bangler, weshalb haben Sie Christina Bangler getötet?«

Pflüger war erst nach mehreren Minuten soweit gewesen, die Frage des Kommissars zu verstehen. »Wer soll das sein?«

»Die Frau, die Sie am Montagabend in Waiblingen getötet haben. Oder wollen Sie uns sagen, dass Sie auch Frau Bangler vorher noch nie gesehen haben?«

»In Waiblingen?« Er hatte nur den Kopf geschüttelt, sie dann mit irren Blicken angegafft. »Was wollen Sie mir noch alles in die Schuhe schieben? Ich war noch nie in Waiblingen. Die Stadt kenne ich überhaupt nicht.«

»Sie halten uns für selten dämlich, wie? Ich wiederhole meine Frage: Weshalb haben Sie am Montagabend Christina Bangler getötet?«

Pflüger war abrupt von seinem Stuhl aufgesprungen, hatte seine Hände zu Fäusten geballt und blindlings auf Braigs Schreibtischplatte eingedroschen. Kugelschreiber und Bleistifte waren in die Höhe katapultiert worden, die Computertastatur hin und her gerutscht.

»Jetzt beruhigen Sie sich endlich!«, hatte Neundorf gebrüllt. Sie war aus ihrem Sitz geschnellt, hatte den Mann an der Schulter gepackt und ihn wieder auf seinen Stuhl gedrückt. »Antworten Sie auf unsere Fragen!«

Der Autoverkäufer hatte verwundert zu ihr aufgeblickt, war dann aus seinem Trance-ähnlichen Zustand erwacht. »Am Montagabend?«, hatte er laut überlegt und dann, nach kurzem Zögern, hinzugefügt: »Montag ist unser Kneipen-Tag. Wir waren im *Sudhaus* in Ludwigsburg, wie immer.«

»Wer *wir*?«

»Jojo und Marc.«

So sehr sie sich bemüht hatten, seine Antwort als billige Ausrede abzutun, so hartnäckig hatte er auf ihr beharrt.

»Fragen Sie Jojo und Marc.«

»Wer soll das sein?«

Er hatte ihnen die vollen Namen und Adressen der Männer genannt, anschließend Braigs Aktivitäten verfolgt, die Telefonnummern der beiden zu ermitteln. Joachim Haag und Marc Reichel wohnten in Kornwestheim bzw. Markgröningen und arbeiteten in der Kaffeefabrik am Ludwigsburger Bahnhof. Braig kannte die Firma, hatte den markant-würzigen Duft, der bei bestimmten Wetterlagen über weiten Teilen der Innenstadt lag, schon oft selbst wahrgenommen.

Die Männer zu erreichen, war mit viel Glück gelungen. Beide hatten ihren Arbeitsplatz gerade verlassen, waren nacheinander vom Abteilungsleiter ans Telefon gerufen worden. Braig hatte sowohl von Haag als auch von Reichel übereinstimmend erfahren, dass sie sich am vergangenen Montag, wie an diesem Wochentag üblich, gemeinsam mit Pflüger von 20 Uhr an bis kurz nach Mitternacht im *Sudhaus* in der Nähe des Ludwigsburger Bahnhofs aufgehalten hatten.

»Sie sind sich absolut sicher, was die Anwesenheit Ihres Freundes bis nach Mitternacht angeht?«, hatte er jeden der beiden Männer abschließend noch einmal gefragt.

Sie waren ohne jeden Abstrich bei ihren Aussagen geblieben.

Braig hatte beide aufgefordert, sich in den folgenden Stunden für ein persönliches Gespräch zur Verfügung zu halten, war dann bei Anja Wintterlin vorstellig geworden und hatte sie gebeten, nach Kornwestheim und Markgröningen zu fahren und Joachim Haag und Marc Reichel persönlich unter die Lupe zu nehmen.

»Jetzt warten wir noch die DNA-Analyse ab«, hatte Neundorf erklärt, dann Pflüger sein Geständnis unterschreiben lassen und die Staatsanwaltschaft über ihren Ermittlungserfolg informiert. »Und dann fangen wir wieder ganz von vorne an«, brummte Braig, als der Mann abgeführt worden war. Er hatte die Öffentlichkeitsabteilung des Amtes informiert und für 17 Uhr eine Pressekonferenz anberaumt. »Was Christina Banglers Tod angeht, sind wir keinen einzigen Schritt weiter. Falls Pflügers Alibi stimmt.« Er spürte seine Erschöpfung, die Strapazen des ohne größere Pausen abgearbeiteten Tages, ging zum Waschbecken, drehte den Hahn auf. Mit beiden Händen klatschte er sich kaltes Wasser ins Gesicht.

»Eigentlich müssten wir uns freuen, dass wir den Tod Karen Rommels so schnell aufklären konnten«, sagte Neundorf, schaute auf ihre Uhr, »der Buchhändlerin sei Dank in nicht einmal zwanzig Stunden.«

Braig trocknete sein Gesicht, nahm sein Glas, füllte es mit Wasser, trank in vollen Zügen. »Du auch?«, fragte er, zu seiner Kollegin gewandt.

Neundorf schüttelte den Kopf. »Aber ich kann mich nicht freuen. Mir ist wirklich nicht danach zumut.«

»Karen Rommel?« Braig verstand genau, was sie meinte. »Was für ein verrückter, sinnloser Tod.« Er stellte das Glas wieder ab, lief zum Fenster, schaute in den dunklen, wolkenverhangenen Himmel.

»Warum? Warum musste die junge Frau sterben?«

»Er behauptet, er habe sie nicht gekannt.«

»Du glaubst ihm nicht?«

Braig gab keine Antwort.

»Er ist unterwegs zu einem Rockkonzert, läuft über den Arsenalplatz, sieht eine junge Frau vor sich aus dem Nebel tauchen, stürzt sich auf sie, bringt sie um.«

Feiner Nieselregen prasselte ans Fenster.

»Wäre ich ihm auf dem Platz begegnet«, fuhr Neundorf fort, »hätte er sich dann auf mich gestürzt?«

Braig drehte sich um, bemerkte ihre ins Leere gerichteten Augen. Sie sah erschöpft aus, mitgenommen; ihre Wangen wirkten eingefallen, ihr fehlten die gewohnte Vitalität und Spannkraft. Er dachte an ihre erst vor wenigen Tagen durchgeführte Operation. Sie hatte sich zu viel zugemutet. »Du musst dich schonen«, sagte er, »du bist noch nicht lange aus dem Krankenhaus.«

»Das ist keine Antwort auf meine Frage«, antwortete sie schroff, »ich will wissen, wer die Verantwortung für dieses beschissene Leben trägt.«

Braig fuhr sich mit der Rechten durch die Haare, massierte seine Schläfen, um die stechenden Schmerzen zu vertreiben.

»Es gibt keine Antwort. Das weißt du so gut wie ich.« Er lief zu seinem Schreibtisch, ihre Worte im Ohr.

Warum musste die junge Frau sterben?

Über seinen Monitor glitten geräuschlos Züge aus verschiedenen Ländern, einige langsam, andere schneller. Lokomotiven kuppelten Wagen an, blieben einige Sekunden stehen, fuhren dann langsam weiter. Der neue Bildschirmschoner, den ihm Ann-Katrin vor wenigen Wochen geschenkt hatte.

Warum musste die junge Frau sterben?

Hatte Karen Rommel zweiundzwanzig Jahre gelebt, mit dem Ziel, an einem nebelverschleierten Novemberabend auf einem Parkplatz erwürgt zu werden? Die Frage reichte in Dimensionen, denen er im Moment nicht gewachsen war.

Braig schüttelte den Kopf. So hatte es keinen Sinn. Er durfte sich jetzt nicht tiefschürfenden Überlegungen über die Hintergründe unserer Existenz hingeben. Nicht, solange der Mörder Christina Banglers auf freiem Fuß war. »Speed«, sagte er, mehr zu sich selbst als zu seiner Kollegin, »ist das die Erklärung?«

Sie seufzte laut auf, wandte sich ihm zu. »Frankenstein lässt grüßen. Dass es sich bei Ecstasy um keine harmlosen Aufputschmittel handelt, sollte inzwischen der letzte Idiot begriffen haben. Spätestens seit der Sache in Bayern. Du kennst die neuen wissenschaftlichen Untersuchungen?«

Braig nickte, wusste, was sie meinte. Seit vor einigen Monaten ein junger, bisher unbescholtener Mann in München in einem Anfall zerstörerischer Aggressivität ohne jeden Grund über einen älteren Freund hergefallen war und ihm beide Augen ausgedrückt hatte, war die Aufmerksamkeit vieler Mediziner und Kriminalisten auf die unberechenbaren Folgen ungehemmter Ecstasy-Einnahme gelenkt worden. Der Täter, von allen Bekannten übereinstimmend als außergewöhnlich sozial und zuvorkommend beschrieben, hatte zuvor zwei jener Glückspillen geschluckt, die ihm eine lange Disco-Nacht ohne körperliche Erschöpfung garantieren sollten. Stundenlang an diesem Abend war er in seiner Wohnung umhergerannt, hatte das Mobiliar und die Bilder zertrümmert und dann den herbeigeeilten Freund attackiert. Die bei jugendlichen Discobesuchern beliebte Droge hatte den Mann in ein unberechenbares Monster verwandelt. Der Vorfall in München war jedoch kein Einzelfall, er hatte nur das Licht der Öffentlichkeit auf dieses bisher weitgehend tabuisierte Feld gelenkt. Braig war durch mehrere vom LKA und anderen Institutionen erstellte Untersuchungen darüber informiert worden, dass sich unkontrollierte Attacken auf Unbeteiligte infolge Ecstasy-Konsums in beunruhigendem Ausmaß häuften. Paranoide Wahnvorstellungen, unvermittelt eintretende Halluzinationen und wochenlang anhaltende Psychosen wurden bei Konsumenten so genannter leichter Drogen immer häufiger diagnostiziert. Erste wissenschaftliche Langzeituntersuchungen von Aufputschmittel-Nutzern hatten bleibende Gehirnschäden und durch Kreislaufkomplikationen eintretende Todesfälle ergeben. Der weitgehend ungehemmte Zufluss immer neuer Glückspillen und ihr unkontrollierter Verkauf verschärften das Risiko ihrer Einnahme, gab es doch keinerlei Informationen über die Stoffe, die den jeweiligen Tabletten beigemischt waren.

»Wir sollten uns bei den Kollegen vom Drogendezernat erkundigen. Vielleicht haben sie Informationen, was zur Zeit auf dem Markt ist.«

Braig stimmte ihr zu, suchte die Nummer, gab sie ein. Raffaela Kurz, eine der zuständigen Kommissarinnen, war am Apparat. Braig informierte sie über das Ermittlungsergebnis.

Die Kollegin zeigte augenblicklich Interesse. »Das haben wir befürchtet«, erklärte sie, »die Sache eskaliert.«

» Habt ihr genauere Erkenntnisse?«

»Wir müssen uns den Mann sofort vornehmen, ihn fragen,wo er sich das Zeug besorgt hat. Seit zwei Wochen ist eine neue Sorte im Umlauf. Wir haben bereits mehrere Aussetzer konstatiert. Schlägereien ohne jeden Anlass, Gewaltattacken gegen die eigenen Freunde mitten in der Disco. Im gleichen Zusammenhang auch Augenbluten.«

»Wie bitte?« Braig hatte das Telefon auf Zimmerlautstärke gestellt, damit Neundorf mithören konnte.

»Augenbluten«, wiederholte Raffaela Kurz. »Das Zeug bewirkt blutende Augen. Schon nach der Einnahme einer einzigen Pille. Sie sind unterschiedlich dosiert, enthalten winzige Kristalle, die die Schleimhäute aufritzen. Die Konsumenten verlieren Teile ihrer Sehfähigkeit, nehmen ihre Umwelt anders wahr. Manche fühlen sich von anderen in ihrer Nähe bedroht, ohne jeden Grund. Eine hastige Bewegung, eine laute Bemerkung und sie rasten aus. Sonst absolut friedliche Leute glauben sich in größter Gefahr, schlagen sofort zu. Wir haben schon mehrere schwerverletzte Opfer.«

»Ihr wisst nicht, woher das Zeug stammt?«

»Es ist erst seit etwa zwei Wochen im Umlauf. Zu kurz, um schon dagegen vorgehen zu können. Außerdem fehlen uns die Kapazitäten. Der Markt wird überschwemmt mit den unterschiedlichsten Materialien. Von überall her. Wir sind dabei, den Überblick zu verlieren. Letzte Woche haben wir einen ganzen Verteilerring bloßgelegt, über dreißig Dealer geschnappt. Vor zehn Tagen gelang es uns, ein Labor auszuräuchern. Fast zehntausend Pillen auf einen Schlag. Die Kollegen in Nordrhein-Westfalen lokalisierten einen zur Ecstasy-Produktion umgebauten alten Weltkriegs-Bunker. An der polnischen Grenze entdeckten die Brandenburger eine Garage, in der drei Mann Tabletten zusammenpanschten. Geschätzter Wert des Materials: über 20 Millionen Euro. Was soll's? Du merkst nichts von diesen Erfolgen. Alles ist weiterhin zu bekommen, wie zuvor. Jetzt liefern sie es eben aus dem Ausland. Dabei wird das Zeug immer gefährlicher. Die packen alles rein, was irgendwie aufputscht, aber nicht viel kostet. Egal, welche Wirkung das hat.«

»Ihr überprüft den Inhalt, wenn ihr an das Material herankommt?«

»Unsere Chemiker sind ständig beschäftigt, ja. Paracetamol, Koffein, Milchzucker, Backpulver – es gibt nichts, was nicht untergemischt wird. Für genauere Expertisen muss ich in unserm Labor nachfragen.«

»Dann ist es möglich, dass derzeit eine Lieferung angeboten wird, die besonders schnell Sinnestäuschungen hervorruft und unkontrollierte Aggressionen fördert?«

»Unsere Informationen weisen darauf hin, ja. Was ist mit eurer ersten Leiche, der jungen Frau in Waiblingen. Derselbe Täter?«

»Leider nein. Obwohl die Tatausführung weitgehend identisch scheint.«

»Weitgehend identisch? Oh, meiner Seel', das darf nicht wahr sein. Ihr wisst genau, dass euer Täter es nicht war?«

»Er hat ein Alibi«, antwortete Braig, »Wintterlin ist gerade dabei, es genauer zu überprüfen. Ich fürchte aber, wir haben kein Glück.«

»Dann ist ja klar, was das bedeuten kann.« Die Stimme der Kollegin klang besorgt.

Braig wartete auf eine nähere Erklärung.

»Dann spricht meiner Erfahrung aus der Drogenarbeit nach sehr vieles dafür, dass wir es in Waiblingen zwar mit einem anderen Täter, wohl aber mit demselben Hintergrund zu tun haben.« Sie machte eine kurze Pause, fügte dann hinzu: »Viel Spaß! Die Konsequenzen sind euch ja klar!«

Braig hatte schlagartig erfasst, was sie anzudeuten suchte. »Du willst doch nicht etwa sagen ...«

Raffaela Kurz fiel ihm mitten ins Wort. »Doch. Genau das. Wenn wir Pech haben, ist eine ganze Ladung von dieser wahrhaft teuflischen Mischung im Umlauf. Das Zeug macht seine Konsumenten ohne deren Wissen höchst aggressiv, lässt sie vollkommen unberechenbar und gefährlich agieren. Und ihr oder wir werden alle paar Tage mit einer neuen Leiche konfrontiert.«

Braig spürte, wie ihm übel wurde. Er ließ sich schwer auf seinen Schreibtischstuhl fallen. Seine Arme und Hände zitterten. »Du glaubst ernsthaft, dass das möglich ist?«

Kurz ließ ein sarkastisches Lachen hören. »Wie lange bist du in unserem Beruf?«

Sie brauchte nichts mehr zu sagen. Nein, es gab nichts auf dieser Welt, was nicht möglich war.

»Am Montag hattet ihr die erste Tote, richtig?«

Braig bestätigte ihre Feststellung.

»Gestern, also drei Tage später, die zweite.« Sie ließ wieder ihr sarkastisches Lachen hören, fuhr erst nach einer kurzen Pause fort. »Dann nimm noch mal drei Tage dazu und du weißt, wann ihr wieder fündig werdet, okay?«

»Mir ist nicht zum Scherzen zumute«, brummte Braig.

»Okay, okay. Aber so in etwa könnte sich die Sache darstellen. Ich habe vielleicht etwas übertrieben, zugegeben, aber das könnte uns erwarten – im schlimmsten Fall. Und was die Angelegenheit verschärft: Wir kämpfen gegen einen unsichtbaren Feind. Wir wissen nicht, welche Verbrecher das Zeug herstellen und wer die Schweine sind, die es verteilen.« Sie holte tief Atem, verschärfte dann ihren Ton. »Ich sehe nur eine Chance: Wir müssen uns euren Täter sofort vornehmen, er hat das Zeug konsumiert. Er muss uns darüber aufklären, wo er es sich besorgt hat. Dann müssen wir versuchen, die Kette der Dealer aufzudröseln. So schnell wie möglich. Vielleicht kennen wir Teile der Organisation bereits? Ich will dabei sein, wenn ihr ihn verhört. Seid ihr einverstanden?«

»Du hast Zeit?« Braig sah, wie Neundorf zustimmend nickte.

»Ich nehme sie mir. Das hat absoluten Vorrang.«

Der Kommissar sah keinen Grund zu widersprechen, einigte sich mit ihr auf 17.30 Uhr unmittelbar nach der Pressekonferenz. Er beendete das Gespräch, rief dann bei der Einsatzbereitschaft an, beauftragte den Kollegen, Pflüger zu diesem Zeitpunkt in sein Büro eskortieren zu lassen.

Er hatte den Telefonhörer gerade aufgelegt, als ein Fax aus dem Drucker ratterte. Braig wartete, bis das Gerät das Papier freigab, nahm es an sich. Er las den Absender: *Rauleder*, wusste worum es ging.

»Und?«, fragte Neundorf.

»Der DNA-Abgleich«, erklärte er. »Das Haar an Christina Banglers Leiche. Vergleich mit Pflüger.«

Sie las das Ergebnis von seinem Gesicht ab. »Negativ«, sagte sie.

Braig nickte.

»Dann brauchen wir Anjas Gespräche mit den Freunden erst gar nicht abzuwarten.«

»Ich fürchte, sein Alibi stimmt«, pflichtete er ihr bei.

»Und wir müssen tatsächlich mit allem rechnen. Genau wie Raffaela Kurz es befürchtete.«

Er erhob sich von seinem Stuhl, ging zur Kaffeemaschine.

»Wir haben nur eine Chance, die Hintermänner zu entlarven«, sagte sie. »Wir müssen den Kerl hart rannehmen. Er muss uns genau erklären, von wem er das Zeug gekauft hat.«

Braig füllte Kaffeepulver in den Filter, wandte den Blick Neundorf zu. »Es sei denn, die Pillen sind schon alle verteilt.«

»Du bist gut. Hast du überlegt, welche Folgen das nach sich ziehen könnte?«

»Ich darf nicht daran denken.« Er goss Wasser in die Maschine, schaltete sie ein. »Die Frage ist, ob das Zeug wirklich bei allen Konsumenten solche Aggressionen auslöst. Wir müssen Pflügers Wohnung durchsuchen lassen, vielleicht finden wir weitere Pillen. Das Labor muss sie analysieren. Ich werde es sofort veranlassen.« Er rief erneut bei der Einsatzbereitschaft an. Weisshaar war am Apparat, notierte sich die Adresse des Mannes, sagte die sofortige Überprüfung der Wohnung zu. »Wir informieren die Staatsanwaltschaft darüber«, schloss Braig.

Er schaute auf die Uhr, sah, dass sie sich beeilen mussten. »Die Pressekonferenz, wie sollen wir vorgehen?«

»Ich sehe jetzt schon die Schlagzeilen vor mir. *Hunderte von Drogenkillern unterwegs. Wer ist das nächste Opfer? Polizei völlig ahnungslos.*«

»Du meinst, wir sollen vorsichtig sein und den Mord als einmaliges Ereignis darstellen?«

Neundorf nickte energisch mit dem Kopf. »Von unseren Befürchtungen darf nichts an die Öffentlichkeit. Sonst läuft uns die Sache aus dem Ruder und morgen haben wir eine Massenhysterie. Das Thema ist heikel genug.«

Braig wusste, dass sie Recht hatte. So wichtig es war, vor der Einnahme der gefährlichen Pillen zu warnen – jede noch so harmlose Andeutung, es könne weitere aggressive Ausfälle durch Drogenkonsumenten geben, konnte eine irrationale Jagd auf Verdächtige aller Art auslösen, die jeder polizeilichen Kontrolle entgleiten würde. Die Methoden der Boulevardpresse und vieler Privatsender waren in den letzten Jahren dermaßen verroht, dass sie buchstäblich über Leichen gingen, nur um für sich selbst Reklame zu machen und ihre Umsätze und Gewinne zu steigern.

»Dass Ecstasy-Konsum prinzipiell gefährlich ist«, fuhr Neundorf fort, »weiß heute jeder. Mit ausdrücklichen Warnungen vor der Einnahme der Pillen sollten wir daher vorerst noch warten. Die können wir immer noch veröffentlichen, sobald das Labor genaue Expertisen über die Zusammensetzung des Zeugs erstellt hat.«

Braig stimmte ihr zu, wurde vom Läuten des Telefons überrascht. Er nahm ab, hatte eine Frauenstimme am Ohr.

»Hier ist das Büro von Herrn Oberstaatsanwalt Koch. Ich bin verbunden mit Herrn Kommissar Braig?«

Er starrte überrascht zu seiner Kollegin hinüber, schaltete Zimmerlautstärke ein.

»Ich gebe Ihnen den Herrn Oberstaatsanwalt.«

Der Lautsprecher ließ deutlich das Knacken vernehmen, als die neue Verbindung hergestellt wurde.

»Koch«, dröhnte die Stimme des Mannes durch den Raum.

Braig sah, wie seine Kollegin ihren Mund aufriss und nach Luft schnappte. Er wusste, warum.

»Sie haben den Drogenmörder gefasst?«, fragte der Oberstaatsanwalt.

Braig fühlte eine Gänsehaut, die sich auf seinem Rücken ausbreitete. Er kannte den Mann, hatte oft genug mit ihm zu tun gehabt. Nicht ein einziges Mal auf freiwilliger Basis oder mit erfreulichen Momenten. »Den Mörder von Karen Rommel in Ludwigsburg, ja«, sagte er.

»Und der Frau in Waiblingen.« Koch formulierte es im feststellenden, nicht in fragendem Ton.

»Unser Täter kommt hierfür nicht in Frage. Er hat ein Alibi für den Mordabend.«

»Das spielt keine Rolle. Es geht um die Drogen. In zehn Minuten beginnt die Pressekonferenz?«

»17 Uhr, ja«, bekräftigte Braig.

»Ich übernehme die Sache als verantwortlicher Oberstaatsanwalt. Kommen Sie vorher bei mir vorbei und informieren Sie mich über die genauen Ermittlungsergebnisse. Ich erwarte Sie ab sofort in meinem Büro.«

Braig kam nicht mehr zum Antworten, die Verbindung war tot. Er hörte den Summton der Telefonleitung und zugleich das Blubbern der Kaffeemaschine, seufzte laut auf.

»Ausgerechnet der Kotzbrocken«, sagte Neundorf. »Ersparst du mir die Begegnung?«

Er stellte sich an die Kaffeemaschine, schenkte sich eine Tasse halb voll. »Nur weil du frisch operiert bist. Nicht, dass du noch mal ins Krankenhaus musst!« Er führte die Tasse zum Mund, spürte zu spät, dass der Kaffee noch brühheiß war, verbrannte sich Lippen und Zunge, spuckte die Brühe mitten ins Zimmer. »So ein Mist!«, keuchte er. »Heute Abend bleibt mir aber auch gar nichts erspart.«

31. Kapitel

Herbert Pflügers erneutes Verhör konnte erst kurz vor 19 Uhr beginnen. Die fast zwei Stunden vorher angesetzte Pressekonferenz unter der persönlichen Leitung des Oberstaatsanwalts Koch hatte sich mehr und mehr in die Länge gezogen, nachdem der Oberstaatsanwalt persönlich mit weitgespannten Ausführungen auf die immensen Gefahren der Glückspillen im Allgemeinen und ganz besonders im vorliegenden Fall verwiesen hatte.

»Die geradezu diabolische Potenz der so genannten leichten Drogen, die von verantwortungslosen Kräften dieser Gesellschaft immer wieder verharmlosend als uneingeschränkt legalisierbar abgetan werden, zeigt sich heute aufs Neue. Morde an wehrlosen und unschuldigen Menschen, wie wir es in Waiblingen und Ludwigsburg innerhalb kurzer Zeit erleben mussten, werden von unseren Fachleuten nur als der Anfang einer Kette ähnlicher Vorgänge analysiert. Landeskriminalamt und Staatsanwaltschaft arbeiten mit allen verfügbaren Kräften daran, der weiteren Verbreitung dieser Aufputschmittel Einhalt zu gebieten. Wir benötigen ihre – nämlich der Öffentlichkeit und der Medien – Unterstützung, diese Maßnahmen zu bewerkstelligen.«

Braig und Neundorf hatten die Ausführungen des Mannes mit Kopfschütteln begleitet, sich in keiner Weise über den anschließend einsetzenden Aufschrei der Pressevertreter gewundert.

»Sie glauben allen Ernstes, es wird weitere Morde geben?«

»Haben Sie Informationen darüber, wer diese Teufelspillen vertreibt?«

»Müssen wir nicht die Bevölkerung aufrufen, in nächster Zeit nicht mehr allein auf die Straße zu gehen?«

Braig hatte Neundorfs versteinerte Miene bemerkt, war ihr kurz nach 18 Uhr, als die Anfragen der aufgeregten Journalisten immer noch kein Ende nehmen wollten, Hals über Kopf aus dem Presseraum gefolgt. Sie waren unfähig gewesen, ihre Wut über das Vorgehen des Oberstaatsanwalts in Worte zu fassen, hatten Wintterlins Bescheid, dass das Alibi Pflügers absolut wasserdicht sei, weil nicht nur Joachim Haag und Marc Reichel, sondern auch die Bedienung des *Sudhaus* dessen Anwesenheit am Montagabend nachträglich bestätigten, fast schweigend entgegengenommen.

»Ist irgendwas?«, hatte Wintterlin nach ihrem Bericht unsicher gefragt.

»Der Staatsanwalt«, hatte Neundorf erklärt, »Babyface hat die Sache übernommen. In gewohnter Manier.«

»Koch? Nein, womit habt ihr das verdient?« Die Beileidsbekundungen der Kollegin wollten kein Ende nehmen.

* * *

Herbert Pflüger benötigte mehrere Anläufe, bis er bereit war, den Lieferanten seiner Aufputschpillen zu benennen. »Wir sind befreundet, verstehen Sie doch, ich will nicht, dass der da mit reingezogen wird«, hatte er mehrfach erklärt, »wir kennen uns von früher, waren beide auf derselben Schule in Rostock.«

»Der wird nicht erst reingezogen, der ist längst drin. Mittendrin«, hatte Koch erwidert. »Wie lange sollen wir noch warten, bis Sie den Namen endlich ausspucken?«

Kurz vor halb acht war er soweit. Braig hatte seinen Blick entnervt zur Seite gewandt, weil ihn die leicht näselnde Aussprache des Oberstaatsanwalts sowie dessen gesamtes Auftreten anwiderten und er wenigstens optisch von allzu engem Kontakt mit ihm verschont bleiben wollte. Kochs ausgeprägtes Milchbubengesicht passte eher zu einem pubertierenden Heranwachsenden, der jeden Tag Stunden grimassenschneidend vor dem Spiegel verbringt, krampfhaft darum bemüht, wenigstens einen Hauch eines erwachsenen Gesichtszugs in seine Miene zu zaubern. Die Brille half dieser Bemühung in keiner Weise, verlieh sie dem Mann doch zusätzlich ein Aussehen, das dem aus vielen alten Filmen bekannten widerlichen Streber glich, der es mit unerbittlichem Pauken und Schleimerei gegenüber seinen Lehrern zum allseits ungeliebten Klassenprimus schafft.

»Herr Pflüger«, versuchte es Raffaela Kurz, »Sie haben erzählt, Sie benutzen Aufputschmittel, um in Ihrer Freizeit fit zu bleiben. Wie viele Pillen konsumieren Sie im Schnitt jede Woche?«

Pflüger seufzte laut. »Mal eine, mal zwei oder drei – je nachdem, was läuft.«

»Also können es durchaus auch mehr sein. Ich meine, wenn entsprechende Veranstaltungen stattfinden.«

»Wann ist das schon der Fall?«

»Ich denke, drei, vier Mal im Monat?«

»Vielleicht«, gab Pflüger zu.

»Vielleicht?«

»Ja, ab und zu schon.«

»Also, dann auch vier oder fünf Pillen in einer Woche«, schlussfolgerte Raffaela Kurz.

Pflüger zierte sich immer noch. »Ja, vielleicht.«

»Oder auch sechs oder sieben.«

»Nein, so viele nicht.«

»Nur ab und an mal.«

»Ja.« Pflügers Antwort klang trotzig wie die eines bei einer verbotenen Tat ertappten Kindes. »Das haben mich Ihre Kollegen doch alles schon einmal gefragt.«

Kurz ließ sich nicht beeindrucken. »Wie viele auf einmal?«

»Auf einmal?«

»Mal eine Pille, mal zwei, manchmal auch drei ...«

»Nein«, rief der Mann, »drei nicht. Zwei reichen. Das Zeug wirkt. Fast immer jedenfalls.«

»Ja, gestern Abend«, warf Koch sarkastisch ein. »Die junge Frau bekam die Wirkung zu spüren.«

Pflüger verstummte wieder, rutschte auf seinem Stuhl unruhig hin und her.

Raffaela Kurz suchte Blickkontakt zu dem Angeklagten, wartete, bis er sich wieder beruhigt hatte. »Was nehmen Sie zusätzlich?«

»Zusätzlich?«

»Ja. Hero...«

Pflüger fiel ihr ins Wort. »Nein, ich bin doch kein Junkie!«

»Alkohol?«, bohrte Raffaela Kurz. »Likör, Cocktails, Schnaps, Rum, Wein.«

»Wein doch nicht.«

»Aber das andere.«

Pflüger nickte wortlos.

»Auch in größeren Mengen.«

Er wog seinen Kopf hin und her. »Mal so, mal so.«

»Beziehen Sie Ihre Pillen immer von derselben Person?«

»Ich sagte Ihnen doch, er ist mein Freund.«

»Wie heißt er?«, fragte Kurz. Der Ton ihrer Stimme blieb ruhig und freundlich.

»Karsten Schwör.«

»Na endlich!«, keuchte Koch. »Wohnort, Straße, Hausnummer? Na, wird's bald?«

Pflüger schaute irritiert zu ihm hinüber, nannte dann die genaue Anschrift. Kelterweg, Weissach im Tal.

Braig notierte sich Name und Adresse, warf einen Blick auf seine Uhr. Fünf vor halb Acht. Freitagabend.

»Sie sind mit Herrn Schwör befreundet«, wandte er sich fragend an Pflüger, »was macht der beruflich?«

»Er ist Kraftfahrzeugschlosser, ebenfalls in Ludwigsburg. Aber bei einer anderen Firma.«

»Was schätzen Sie, ist er heute, am Freitagabend, zu Hause zu finden?«

Der Autoverkäufer senkte seinen Kopf, starrte auf den Boden. »Woher soll ich das wissen?«, brummte er.

32. Kapitel

Sie mussten sich beeilen. Wollten sie Pflügers Dealer noch erreichen, bevor er sich – so ihre Spekulation – ins Getümmel des nächtlichen Wochenendvergnügens stürzte, durften sie keine Minute verschenken.

Raffaela Kurz hatte sich bereit erklärt, Braig zur Wohnung Schwörs zu begleiten. »Es liegt doch in meinem Interesse, vielleicht einen von den Kerlen zu kriegen.«

Neundorf war nach Hause gefahren; die zunehmende Erschöpfung hatte ihr dermaßen zugesetzt, dass sie selbst zu der Einsicht gekommen war, die Aufgabe besser den Kollegen zu überlassen.

»Ich werde dich auf dem Laufenden halten«, hatte Braig versprochen.

Die Fahrt nach Weissach verlief weitgehend schweigsam. Braig und Kurz waren nach all den Strapazen des Tages zu erschöpft, allzu viele Neuigkeiten auszutauschen. Erst als sie den Ort fast erreicht hatten, begannen sie ein Gespräch.

»Er hat natürlich Hasstiraden angestimmt von der Bedrohung durch Speed und Gras.»

Braig begriff sofort, dass Kurz von Koch sprach.

»Das ist sein Lieblingsthema«, fügte sie hinzu, »im Blickpunkt der Öffentlichkeit zu stehen und seine verkorkste Weltsicht darzulegen – da lebt er auf. Dabei richtet in der Drogenfahndung niemand so viel Unheil an wie er.«

»Sein Auftreten war vollkommen indiskutabel«, sagte er, »allein die Schmierfinken kamen auf ihre Kosten.«

»Das ist schon immer seine Masche: Hetzen, Aufwiegeln, für Unruhe sorgen. Und sich dabei im Licht der Scheinwerfer suhlen wie ein Schwein im Dreck.«

Braig schaute überrascht zu ihr hinüber, wunderte sich über ihre unverblümte Ausdrucksweise.

»Aber er hat Deckung von oben, ganz oben. Das lässt sich politisch ausnutzen, damit lassen sich Stimmen gewinnen, für Recht und Ordnung. Dabei ist es für die Fahndung sinnvoller, leise an die Probleme heranzugehen und im Kontakt mit den kleinen an die großen Dealer heranzukommen. Mit solch marktschreierischen Aktionen, wie Koch sie bevorzugt, wird viel von dem zerstört, was wir monatelang aufgebaut haben. Die Großen werden gewarnt und gehen in Deckung, solange der Boulevard schreit. Haben sich die medialen Sirenen dann wieder beruhigt, bauen sie sicherheitshalber neue Strukturen auf und machen danach in alter Frische weiter. Unsere Arbeit aber war weitgehend umsonst.«

»Du hältst leichte Drogen für weniger gefährlich?«

»Nein«, sagte Kurz, »du darfst sie nicht verharmlosen. Die Langzeitfolgen ihrer Einnahme sind erschreckend – erste wissenschaftliche Untersuchungen weisen darauf hin, dass ganze Regionen im Gehirn davon beeinträchtigt oder gar zerstört werden – ganz zu schweigen von den direkten Folgen des Konsums, vor allem in Kombination mit anderen Drogen. Auch der Genuss nur weniger Einheiten lässt Leute unberechenbar werden – auf Tage, manchmal auf Wochen hinaus. Eine Gesellschaft, die auf ein einigermaßen gutes Miteinander angewiesen ist, kann sich das auf Dauer nicht leisten. Wir dürfen die Sache nicht auf die leichte Schulter nehmen ... Frau Bangler und Frau Rommel waren erst der Anfang. Dieser Schwör muss auspacken, es gibt keine Alternative.«

Sie hatten die ersten Häuser erreicht, erkannten anhand der Beschriftung, dass es sich um den Ortsteil Unterweissach handelte.

»Trotzdem sollten wir eins nicht vergessen«, sagte Kurz, »wir haben ungefähr 5 Millionen Alkoholsüchtige in unserem Land. Wird der Verkauf von Alkohol deshalb irgendwie eingeschränkt?« Sie starrte nach draußen, versuchte sich zu orientieren. »Das vergessen Koch und Konsorten gerne. Davon hörst du kein Wort.«

Den Kelterweg in der nächtlichen Ortschaft zu finden, war nicht einfach. Raffaela Kurz hatte sich mehrfach verfahren, bis ihnen ein einsamer Spaziergänger, der trotz Dunkelheit und Nieselregen unterwegs war, die Richtung zeigte. Erst als der Mann von einer ungeduldigen Promenadenmischung angebellt wurde, begriffen sie,. was ihn um diese Zeit auf die Straße getrieben hatte.

Das Haus, in dem Karsten Schwör dem Bericht Pflügers zufolge wohnte, lag völlig im Dunkeln. Das Licht der nächsten Straßenlaterne reichte nicht aus, die Namensschilder zu erkennen. Raffaela Kurz hatte eine kleine Taschenlampe dabei, gab sie Braig. Er stieg aus, ließ den Lichtkegel über das Klingelbord neben der Haustür streichen. *Schwör.*

Er las den Namen, gab seiner Kollegin Bescheid, drückte auf die Klingel. Das Läuten der Glocke im ersten Obergeschoss war deutlich zu hören.

Braig schaute nach oben, sah, dass nirgendwo Licht brannte. Er drückte erneut auf die Glocke, wartete auf eine Reaktion.

»Nicht da?« Raffaela Kurz trat auf ihn zu, starrte in die Höhe. Ihre kleine Gestalt reichte ihm nicht einmal bis zur Schulter.

Braig wusste, dass viele die Frau aufgrund ihrer geringen Körpergröße unterschätzten. Dabei waren nicht nur ihre beruflichen, sondern auch ihre sportlichen Erfolge legendär. Bevor sie ins Amt gekommen war, hatte sie es längst als deutsche Tischtennisjugendmeisterin, später dann als deutsche Vizemeisterin zu Berühmtheit gebracht. In den Polizeidienst und speziell ins Drogendezernat eingestiegen war sie, weil ein Bekannter durch Rauschgift in Schwierigkeiten geraten war.

»Der ist ausgeflogen, ja?«, hörte er ihre Stimme neben sich.

Braig spürte seinen hungrigen Magen, drückte erneut auf die Klingel. Er hatte zwar beim Verlassen des Amtes Kriminalmeister Stöhr, der ihm über den Weg gelaufen war, drei verschiedene Schokoriegel abgekauft und sofort verdrückt, konnte seinen Organismus aber nicht länger darüber hinwegtäuschen, dass er – wieder einmal – den ganzen Tag keine ausreichende Mahlzeit zu sich genommen hatte.

Die Frau, die trotz des leichten Regens plötzlich mit einem zusammengefalteten Schirm in der Hand hinter ihnen auftauchte, musste sich bewusst lautlos zu ihnen hergeschlichen haben. »Könnet Sie mir sage, was Sie so spät noch hier wellet?«, rief sie mit schriller Stimme.

Braig fuhr zusammen, drehte sich zu ihr um, sah den Schirm in ihrer Rechten, den sie wie eine Waffe vor sich in die Luft hielt. Sie war gut beieinander, trotz des dämmrigen Lichts konnte er ihre imponierende Leibesfülle erkennen. Seine Kollegin brachte trotz ihres durchtrainierten Körpers garantiert nicht einmal die Hälfte auf die Waage. »Wir suchen Herrn Schwör«, antwortete er, »vielleicht können Sie uns helfen?«

Der freundliche Ton seiner Stimme veranlasste sie zu einer weniger aggressiven Haltung. »Sie sehet doch, dass dem sei ageberische Amikischt fehlt«, sagte sie und zeigte auf den Rand der Straße, »also isch er außer Haus.«

Braig, der ihre wenig schmeichelhafte Ausdrucksweise verstanden hatte, wischte sich die Feuchtigkeit aus dem Gesicht. »Er fährt ein großes Auto?«

»Allerdings. Wer im Kopf und in der Hos nix hat, muss sich halt mit dickem Blech verkleide.«

Er schaute überrascht auf die Frau, musterte ihr in der Dunkelheit nur schwer zu erkennendes Gesicht. Ihre unverblümt offene Sprache hatte ihn etwas verwirrt.

»Warum sonscht gibt's auf unsere Straße so viele große Karre?«, setzte sie hinzu.

Er spürte, dass der Regen stärker wurde, hatte keine Lust, länger als unbedingt notwendig auf der Straße stehen zu bleiben, brachte sein Anliegen deshalb konkret zur Sprache. »Wo Herr Schwör heute Abend sein könnte, wissen Sie nicht zufällig?«

Die Frau brauchte nicht lange zu überlegen. »Bei dem seinere Schnalle wird der sei, wie meischtens um die Zeit.« Sie wies mit dem Kopf in die Richtung, aus der sie gekommen waren.

Er hatte sich langsam an die deftigen Kommentare seiner Gesprächspartnerin gewöhnt, schüttelte sich die Nässe aus den Haaren. »Und wo die Frau wohnt, ist Ihnen auch bekannt?«

»In Oberbrüde.«

»Oberbrüden?«

»Auenwald heißt's neuerdings«, knurrte die Frau, »weil ja älles neue Name braucht, damit mir Alte überhaupt nix mehr kapieret.«

»Auenwald-Oberbrüden«, überlegte Braig. Er wusste, dass der Ort nur wenige Kilometer von Unterweissach entfernt lag. »Den Namen der Frau und die Straße, in der sie wohnt, wissen Sie nicht auch zufällig?«

Sein Gegenüber musterte ihn streng. »Sie wellets aber genau wisse!«, schimpfte sie. »Weshalb hent Sie's so wichtig?«

Braig musste sich wohl auf die Frau einlassen, wenn er überhaupt zu dem Namen und der Adresse kommen wollte. Sie verfügte offensichtlich über das Wissen, das ihm fehlte und stellte daher die Bedingungen der Konversation. Weshalb sie nach Schwör suchten, wollte er ihr dennoch nicht verraten. Es hätte keine zehn Minuten gedauert und die Neuigkeit wäre wie ein Lauffeuer durch den gesamten Ort gelodert. »Wir haben eine wichtige Mitteilung für Herrn Schwör«, sagte er deshalb vorsichtig.

»Soo?« Ihr skeptischer Gesichtsausdruck signalisierte, dass sie mit *der* Antwort nicht zufrieden war. Den Namen der gesuchten Frau und die Straße, in der sie wohnte, teilte sie ihm dennoch mit. Offenbar hatte er ihre Kurzüberprüfung bestanden.

»Katja Belter hoißt se und in der Rottmannsberger Straß wohnt se.« Sie nannte noch die Hausnummer und empfahl ihnen, auf den unförmigen amerikanischen Straßenkreuzer zu achten, der Schwörs Anwesenheit, wo immer der Mann sich aufhielt, signalisierte.

Braig und Kurz bedankten sich, fuhren unter den kritischen Blicken der Frau die Kelterstraße hinunter.

»Ob der seinen Schlitten mit Drogengeld finanziert?«, knurrte er.

Raffaela Kurz schien skeptisch. »Ich kann mir nicht vorstellen, dass er so viel umsetzt. Wäre er ein wirklich dicker Fisch, müsste er uns bekannt sein.«

»Du hast seinen Namen noch nicht gehört?«

»Nicht einmal in unserer Verdachts-Abteilung.«

»Dann können wir nur versuchen, über ihn an größere Drahtzieher zu gelangen.«

»Die sitzen mehrere Etagen höher. Es ist wie in einem Hochhaus. Die Bonzen hocken oben vor den Panoramafenstern. Bisher sind wir gerade mal im Erdgeschoss angelangt.«

* * *

Der auffällige Straßenkreuzer war trotz der Dunkelheit schon von weitem leicht zu erkennen. Sie hatten Unter- und Mittelbrüden passiert, waren in Oberbrüden angelangt. Kurz bremste das Fahrzeug ab, fuhr langsam durch den schon halb im Schlaf liegenden Ort. Als sie nach der Kreuzung der Fahrbahn nach rechts den Berg hoch folgten, sahen sie die rot leuchtenden Rücklichter des Wagens aus einer Seitenstraße ragen.

Kurz verlangsamte das Tempo noch mehr, zeigte auf das Auto. »Zum Glück haben wir die Frau getroffen«, meinte sie, »das erspart uns die Sucherei.«

Der kleine Platz und ein Gebäude hinter dem gesuchten Wagen waren beleuchtet, es schien sich ums Rathaus zu handeln. Dahinter ragte ein schmaler Kirchturm in den dunklen Himmel.

Sie erreichten eine nach rechts abzweigende Straße, sahen, dass es sich um die genannte handelte. »Rottmannsberger Straße«, las Braig auf einem Schild.

Das Licht der Straßenbeleuchtung blendete sie, sodass sie die beiden Personen, die direkt auf das auffällige Fahrzeug zuliefen, erst sahen, als diese das Auto fast erreicht hatten. Braig erkannte einen etwa dreißigjährigen Mann und eine etwa ebenso alte Frau. »Vorsicht«, warnte er, »nicht dass wir den Typ verpassen.«

Kurz sah, dass der Mann direkt auf sein Fahrzeug zuhielt, riss das Steuer herum, schwenkte nach rechts geradewegs auf die auffällige Karosse zu. Sie stoppte mitten auf der Straße, sprang aus dem Auto, rannte auf den Mann zu. »Herr Schwör?«, rief sie.

Der Angesprochene blieb abrupt stehen, starrte überrascht zu ihr her.

»Sie sind Herr Karsten Schwör?«, wiederholte Kurz.

Der Mann wusste nicht recht, wie er reagieren sollte. »Ja«, sagte er, »was ist los?«

Kurz riss ihre Waffe hoch, hielt sie ihm entgegen. »Kriminalpolizei, wir müssen mit Ihnen sprechen.« Sie packte ihn an der Schulter, drückte ihn auf das Auto, tastete ihn von allen Seiten ab.

»Was soll der Scheiß?«, schrie der Mann.

Braig näherte sich seiner Begleiterin, die erschrocken zur Seite getreten war, streckte ihr seinen Ausweis entgegen. »Mein Name ist Braig, wird sind wirklich von der Polizei, Landeskriminalamt, wir müssen nur eine kurze Überprüfung durchführen.«

Sie hielt verängstigt Abstand, verfolgte das Geschehen, ohne ein Wort zu sagen.

Kurz steckte ihre Waffe weg, befahl dem Mann, sich umzudrehen.

»Was wollen Sie von mir?«, schimpfte dieser laut.

Braig hörte etwas entfernt, von der anderen Straßenseite her, Stimmen.

»Knöpfen Sie bitte Ihr Hemd auf«, sagte Kurz.

»Wie bitte?«

»Sie haben richtig gehört: Knöpfen – Sie – bitte – Ihr Hemd auf.«

Der Mann brummte irgendwelche Verwünschungen, kam dann aber der Aufforderung der Kommissarin nach. »Und?«

»Ziehen Sie bitte das Unterhemd hoch.«

»Wozu denn?«, keifte er.

»Jetzt machen Sie schon.«

»Ich bin doch kein Striptease-Tänzer.«

»Auf!«

Braig sah, wie sie seine Jacken- und Hosentaschen überprüfte, dann seinen Bauchnabel abtastete.

»Was ist das?«, fragte sie.

Die Stimmen auf der anderen Straßenseite wurden lauter, ein Hund bellte.

»Eine Verletzung«, zeterte der Mann, »was geht Sie das an?«

»Seit wann haben Sie die?«

»Menschenskind, schon lange. Was ist damit?«

»Das Pflaster sieht aber neu aus.«

Braig näherte sich dem Mann, sah, dass er seine Hände schützend über seinen nackten Bauch hielt.

»Darf ich mal sehen?«, fragte Kurz. Sie knuffte dem Mann in die Seite, wartete, bis er seine Arme hochriss, griff dann blitzschnell an das Pflaster, zog es ab. Eine Unmenge winziger Pillen stob nach allen Seiten davon.

Braig bückte sich, versuchte die weißen Rechtecke auf dem Asphalt zu finden. Der Mann stand verlegen vor seinem Fahrzeug, starrte auf den Boden.

»Wie viele?«, fragte Kurz.

Braig erhob sich keuchend, spürte Stechen in seinem leeren Magen. »Zwölf«, sagte er, nachdem er die Pillen in seiner

Hand gezählt hatte, »aber ich weiß nicht, ob ich alle gefunden habe.«

»Zwölf? Das ist gut.« Raffaela Kurz hob ihre linke Hand zur Faust geballt in die Höhe. »Ich selbst habe auch neun Stück. Das reicht.« Sie übergab Braig die winzigen, gerade mal einen halben Zentimeter langen, weißen Tabletten, zog Handschellen aus ihrer Tasche, packte die Arme des Mannes, ließ das Metall über seinen Gelenken zuschnappen.

Er leistete keine Gegenwehr. »Was soll das?«, schimpfte er allerdings. Seine Stimme klang zaghaft und gegenüber seinem Tonfall von vorher stark gedämpft.

»Herr Schwör, Sie sind vorläufig festgenommen. Illegaler Drogenbesitz.«

»Drogen?«, keifte er. »Wieso Drogen?«

Kurz gab keine Antwort, wandte sich an die Begleiterin des Mannes, die sich beobachtend immer weiter zurückgezogen hatte. »Sie sind mit Herrn Schwör befreundet?«

Die Frau nickte zaghaft.

»Was hatten Sie heute Abend vor?«

»Wir wollten nach Stuttgart.« Sie machte eine kurze Pause. »In die Disco.«

»Wie viele Pillen haben Sie bei sich?«

»Pillen?«, fragte die Frau. Sie war fast einen Kopf größer als die Kommissarin, machte noch einen Schritt rückwärts.

»Ich muss Sie kurz untersuchen«, erklärte Raffaela Kurz, »wenn Sie erlauben.« Sie tastete sie ab, bat Braig, sich zur Seite zu drehen.

Er folgte ihrem Wunsch, sah zwei andere Frauen mit ihren Hunden, die Schirme aufgespannt, ins Licht der gegenüberliegenden Straßenseite treten.

»Was isch da los?«, rief die eine.

Die Hunde knurrten.

»Nichts Besonderes«, rief Braig, »nur ein Treffen unter Freunden.«

»Ha, no isch's recht«, antwortete die Frau. Sie warf noch ein paar kritische Blicke über die Straße, gab dann dem Drängen ihres Tieres nach, das sie in die Richtung des erleuchteten Rathausplatzes zerrte. Braig sah, wie ihr die zweite Frau folgte, hörte die kräftige Stimme seiner Kollegin.

»Also, das war es dann.«

Sie kam auf ihn zu, die Begleiterin des Festgenommenen im Schlepptau, reichte Braig eine kleine Tüte mit winzigen, weißen Pillen. Er betrachtete den Inhalt, erkannte sofort: Sie waren identisch mit den Tabletten des Mannes.

»Schätzungsweise 15 bis 20 Stück«, erklärte Kurz, »da darf auch die junge Dame mit uns mitkommen. Außerdem werden wir ihre Wohnung durchsuchen lassen, ebenso wie die ihres Begleiters.«

Die Frau wollte protestieren, ließ es aber sein, als die Kommissarin abwinkte.

»Lassen Sie das, es hilft nichts. Hier sind unsere Beweise.« Sie deutete auf die Drogen in Braigs Hand, zog einen Notizblock und einen Stift vor. »Ihre Ausweise, die haben Sie bei sich, ja?« Sie schaute von der Frau zu ihrem Begleiter, dann wieder zurück, nahm die Kennkarte entgegen.

»In meiner rechten Hosentasche«, schimpfte der Schwör, die gefesselten Hände vor sich in die Höhe streckend, »wie soll ich ihn holen, wenn ...«

Braig zog ihm den Ausweis aus der Tasche, reichte ihn seiner Kollegin. Kurz notierte sich die Namen, Geburtsdaten und die jeweilige Anschrift, gab die Daten dann per Handy ans LKA durch, bat um die sofortige Durchsuchung der beiden Wohnungen sowie der Fahrzeuge nach weiteren Drogen. »Wir warten in Oberbrüden mit den Wohnungsschlüsseln«, erklärte sie abschließend, »lasst euch bitte nicht zu viel Zeit.«

33. Kapitel

Kurz nach halb zehn an diesem Abend war das Team des LKA in Oberbrüden eingetroffen. Braig und Kurz hatten sich in die Wohnung Frau Belters, der Freundin Schwörs, zurückgezogen und dem vorläufig verhafteten Paar erklärt, was für sie auf dem Spiel stand.

»Herbert Pflüger wurde von Ihnen mit Ecstasy versorgt«, hatte Braig erklärt, »und unter dem Einfluss dieser Pillen überfiel er völlig grundlos eine ihm unbekannte junge Frau und tötete sie. Sie tragen ...«

»Wie bitte?!« Schwörs Entsetzen schien ehrlich. Er hatte seine Augen weit aufgerissen, war dem Kommissar mitten ins Wort gefallen. »Herbert soll eine Frau getötet ...« Er war verstummt, hatte sich Hilfe suchend umgesehen.

»Hören Sie keine Nachrichten?«, hatte Braig gefragt.

Schwör hatte den Kopf geschüttelt. »Selten.«

»Pflüger hat die junge Frau ermordet. Er hat es heute Mittag gestanden.« Braig hatte sich erhoben, mit ausgestrecktem Arm auf Schwör gezeigt. »Sie tragen die Verantwortung für ihren Tod. Sie haben ihm die Pillen geliefert.«

»Ich?« Der Mann war bleich angelaufen, hatte alle Farbe aus seinem Gesicht verloren.

»Pflügers Aufputschmittel stammen von Ihnen.« Braig hatte die Tüte aus der Tasche gezogen, in der er die konfiszierten Pillen aufbewahrte, sie dann vor Schwör hin und her geschwenkt. »Wollen Sie das etwa abstreiten?«

Der Mann hatte unruhig von Braig zu Kurz geschaut, war unfähig gewesen zu antworten.

»Lass es sein«, hatte seine Freundin erklärt, »es hat keinen Sinn.«

»Sie sind mit schuldig am Tod von Karen Rommel«, hatte Braig wiederholt, »und ich garantiere Ihnen, dass ich nicht eher ruhen werde, bevor Sie nicht als Mitverantwortlicher vor Gericht stehen.« Er hatte den Mann feindselig angestarrt, hatte versucht den Druck zu erhöhen, um Schwör zu einer Aussage zu bewegen. »Als Dealer gehören Sie hinter Schloss und Riegel. Lebenslänglich.«

»Dealer«, hatte der Autoschlosser gekeucht, »ich bin doch kein Dealer.« Schweißtropfen waren ihm von der Stirn geperlt, über seine Wangen gelaufen. Er war zu aufgeregt gewesen, sie zu bemerken. »Das ist doch alles nur für den Eigenbedarf.«

»Eigenbedarf?« Braig hatte die Tüte durch die Luft geschwenkt, mit der Linken auf sie gezeigt. »Das nennen Sie Eigenbedarf?«

»Ja, also gut. Für mich, Katja und unsere Freunde. Aber sonst doch niemand. Mein Gott, für was halten Sie mich?«

»Für was?«, hatte der Kommissar gerufen. »Für den Mörder einer unschuldigen Frau.«

»Nein! Das war doch nicht meine Absicht!«

»Wo waren Sie am letzten Montagabend? Zufällig in Waiblingen?« Braig hatte blitzschnell umgeschwenkt.

»Am Montagabend?«

»Sie nehmen die Pillen doch auch selbst.«

»Ja, natürlich. Wo soll ich am Montagabend schon gewesen sein? Natürlich hier bei Katja.«

»Nicht in Waiblingen?«, hatte Braig insistiert.

»Was soll ich in Waiblingen? Wir gehen entweder nach Ludwigsburg oder nach Stuttgart.«

»Wir waren hier«, hatte sich Katja Belter eingemischt, »Montagabend waren wir hier. Er hat bei mir übernachtet.«

»Das wissen Sie genau?«, hatte Raffaela Kurz gefragt.

Die junge Frau hatte genickt. »Weshalb wollen Sie das wissen?«

»Am Montagabend wurde eine andere junge Frau ermordet. Christina Bangler. In Waiblingen. Ebenfalls unter Ecstasy-Einfluss.«

»Aber doch nicht von mir«, hatte Schwör erregt gerufen, »was wollen Sie mir denn alles an den Hals hängen?«

Raffaela Kurz hatte ihren Stuhl zur Seite geschoben, sich direkt vor dem Mann aufgebaut. »Zwei Fragen«, hatte sie erklärt, »erstens: Wer liefert Ihnen das Zeug? Zweitens: An wen haben Sie es in den letzten Wochen weiter verteilt? Name, Anschrift. Jetzt, sofort.« Sie hatte ihren Block aus der Tasche gezogen, dazu einen Stift. »Also. Wer liefert das Zeug?«

Schwör war in seinem Stuhl hin und her gerückt, hatte geschluckt, um Atem gerungen.

»Meinl«, hatte Katja Belter erklärt. »Von ihm erhält er alles.«

Braig hatte deutlich gesehen, wie Schwör in sich zusammengesackt war.

»Meinl in Leonberg?«, hatte Kurz gefragt.

»Er kennt ihn vom Geschäft her«, hatte Frau Belter bestätigt. »Meinl kauft öfter alte Fahrzeuge bei seiner Firma.« Sie hatte zu ihrem Freund geschaut, mit der Schulter gezuckt. »An den müssen Sie sich halten. Da geht es um ganz andere Mengen.«

Raffalea Kurz hatte mit dem Kopf genickt.

»Ihr kennt den Mann?«

Braigs Frage hatte sie nicht weiter berührt. »Ein alter Kunde. Mehrfach vorbestraft. Er steht ganz oben auf unserer Liste.«

34. Kapitel

Braigs Nacht war kurz und wenig erholsam ausgefallen. Zusammen mit seiner Kollegin hatte er das festgenommene Paar ins LKA gebracht und dort in Gewahrsam nehmen lassen – so lange, bis ausgeschlossen werden konnte, dass sie vorzeitig mit Meinl Verbindung aufnehmen würden, um ihn zu warnen. Sie hatten die Namen der von Schwör mit Ecstasy belieferten angeblichen Freunde notiert und die Einsatzbereitschaft des Amtes beauftragt, die Leute sofort aufzusuchen und ihr Alibi für den vergangenen Montagabend zu überprüfen. Meinl selbst befand sich nach Auskunft des ihn überwachenden Beamten zur Zeit wie fast jede Freitagnacht in einer Stuttgarter Diskothek, deren Name ebenso wie der der observierten Person selbst telefonisch aus nachvollziehbaren Gründen nicht ausgesprochen werden durfte.

»Dann benötigen wir das große Einsatzkommando«, hatte Kurz erklärt und Entsprechendes angeordnet, »wir brauchen nicht nur den Kerl, sondern müssen auch möglichst viel von dem Zeug auftreiben, das er heute Abend dort schon in Umlauf gebracht hat. Und es muss schnell gehen. Wir dürfen keine Zeit verlieren.«

Braig hatte sich vor Hunger und Erschöpfung kaum noch auf den Beinen halten können, war mit Kurz in der Zwischenzeit im *Zur Alten Schmiede* in Bad Cannstatt eingekehrt, um zu der späten Stunde wenigstens noch einen Salat zu sich zu nehmen.

»Warum habt ihr Meinl nicht schon längst festgenommen?« hatte er, mit der Gabel zwei grüne Blätter auf einmal aufnehmend, gefragt. »Wenn ihr euch seiner Dealerei ohnehin sicher seid?«

Raffaela Kurz hatte seine Frage fast amüsiert zur Kenntnis genommen. »Weil wir seit Monaten versuchen, über ihn an die größeren Fische zu kommen Der wird Tag und Nacht überwacht.«

»Und? Habt ihr einige von den Großen erwischt?«

»Einige? Du bist gut. Nicht einen einzigen bis jetzt. Unser Geschäft ist mühsamer als du denkst. Wir kommen nicht so schnell ans Ziel wie ihr. Donnerstagabends Mord. Freitagmittags Verhaftung des Täters. Bei uns dauert das Monate, oft Jahre, bis sich Erfolge einstellen. Wenn überhaupt.«

Sie hatte mit der Gabel im Salat gestochert, dann eine grüne Olive in den Mund genommen. »Die Sache mit Meinl hat dennoch ihr Gutes. Dass wir so lange still gehalten haben jedenfalls. Wir haben einen Verdacht. Einen ganz großen Verdacht.«

»Einen der wirklich großen Dealer?«

»Ich denke schon. Einer der Herren mit der weißen Weste.«

»Meinls Überwachung hat euch auf die Spur gebracht?«

Sie hatte genickt. »Indirekt, ja. Nach monatelangen Bemühungen. Es geht nicht nur um Ecstasy, Koks und Gras, sondern um harte, ganz harte Drogen. Es ist nur noch eine Frage der Zeit, bis wir den Doktor haben.«

»Doktor?«

»Ein Arzt. Große Praxis, hohes Ansehen, exzellenter Chirurg. Patienten aus allen Teilen des Ländles.«

»Da seid ihr euch sicher?«

»Wir müssten blind sein, wenn wir uns täuschen. Unsere Überwachung läuft seit Monaten, auch bei ihm.«

»Ein Arzt? Warum sollte der mit Drogen dealen?«

Raffaela Kurz hatte ein hartes, sarkastisches Lachen hören lassen. »Warum? Weil er das Maul nicht voll kriegen kann. Protzige Villa, mehrere Autos, eine Jacht auf Gran Canaria, dazu rauschende Feste am laufenden Band, eine anspruchsvolle Geliebte. Das wirft selbst seine Praxis nicht ab.«

Braig hatte nur den Kopf geschüttelt, hatte müde versucht festzuhalten, was er normalerweise mit dem Beruf assoziierte: helfen, heilen, Leben retten, sich den Sorgen und Nöten außer Tritt geratener Menschen widmen. Und jetzt arbeitete dieser Arzt selbst daran, Menschen, zumeist junge, mit Drogen zu versorgen, sie der Sucht auszuliefern, sie in eine Abhängigkeit zu treiben, wie sie brutaler auf diesem Erdball kaum möglich war, und ihr Dasein in eine tägliche Jagd nach dem nächsten Schuss zu verwandeln.

»Wir haben noch ganz andere Leute auf unserer Liste«, hatte Raffaela Kurz seine Gedanken unterbrochen.

»Die großen Dealer.«

»Die ganz großen: Steuerberater, Industriemanager, Banker aus den obersten Etagen. Leute mit dem besten Leumund. Die Creme de la Creme.«

Braig hatte den Rest seines Wassers getrunken, war sich mit der Serviette über den Mund gefahren. »Aber ihr kommt nicht an die Leute ran.«

Kurz hatte ihm einen deprimierten Blick zugeworfen, mit dem Kopf genickt. »Die Beweise fehlen, die endgültigen Beweise. Die Herren haben gute Anwälte und vor allem hohe Freunde – wehe, du machst den Mund auf, ohne alles zehnfach belegen zu können.«

»Du klingst nicht gerade euphorisch.«

»Nein, dazu gibt es keinen Anlass. Du glaubst nicht, wie viele Leute mit Rang und Namen auf unserer Liste stehen.«

»Und die Chancen, Beweise gegen sie vorlegen zu können, stehen nicht allzu hoch.«

»So wahrscheinlich wie ein Sechser im Lotto.«

»Meinl«, hatte Braig überlegt, »wenn wir dem Kerl unmissverständlich klarmachen, dass es jetzt nicht mehr nur ums Dealen geht, sondern um den Tod von Christina Bangler und Karen Rommel – nicht mehr Speed, Gras oder Koks, sondern um zweifachen Mord – und dass wir ihn dafür festnageln, vielleicht können wir ihn weich kochen.«

Kurz hatte für einen Augenblick still gehalten. »Deshalb habe ich vorhin seine Festnahme angeordnet. Er kommt mir heute Nacht nicht aus dem Büro, bevor er nicht unterschrieben hat. Entweder er oder der Doktor, das werde ich ihm deutlich machen.«

Georg Meinl hatte Ähnlichkeit mit allem, nur nicht mit dem Bild eines jahrelang tätigen, mehrfach vorbestraften Dealers. Braig hatte zweimal hinschauen müssen, um sich die gediegene Erscheinung, die sie freundlich lächelnd und mit einer höflichen Verbeugung im Vernehmungsraum des Drogendezernats empfing, als die Person zu vergegenwärtigen, die ihm als skrupelloser Drogenhändler angekündigt worden war. Ohne Raffaela Kurz an seiner Seite hätte er trotz aller Berufserfahrung an eine Verwechslung geglaubt.

»Gnädige Frau Hauptkommissarin, es freut mich, Sie wieder einmal zu sehen«, hatte Meinl Braigs Kollegin im breitesten Bayrisch begrüßt, ihr dann die Hand entgegenstreckt.

Der uniformierte Beamte an der Wand des Raumes hatte sich ein Grinsen nicht verkneifen können.

»Sparen Sie sich das Gewäsch, Herr Meinl«, war Kurz ihm entgegengetreten, hatte ihm dennoch die Hand geschüttelt.

Braig war seiner Kollegin gefolgt, hatte den Mann begrüßt, sich dann ihm gegenüber an der Breitseite des schmalen Tisches niedergelassen. Meinl verfügt über eine gewaltige Portion Charme, hatte Braig eingestehen müssen, noch dazu von einer Art, die ihm angenehm, auf keinen Fall anbiedernd erschien. Dazu strahlte der Mann seiner Auffassung nach Vertrauen aus, Seriosität, Glaubwürdigkeit – ganz der Typ, dem selbst kritische Zeitgenossen vom Staubsauger bis zur teuren Immobilie alles bedenkenlos abkaufen würden. Er hatte ein weißes Hemd mit schwarzen Stickereien auf der Brust getragen, dazu eine saloppe, cremefarbene Jacke und eine dunkelblaue Jeans, war wohl knapp über vierzig. Meinls Aussehen, sein Auftreten, seine Sprache – alles hatte zueinander gepasst. Er war freundlich im Ton, verbindlich in seiner Aussage – und war den Bemühungen der Kommissarin dennoch – selbst nach Mitternacht nicht – einen winzigen Schritt entgegengekommen.

Raffaela Kurz hatte charmiert, gelockt, erzählt und doch mehr und mehr gespürt, dass Meinl so nicht aus der Reserve zu locken, nicht einen Meter in die erwünschte Richtung zu bewegen war.

»Sie wissen, um wen es geht. Wir wissen es auch. Nur Ihre Unterschrift fehlt. Das ist alles«, hatte sie mehrfach erklärt.

Meinl war nicht auf ihr Locken eingegangen. »Ich verstehe einfach nicht, von wem Sie reden, Frau Hauptkommissarin.«

Später hatte sie die Maske fallen lassen, deutlich auf seine Verantwortung für den Tod der beiden Frauen abgezielt. »Zweifacher Mord, nicht Dealerei. Eines ist klar: Entweder *er* kassiert deswegen lebenslänglich oder Sie. Hier ist das Papier und der Stift. Unterschreiben Sie!«

Zwanzig Minuten nach Mitternacht hatten sie es aufgegeben, sich müde, ausgelaugt und von Wut und Zorn erhitzt aus dem Raum verabschiedet und den Mann in Untersuchungshaft überstellen lassen. Braig und Kurz hatten sich ohne ein einziges Wort die Hände gereicht, waren dann nach Hause gegangen. Er hatte eine der letzten Straßenbahnen erwischt, hatte noch kurz seinen verschwitzten Körper gewaschen und war gegen ein Uhr völlig entkräftet ins Bett gefallen.

* * *

Als er seine Augen wieder aufschlug, war es kurz vor acht. Er hatte wirres Zeug geträumt, von irgendwelchen fremden Gestalten, die ihn durch eine völlig verfallene, von Ruinen geprägte Stadt gejagt hatten, war zwei- oder dreimal dank unbekannter Geräusche aufgewacht. Er fühlte sich natürlich immer noch todmüde, spürte dazu noch tosende Schmerzen in seinem Kopf. Sein Schlafzimmer lag in Zwielicht, draußen schien es zu regnen.

Braig kletterte aus dem Bett, sah durchs Fenster. Wolkenbruchartiger Niederschlag prasselte auf die Straße. Er duschte, erst warm, dann etwas kühler, trocknete sich ab, suchte seine Kleider zusammen. Als er seinen Anrufbeantworter abhörte, hatte er Ann-Katrins Stimme im Ohr.

»Ich weiß, wie viel du wieder zu tun hast, deshalb gebe ich dir nur kurz meine neue Telefonnummer: 9915168. Du erreichst mich direkt am Bett. Mir geht es besser. Wirklich. In Liebe. Ann-Katrin.«

Braig spürte sein schlechtes Gewissen, überlegte, wann er zuletzt mit ihr gesprochen hatte. War es gestern gewesen? Oder vorgestern? Oder noch länger? Er brachte es nicht mehr auf die Reihe, ließ das Band noch einmal laufen, notierte sich die Nummernfolge, wählte sie dann. Es dauerte eine Weile, bis er sie in der Leitung hatte.

»Wie geht es dir?«, fragte er.

Ann-Katrin schien überrascht. »Oh, du bist es. Besser, wirklich besser. Sie reden schon davon, dass ich bald in die Reha-Klinik darf.«

»Anfang nächster Woche?«

»Nein, so schnell nicht. Aber in vierzehn Tagen vielleicht.«

»In vierzehn Tagen erst?« Er ärgerte sich über seine vorschnelle Bemerkung, versuchte seine Enttäuschung zu überspielen, redete schnell weiter. »Das freut mich für dich.«

»Du erstickst in Arbeit«, forschte sie, »ja?«

Braig seufzte leise. »Leider, ja. Es tut mir Leid, dass ...«

»Du brauchst dich nicht zu entschuldigen. Die Schwester hat mir eine Zeitung gebracht. Ihr seid auf der ersten Seite. Mir ist alles klar.«

Er spürte den Zorn, den ihre Bemerkung in ihm auslöste, dachte voller Wut an die Pressekonferenz zurück.

»*Schlagen Drogenmörder bald wieder zu*?«, zitierte Ann-Katrin, »*Polizei rechnet mit neuen Morden.*«

»Ja, es ist beschissen«, sagte er.

»Aber ihr habt einen der Täter festgenommen.«

»Der Mord in Ludwigsburg vom Donnerstagabend ist geklärt, ja. Aber der Mann hat ein Alibi für den Montag. Wir suchen nach dem Täter von Waiblingen.«

»Er stand unter Drogen?«

»Ecstasy«, sagte Braig, »irgendeine neue Mischung, die gerade verteilt wird. Wir fürchten, dass sie die Konsumenten von einer Sekunde zur anderen in Wahnvorstellungen treiben kann und aggressiv werden lässt.«

»Und jetzt sucht ihr alle Personen, die das Zeug verteilen und schon probiert haben.«

Er seufzte laut. »Zusammen mit denen vom Drogendezernat. Ich weiß nicht, welche Chancen wir haben.«

»Ich wünsche dir viel Erfolg. Aber lass dich nicht fertig machen. Das ist es nicht wert.«

»Ich werde es versuchen«, sagte er, »und ich weiß, dass heute Samstag ist. Ich verspreche dir, bei dir vorbeizuschauen. Heute noch, garantiert, gleich, wie verrückt es wieder zugeht.«

»Du brauchst dich nicht abzuhetzen. Theresa will heute Mittag auch kommen.«

Sie wechselten noch ein paar Worte miteinander, verabschiedeten sich dann. Braig nahm sich fest vor, sein Versprechen zu erfüllen. Er zog sich vollends an, lief zu seinem Vorratsschrank, sah, dass er nur noch wenig Brot zu Hause hatte. Er durfte nicht vergessen, in einer Bäckerei vorbeizuschauen.

Braig schnitt den Rest des Laibes auf, holte sich Marmelade und Käse aus dem Kühlschrank, ließ zwei Tassen Kaffee durchlaufen, frühstückte dann. Kurz vor neun machte er sich auf den Weg ins Büro.

* * *

Raffaela Kurz hatte ihn bereits erwartet. Ihr Fax war der aufgedruckten Uhrzeit nach vor wenigen Minuten eingetroffen. Braig zog es aus dem Gerät, kaum dass er sein Büro betreten hatte, las den Text.

9.30 Uhr Verhör Georg Meinl im Vernehmungsraum bei uns. Du bist dabei? Kurz

Er schaute auf die Uhr, nahm einen Block und einen Stift, spurtete den Gang entlang, dann zwei Stockwerke tiefer. Die Kollegin war gerade dabei, ihr Büro zu verlassen, als er heftig atmend bei ihr anlangte. Er grüßte, sah die beiden Zeitungen, die sie in der Hand trug, verzog sein Gesicht.

»Babyface sei Dank«, erklärte sie, die Titelseiten betrachtend, »unsere Telefone laufen heiß. Redaktionen aus ganz Europa suchen den großen Aufmacher.«

»Wir brauchen die Namen«, sagte Braig, »alle, an die Meinl das Zeug verteilt hat.«

»Und den, von dem er es erhält. Ich will ihn heute noch.«

Georg Meinl wirkte nicht ganz so frisch wie in der Nacht, hatte aber keinen Deut seiner Höflichkeit und seines charmanten Auftretens verloren. »Grüß Gott, die Dame und der Herr«, grüßte er freundlich, als sie den Raum betraten, ließ es sich nicht nehmen, beide nacheinander per Handschlag willkommen zu heißen.

Braig verspürte keine große Lust, sich auf die Zeremonie einzulassen, spielte dennoch mit, weil er die Stimmung nicht von Anfang an belasten wollte, erlaubte dem Beamten, der Meinl gebracht hatte, zu gehen. »Ich denke, wir werden friedlich miteinander auskommen«, sagte er. Seine Kollegin nickte zustimmend.

Das Gespräch wurde dennoch mühsamer, als er gehofft hatte. Georg Meinl war nicht der freundliche, jederzeit gut gelaunte und lebenslustige Sonnyboy, als der er sich so überzeugend präsentiert hatte. Der Mann stand gewaltig unter Druck, das wurde im Verlauf der Vernehmung immer deutlicher. Er hatte offensichtlich begriffen, welche Verfahren ihm drohten, weil durch ihn vertriebene Drogen zur Ermordung zweier junger Frauen geführt hatten. Eine andere, für ihn neue Dimension. Ein Tatbestand, der ihn viele, wahrscheinlich *die* entscheidenden Jahre seines Lebens kosten konnte.

Dies war es aber nicht allein, was ihn drückte. Braig und Kurz begriffen sehr rasch, dass eine andere Bedrohung wie ein

Damoklesschwert über seinem Kopf hing. Eine Bedrohung, die für Meinl tödlicher war als jede noch so lange Gefängnisstrafe.

»Er hat Angst«, erklärte Raffaela Kurz, als sie zehn Minuten nach zwölf, fast drei Stunden nach Beginn des Verhörs, nach draußen gegangen waren, um sich eine Pause zu gönnen. Sie hatte einen Beamten herbeibeordert und ihn beauftragt, Meinl auf dessen Wunsch zur Toilette zu begleiten.

»Angst davor, auszupacken«, stimmte Braig ihr zu.

Sie liefen in Kurz Büro, warteten, bis die Kaffeemaschine zwei Tassen zubereitet hatte. Kurz schenkte dem Kollegen ein dickbauchiges Gefäß voll, bediente sich selbst, zog dann zwei Früchteriegel aus ihrer Schreibtischschublade. »Hier«, bot sie Braig an, »die wichtigsten Energiespender meines Sportlerlebens.«

Er nahm den Riegel, bedankte sich.

»Der Doktor«, sagte Kurz, nachdem sie von ihrem Kaffee getrunken hatte, »er macht ihm Angst.«

»Wie viele Männer laufen unter dessen Kommando?«

»Das wissen wir nicht.« Kurz schüttelte den Kopf. »Auf jeden Fall versteht er es, Leute einzuschüchtern. Und er scheint keine Skrupel zu haben. Überhaupt keine.«

Zehn Minuten später setzten sie die Vernehmung fort.

»Machen mir koanen Mittag?«, fragte Meinl.

»Wenn Sie bestimmte Namen unterschreiben, sofort.«

»No müssn mir halt drauf verzichtn.«

Der wolkenbruchartige Regen, der draußen niederging und von kräftigen Windböen mit heftigen Schlägen an die Fenster geworfen wurde, schien gut zu der verstockten Haltung des Mannes zu passen. Braig starrte nach draußen, sah die schwarzen Wolken, die sich über den benachbarten Weinbergen auftürmten. Waren sie ein Omen für die Hoffnungslosigkeit ihrer Bemühungen?

Welcher Impuls es letztendlich war, der den Mann gegen 15 Uhr dann doch einlenken ließ, konnte keiner der beiden Kommissare später eindeutig definieren. Fast aus heiterem Himmel unterbrach er eine Frage Braigs, deutete auf die Papiere, die Kurz schon am Morgen in die Mitte des Tisches platziert hatte, verlangte einen Stift zum Schreiben. »Also gut, gebns des Papierl her, bevor i mirs anderscht überleg. I unterzeichn.«

Braig glaubte, nicht richtig gehört zu haben, nahm verwundert wahr, wie seine Kollegin impulsiv vom Stuhl hoch federte und dem Mann die Blätter samt Stift direkt in die Hände drückte.

Meinl konnte sich ein Grinsen nicht verkneifen. »Jetzt sans froh, net wahr.«

Braig sah, wie er den von Kurz vorbereiteten und mit Computer ausgedruckten Text überflog, dann sorgsam in Druckbuchstaben die Namen und Anschriften mehrerer Kleindealer einfügte, die von ihm in den letzten Wochen mit der neuesten Ecstasy-Lieferung versorgt worden waren, und anschließend seine Unterschrift darunter setzte. »Aber nur, weil das Zeug angeblich so gfährlich ist, wie Sie behauptn.«

Die Liste umfasste 22 Frauen und Männer, alle zwischen Tübingen, Herrenberg, Leonberg, Vaihingen, Lauffen, Crailsheim und Göppingen zu Hause. Das war der Moment, auf den sie gewartet hatten. Der große Schritt, der sie in ihren Ermittlungen endlich weiterbrachte.

Kurz deutete auf ein weiteres Blatt, das sie ihm vorgelegt hatte. »Hier, bitte«, sagte sie. Braig sah, dass es sich um die Herkunft der Drogen handelte.

Meinl sah zu ihr auf, schüttelte den Kopf. »Tut mir leid, Frau Hauptkommissarin, aber mein Todesurteil unterschreib i net. Lieber gang i ins Gfängnis, wanns sein muss fürs ganze Leben.«

»Bitte«, sagte Kurz. Sie blieb stehen, deutete auf das Blatt. »Wir wissen beide, um wen es geht.«

»Nein!« Meinl bewegte sich keinen Millimeter. »Mein Leben ist mir wichtiger. Ich bitte um Verzeihung.«

35. Kapitel

Der Rest des Wochenendes war verflogen wie ein einziger kurzer Augenblick. Selten hatte Braig deutlicher erlebt, wie die Zeit dahinglitt, das Leben vorwärts schritt, ohne den Hauch einer Chance zu lassen, es festzuhalten, den Augenblick auszudehnen. Der Samstag und der Sonntag – Braig wusste nicht, wo sie geblieben waren.

Unmittelbar nach dem Ende des Verhörs hatte er Beck, Felsentretter und Wintterlin verständigt und sie um ihre Mitarbeit gebeten, dazu die Einsatzbereitschaft des LKA über ihre Aufgabe informiert. Während Kurz zur Staatsanwaltschaft ging, hatten sie die 22 Namen der Dealer-Liste in vier etwa gleich große Partien aufgeteilt und verabredet, die Leute aufzusuchen und den Verbleib der gefährlichen Aufputschmittel zu eruieren, zudem auch strafrechtliche Maßnahmen gegen die Kleindealer einzuleiten. Braig hatte Neundorf verständigt und ihr das Neueste mitgeteilt. Sie hatte sich am Vortag überanstrengt, wie sie auf sein Insistieren hin zugab, war außerstande, sich an weiteren Ermittlungen zu beteiligen.

Braig war im Stuttgarter Hauptbahnhof in der *Nordsee* eingekehrt, hatte sich dort ein warmes Essen gegönnt, dann im Anschluss Ann-Katrin im Diakonissenkrankenhaus besucht.

Zwei der Dealer auf seiner Liste wohnten in Stuttgart; er hatte beide noch am selben Abend aufgesucht, jedoch nur einen, Matthias Glauner im Stadtteil Hoffeld, tatsächlich angetroffen. Weil sich der Mann geweigert hatte, Auskunft über die von ihm verteilten Aufputschmittel und seinen Aufenthalt am Montagabend zu geben, war Braig nichts anderes übriggeblieben, als ihn von einer Einsatzgruppe abholen und zur weiteren Vernehmung ins Amt bringen zu lassen. Kurz vor 20 Uhr an diesem Samstagabend hatte er die Liste mit insgesamt 19 Namen, die Glauner mit Ecstasy beliefert hatte, schließlich vor sich liegen.

Wer, um alles in der Welt, hatte er überlegt, sollte all diese Menschen aufsuchen und warnen?

Dennoch gab er Namen und Adressen an die Einsatzbereitschaft weiter. Bis 21 Uhr, als er sich müde auf den Weg nach Hause gemacht hatte, waren sechs dieser Leute überprüft worden. Fünf hatten für den Montag ein einwandfreies Alibi vorweisen können, der Aufenthaltsort des Sechsten musste noch genauer überprüft werden. Braig hatte sich den Namen und die Anschrift des Mannes notiert.

Der Sonntag war ähnlich mühsam verlaufen. Insgesamt, so hatten sie am Abend überschlagen, waren mehr als 200 Personen angesprochen und überprüft worden. Bis auf 34 hatten alle für den Montagabend ein akzeptables Alibi aufzuweisen, was jedoch im Verlauf der nächsten Tage genauer überprüft werden musste. Was die Untersuchung erschwerte, war die Tatsache, dass man 62 der Gesuchten bisher noch nicht hatte erreichen können, sei es, weil sie zu Hause nicht anzutreffen waren oder weil ihr derzeitiger Aufenthaltsort, ihr Wohnsitz oder gar ihre genaue Identität noch nicht hatten festgestellt werden können. Braig wollte nicht daran denken, welcher Berg an Arbeit im Verlauf der neuen Woche noch auf sie wartete.

Hinzu kam der immer stärkere Druck der Öffentlichkeit. Die Veröffentlichungen der Medien hatten Ängste und Instinkte in der Bevölkerung mobilisiert, Verunsicherung machte sich breit, Rufe nach Gegenmaßnahmen wurden laut. Natürlich beschäftigten sich auch die Titel der Sonntagszeitungen vor allem mit einem Thema: Wie viele Menschen mussten noch sterben? Wann würde die Polizei endlich den Vertrieb dieser Teufelspillen unterbinden? Und wann würde es endlich gelingen, den Mörder der vor fast einer Woche getöteten Christina Bangler zu finden? Erste Politiker-Äußerungen in gewohnter populistischer Deftigkeit wurden gemeldet, die ein schärferes Durchgreifen der Polizei verlangten. Braig stöhnte laut auf, als er die Berichte zu Gesicht bekam.

Die größte Enttäuschung des Wochenendes hatte Raffaela Kurz zu verarbeiten. Wieder war es nicht gelungen, einen der wichtigsten Drahtzieher des Drogenvertriebs zur Verantwortung zu ziehen. Meinl wollte lieber ins Gefängnis gehen, als den Namen seines Großlieferanten preiszugeben.

»Eigentlich dürfte es mich überhaupt nicht berühren. Schließlich bin ich es ja gewohnt: Die Kleinen werden gefangen und der Große schaut grinsend zu.« Sie versuchte krampfhaft ebenfalls zu grinsen, konnte ihre Resignation dennoch nicht verbergen. »Trotzdem widert es mich an, dass das Schwein wieder davonkommt.«

36. Kapitel

Es war spät geworden an diesem Sonntagabend. Jessica Nägele hatte sich mit Freunden im Restaurant *Altes Rathaus* in der Waiblinger Altstadt getroffen. Die Runde war außergewöhnlich gut gelaunt gewesen; sie hatten die überraschende Beförderung eines ihrer Bekannten gefeiert, ausgiebig gegessen, viel erzählt und getrunken, waren erst kurz vor Mitternacht auseinander gegangen. In der Langen Straße hatten sie sich endgültig getrennt; Jessica Nägele musste zur Karlstraße hoch, wo sie ihren Escort geparkt hatte.

»Die paar Meter wird i net allein schaffe?«, hatte sie die Bereitschaft, sie bis zum Auto zu begleiten, abgelehnt, »i werds überlebe!«

Lachend waren sie auseinander gegangen.

Sie lief die Schmidener Straße hoch, sah den kräftigen Mann, der von der Weingärtner Vorstadt herkam, erst im letzten Moment. Alles ging so schnell, dass sie nicht mehr reagieren konnte. Nur ein schriller, durch Mark und Bein gehender Entsetzensschrei entrang sich noch ihrer Kehle.

37. Kapitel

Braig wurde am frühen Montagmorgen vom Läuten des Telefons geweckt. Mitten aus einem Traum gerissen, öffnete er seine Augen, blickte schlaftrunken um sich. Zehn vor sieben. Zum ersten Mal seit langer Zeit hatte er ohne Störung durchgeschlafen.

Er richtete sich schwerfällig auf, griff nach dem Hörer. Schon als er die Stimme im Ohr hatte, wusste er, dass es sich um keine gute Nachricht handelte. Nicht, wenn der Kollege so früh anklingelte.

»Weisshaar hier, guten Morgen. Tut mir Leid, dass ich dich wecken muss.«

Braig nuschelte einen schwer verständlichen Gruß in die Muschel, richtete sich langsam auf.

»Wir haben einen Anruf der Kollegen aus Waiblingen. Ein Überfall. Heute Nacht.«

»Mein Gott, doch nicht schon wieder ...« Braig spürte, wie sich sein Puls beschleunigte. Waiblingen. Heute Nacht. Er wusste, was das bedeutete: der dritte Mord.

»Ich dachte ...«, Weisshaar stockte.

»Ja ja, ist gut. Wer ist es? Schon wieder ...«

»Eine Frau, ja. Tut mir Leid. Die Unterlagen findest du in deinem Büro. Ich habe alles durchgefaxt.«

»Wo ist es passiert? Kann ich direkt zum Fundort der Leiche?«

»Die Waiblinger Kollegen haben sich selbst darum gekümmert. Du sollst sie anrufen, so schnell wie möglich.«

»Ist gut. Ich beeile mich.«

Braig legte den Hörer zurück, spurtete unter die Dusche. Er erfrischte sich kurz. Der dritte Mord, überlegte er, mein Gott, wieso haben wir das nicht verhindern können? Warum haben wir das Teufelszeug nicht vorher noch erwischt?

Er suchte seine Kleider zusammen, zog sich an. Welches Getöse wird das jetzt wieder im Blätterwald und Fernsehen geben. Sie werden Amok laufen, überlegte er, die Schmierer vom großen Dreckblatt und die scheinheiligen Voyeure der privaten Sender, sie werden sich gegenseitig niederschreien mit ihrer Sensationsmeldung aus dem schwäbischen Drogensumpf. Genau wie im letzten Herbst, als ein 17-jähriger Schüler Kameraden und Lehrer in Waiblingen-Neustadt als Geiseln genommen und einige Stunden terrorisiert hatte. Was haben sie gegeifert und gekotzt vor Begeisterung und die Sache aufgebauscht, das Pack und den Pöbel aufgehetzt, anstatt über die Probleme zu informieren, die einen Menschen zu einer solchen Wahnsinnstat veranlassen.

Braig verzichtete auf den Kaffee, steckte den Rest seines Brotes in eine Stofftasche, verließ die Wohnung. Draußen regnete es leicht; er eilte ohne Schirm zur S-Bahn, spurtete vom Cannstatter Bahnhof ins Amt.

Die Fax-Ablage war bis oben gefüllt. Er nahm die Blätter in die Hand, sah, dass es sich um einen in Kurzform gehaltenen Bericht des Waiblinger Kripo-Kollegen Ralf Entenmann handelte, setzte sich an den Schreibtisch, begann zu lesen.

Eine junge Frau, Jessica Nägele, war in der Nacht gegen 23.50 Uhr in der Waiblinger Innenstadt überfallen worden. Nur die schnelle Reaktion einer anderen Frau, Vanessa Dobler, die um diese Zeit ihren Hund ausführte und den Hilfeschrei der Überfallenen hörte, hatte das Schlimmste verhindert. Frau Dobler war im ersten Moment überhaupt nicht klar, woher das schrille Schreien kam, hatte jedoch blitzschnell ihren Hund von der Leine gelassen und das Tier losgeschickt. Der kräftige Rottweiler war ohne jedes Zögern losgestürzt und hatte den Täter von der Seite angefallen, ihn zu Boden gerissen und so lange knurrend bewacht, bis die von aufmerksam gewordenen Anwohnern alarmierte Schutzpolizei an Ort und Stelle aufgetaucht war und den Täter in Haft genommen hatte. Jessica

Nägele war mit schwersten Würgemerkmalen am Hals und unzähligen Entstellungen im Gesicht ins Waiblinger Kreiskrankenhaus überführt worden. Beim Täter handelte es sich um den 42-jährigen, stark alkoholisierten Eugen Illg.

Braig legte das Blatt auf seinen Schreibtisch, atmete kräftig durch. Ein Überfall, überlegte er, kein Mord. Dazu ein alkoholisierter Täter, kein Drogenkonsument.

Er spürte, wie er zitterte, versuchte sich selbst zu beruhigen. Noch war er nicht geschehen, der dritte Mord, noch waren sie davor bewahrt geblieben.

Braig nahm das nächste Blatt zur Hand, las die handschriftlichen Aufzeichnungen Ralf Entenmanns. Er habe kein Interesse, sich in die Ermittlungen des LKA einzumischen, aber eine Bemerkung des in der Nacht sofort herbeigerufenen Arztes, Dr. Raile, habe ihn stutzig gemacht. Die Frau sehe fast genauso aus wie die von Montagnacht. Weit gehend identische Verletzungen – mit dem einzigen Unterschied, dass der Hund den Täter daran hinderte, sein Werk zu vollenden. Zur Sicherheit habe er, Entenmann, eine DNA-Analyse des Täters veranlasst. Falls das LKA wünsche, könne man gern einen Vergleich erstellen.

Braig starrte elektrisiert auf die Zeilen, überflog die Worte des Arztes mehrmals. Er erinnerte sich an den Mann, hatte sofort wieder seine von ihm als rassistisch empfundene Bemerkung – »irgendein heißblütiger Südländer vielleicht, ein Italiener, Spanier oder Türke« – hinsichtlich der Charakterisierung des Täters im Ohr. Ein dummer, wahrscheinlich im Stress der dienstlichen Beanspruchung hingeworfener Satz ohne hintergründige Gedanken. Seltsam, dass solche Nichtigkeiten im Gedächtnis haften bleiben, andere, wesentlich wichtigere Sachverhalte aber dem Vergessen anheim fallen.

Braig spürte die Aufregung, die ihn gepackt hatte, legte das Blatt neben das Telefon, wählte die Nummer Entenmanns. Der Kollege war sofort am Apparat. Braig stellte sich vor, dankte für die Information.

»Dr. Railes Bemerkung machte mich stutzig«, sagte Entenmann. »Er ist ein tüchtiger Arzt. Ich kenne ihn schon länger.«

»Die Frau wurde nur durch den Hund gerettet?«

»Es sieht so aus, ja. Wir konnten den Täter bisher allerdings noch nicht vernehmen. Er liegt immer noch im Alkoholdelirium.«

»Wie sah die Frau aus?«

»Grauenvoll. Als ob der Teufel sich persönlich mit ihr befasst habe.«

»Wie bitte?«, rief Braig. Er dachte an den Moment zurück, als er die Leiche Christina Banglers zum ersten Mal anschauen musste. *Als ob der Teufel sich persönlich mit ihr befasst hätte.* Genau das Gleiche hatte auch er in jenem schrecklichen Augenblick gedacht. »Die Backen, die Stirn, die Augenpartien zerkratzt?«, fragte er laut.

»So kann man das formulieren, ja. Ich weiß nicht, ob die junge Frau diese Entstellungen jemals wieder verliert.«

»Kann ich die Nummer des Arztes haben?«, fragte Braig. »Und die DNA-Analyse. Würden Sie mir das Ergebnis bitte mailen, sobald es vorliegt?«

Entenmann gab ihm die gewünschte Nummer, sagte die schnellstmögliche Übermittlung der Analyse zu.

»Wo befindet sich der Täter?«

»Im Krankenhaus. Unter strengster Bewachung.«

»Ich melde mich, danke.«

Braig spürte seine steigende Erregung, drückte hastig auf die Gabel, wählte die Nummer Dr. Railes. Belegt.

Er sprang auf, lief zum Wasserhahn, schenkte sich ein Glas voll, trank es auf einmal aus. *Als ob der Teufel sich persönlich mit ihr befasst hätte.* War dieser Illg der Teufel, den sie suchten? War es möglich, dass sie näher am Ziel waren, als sie glaubten?

Er ging zur Kaffeemaschine, füllte Pulver und Wasser ein, drückte auf den Knopf. Als er es bei dem Arzt erneut versuchte, war immer noch besetzt. Er nahm das nächste Blatt vom

Stapel der Faxablage, überflog den Text. Es handelte sich um die Laboranalyse der bei Herbert Pflüger und Karsten Schwör konfiszierten Ecstasy-Pillen. Die Chemiker hatten die Zusammensetzung der Tabletten geprüft und waren zu dem Ergebnis gekommen, dass es sich ausnahmslos um eine »normale« Mischung aus Methylenedioxymethamphetaminen, Paracetamol und den üblichen Streckmitteln handelte. Nur bei einigen wenigen Pillen seien stärkere kristalline Bestandteile, die zu Schleimhaut-Blutungen führen könnten, festgestellt worden. Eine über das übliche Maß hinausgehende Gefährdung durch den vorliegenden Stoff liege also nur in der Kombination mit anderen Rauschmitteln vor.

Braig starrte überrascht auf den Text, wusste nicht, was er glauben sollte. Er schüttelte den Kopf, gab erneut die Nummer Dr. Railes ein. Jetzt war der Arzt zu sprechen. »Braig vom LKA«, stellte er sich vor, »wir hatten letzte Woche miteinander zu tun.«

»Ich weiß, ich weiß«, antwortete der Mann. Seine Stimme klang aufgeregt. »Es ist gut, dass Sie anrufen. Sie haben gehört, was heute Nacht passierte?«

»In der Tat. Sie waren wieder dort.«

»Ich glaubte, ich träume. Die Frau von heute Nacht ist zum Glück noch am Leben, aber die Verletzungen ... Genau wie letzte Woche, es ist unfassbar, aber sie sah genauso aus. Das kann kein Zufall sein, unmöglich. Die Würgemale am Hals, die Entstellungen im Gesicht. Sie müssen sich darum kümmern.«

»Sie glauben, es handelt sich um denselben Täter?«

»Den Teufel persönlich, wenn Sie mich fragen. Kümmern Sie sich um den Kerl, ich kann es Ihnen nur dringend raten.«

Braig hörte, wie der Computer den Eingang einer Mail signalisierte, drückte die Empfangsbestätigung. Ralf Entenmann hatte die DNA-Analyse Eugen Illgs übermittelt.

Er verabschiedete sich von dem Arzt, gab die Mail an die Techniker weiter, bat sie um den Vergleich. Helmut Rössle versprach, es sofort zu erledigen.

Braig hörte das Rattern und Saugen der Kaffeemaschine, schenkte sich eine Tasse voll. Dann nahm er sich das letzte Blatt der Fax-Ablage vor. Die Polizei in Welzheim teilte ihm mit, dass sich am Sonntagabend um 19 Uhr der vom LKA gesuchte Markus Böhmer gestellt habe und dort einsitze. Ob das Amt die Überführung des Festgenommenen wünsche?

Braig bat darum, Böhmer herüberzubringen. Markus Böhmer! Er hatte ihn vollkommen vergessen. Als Verdächtiger im Mordfall Christina Bangler hatte er ihn aus den Augen verloren, seit sie auf den Drogen-Hintergrund gestoßen waren. Ganz außer Acht lassen durfte man ihn allerdings nicht, immerhin hatte er ihn in dem Werkzeugschuppen in der Wilhelma eingesperrt und war dann spurlos verschwunden. Sicher nicht ohne Grund.

Braig trank von seinem Kaffee, beschloss nach Waiblingen zu fahren, um Entenmann von seinem Besuch zu informieren. Gerade als er den Hörer abnehmen wollte, läutete es. Rössle war am anderen Ende.

»Alle Idiote von Sindelfinge und derer gibt's gar viele, wir mir älle wisset«, erklärte der Techniker, »wenn's nur immer so eifach wär! So hent mir's gern.«

Braig hatte Mühe, den roten Faden zu finden. »Geht es bitte etwas verständlicher?«

»Die DNA-Analyse«, sagte Rössle, »identisch. Mir hent den Kerl.«

38. Kapitel

Sie haben den Mörder?«, fragte Markus Böhmer. Er saß freundlich lächelnd neben Braigs Schreibtisch, verfolgte die Bemühungen des Kommissars, zwei Tassen auszuschenken.

Braig hatte ihn kurz nach sechzehn Uhr, als er von Waiblingen ins Amt zurückgekehrt war und die Pressekonferenz mit der Präsentation ihrer erfolgreichen Ermittlungsergebnisse hinter sich hatte, in sein Büro bringen lassen, den begleitenden Beamten dann weggeschickt, weil der Mann ohnehin auf freien Fuß gestellt werden würde. »Zu unser aller Glück, ja«, antwortete er, »beinahe hätte er noch eine Frau ermordet.«

Er hatte mit Entenmann zusammen Eugen Illg in einem separaten Raum des Waiblinger Kreiskrankenhauses verhört, den DNA-Vergleich im Hinterkopf den Mann unnachgiebig in die Enge getrieben, ihn endlich gegen 13 Uhr zur Unterschrift seines Mordgeständnisses gebracht. Illg, ein kräftiger, von Verbänden und Pflastern am ganzen Körper gezeichneter, grobschlächtiger Typ, war nur langsam aus seinem Alkoholnebel erwacht. Sie hatten ihn auf seinem Bett aus dem Krankenzimmer rollen lassen, waren nicht bereit gewesen, sich von seinen von den unzähligen Hundebissen herrührenden Schmerzensbekundungen beeindrucken zu lassen.

Illg hatte, soweit war Entenmann in seinen Ermittlungen bereits fortgeschritten, den Sonntagmittag in gewohnter Manier verbracht: Mit zwei Freunden vor dem Bildschirm Autorennen verfolgend, hatte er in gewaltigen Mengen Alkohol konsumiert. Kurz vor Mitternacht hatte er sich auf den Heimweg gemacht, 2,8 Promille im Blut, wie die nächtliche Überprüfung ergeben hatte. Vom Alkohol enthemmt, war er über Jessica Nägele hergefallen, die ihm zufällig über den Weg gelaufen war.

»Und was war am letzten Montag?«, hatte Braig gefragt.

Entenmann war von den Freunden des Mannes bereits informiert worden. »Die arbeiten alle drei beim Daimler am Fließband. Letzte Woche hatten sie Sonntagsschicht. Also zeichneten sie das Autorennen auf Video auf und schauten es sich am Montag, ihrem freien Tag, an. Natürlich wie üblich begleitet von Unmengen an Bier und Schnaps. Und irgendwann am späten Abend war Illg wieder auf dem Weg nach Hause.«

»Wo wohnt der Kerl?«, hatte Braig gefragt, den bandagierten Mann im Bett vor Augen.

»In der Fronackerstraße«, hatte Entenmann geantwortet, »200 Meter vom Fundort der Leiche entfernt.«

»Warum haben Sie die beiden Frauen überfallen und so schrecklich zugerichtet?«, war Braig auf den Mann eingedrungen, als er wieder klar bei Verstand war.

»Trinken macht mich stark«, hatte Illg geantwortet, »wenn ich Alkohol drin habe, bin ich zu allem bereit. Und dann laufen die jungen Weiber einfach so mitten in der Nacht durch die Straßen. Würden Sie das grad so hinnehmen?«

Braig hatte ihn nur angestarrt und sich auf den Moment gefreut, wo er den Mann nicht mehr sehen musste.

Auf dem Rückweg hatte er die Gelegenheit genutzt, bei Neundorf vorbeizuschauen, war von ihr zu einem späten vegetarischen Mittagessen eingeladen worden. Sie benötigte noch ein, zwei Tage, vollends zu genesen.

Die Pressekonferenz hatte Braig in Eigenregie gestaltet. So sehr er es verabscheute, ins Licht der Öffentlichkeit zu treten, hatte er es dennoch genossen, den Journalisten ohne die Anwesenheit Kochs gegenüberstehen zu können. Der Oberstaatsanwalt hatte es abgelehnt, sich den versammelten Pressevertretern zu stellen, angeblich aus Zeitmangel.

»Erklärt sich das Fehlen des Vertreters der Staatsanwaltschaft aus der offenkundigen Falschinformation heraus, der Mord in Waiblingen gehe auf Ecstasy-Konsum zurück?«, hatte ein Journalist gefragt.

Braig hatte grinsend darum gebeten, diese Frage dem Herrn Oberstaatsanwalt doch besser persönlich zu stellen.

Als er von der Pressekonferenz in sein Büro zurückkam, war er über die Anwesenheit Markus Böhmers informiert worden. Braig telefonierte gerade mit Ann-Katrin, als der begleitende Beamte an die Tür klopfte. »Jetzt geht es mir wieder besser«, hatte er ihr erklärt, »wir haben auch den zweiten Täter.« Er hatte ihr versprochen, sie heute noch zu besuchen, sich dann auf Böhmer konzentriert.

»Sie haben sich freiwillig gestellt?«

»Damit der Wahn ein Ende hat. Ewig kann das ja nicht so weitergehen.«

»Warum sind Sie getürmt?«, fragte Braig. »Sie wollen mir doch nicht ernsthaft erklären, es gäbe keinen Grund. Sie haben mich eingesperrt – Widerstand gegen die Staatsgewalt – wir können Sie schon allein deswegen belangen.«

»Ich weiß«, antwortete Markus Böhmer. Er nahm den Kaffee dankend entgegen, entschuldigte sich bei seinem Gesprächspartner. »Es tut mir Leid, ehrlich. Ich wollte Sie nicht einsperren. Aber ich sah keinen anderen Ausweg.«

»Warum sind Sie abgehauen?«

»Erstens«, erklärte Böhmer, »die Sache mit meinem Vergehen. Ich habe damals Mist gebaut, zugegeben. Aber es war eine unglückliche Verkettung dummer Umstände. Ich war total enttäuscht und ersäufte meinen Frust in Alkohol – ein teuflisches Gemisch. Ich trinke selten, eigentlich nie – aber mein emotionaler Zustand damals brachte mich voll aus dem Tritt. Und deshalb fürchtete ich, für Sie sei alles klar: Einmal der Täter, immer der Täter.« Er machte eine Pause, trank von dem Kaffee. »Und dann war da noch was.«

Braig schaute überrascht zu dem jungen Mann. »Ja?«

»Sie werden lachen oder mich für blöd erklären.« Böhmer musterte ihn aufmerksam, fuhr dann fort. »Sie kennen mein Hobby, neben den Pflanzen, Sie wissen es.«

Braig nickte zustimmend. »Die Sterne.«

»Ich musste abhauen. Es ist November.«

»Wie bitte?«

»Wäre ich nicht geflohen, hätten Sie mich festnehmen lassen. Ausgerechnet jetzt. Das durfte nicht passieren. Unmöglich.«

»Ich verstehe immer noch nicht. Weshalb?«

»Von Samstag auf Sonntag, der Nacht vom Achten auf den Neunten hatten wir eine totale Mondfinsternis. Sie wäre von uns aus komplett zu beobachten gewesen. Ich hatte meiner Nachbarin schon wochenlang davon vorgeschwärmt. Sie hat sich im Sommer ein Teleskop gekauft, weil sie sich von meiner Begeisterung so hat anstecken lassen. Ich hatte ihr versprochen, die Mondfinsternis gemeinsam mit ihr zu beobachten.«

»Ihre Nachbarin?«

»Ja. In Welzheim. Ich war bei ihr, als Sie meine Wohnung durchsuchten. Ich habe ihr alles erklärt. Sie hat mir vertraut. Ich habe mich die ganze Zeit bei ihr versteckt. Sie hatte sich so gefreut.«

»Und? War es interessant?«

»Interessant?«, rief Böhmer. »Sie sind gut. Von Freitag an hat es doch geregnet, die ganze Zeit durch. Nichts war. Gar nichts. Nur Wolken.«

»Tut mir Leid«, sagte Braig. »Sie waren die ganze Zeit bei ihr in der Wohnung?«

»Wollen Sie sie jetzt verklagen? Die Frau ist 83.«

Braig dachte an seine eigene ehemalige Nachbarin Elisabeth Ungemach, die mit 74 wieder nach Hamburg, in ihre alte Heimat zurückgezogen war und die er seitdem dreimal besucht hatte, wusste, wie sehr sie sich freute, wenn er einen Abstecher in die Hansestadt ankündigte. »Warum sollte ich Ihre Nachbarin verklagen? Ich hoffe, dass Sie noch viele gemeinsame Beobachtungen erleben dürfen.« Er trank von seinem Kaffee, sah Böhmer, der sich sichtlich beruhigt hatte, an. »Was fasziniert Sie so an den Sternen?«, fragte er.

Markus Böhmer brauchte nicht lange zu überlegen. »Haben Sie den Himmel schon einmal beobachtet?«, fragte er. »Nachts, draußen, irgendwo von einer dunklen Umgebung aus?«

»Als Kind, ja. Später nur noch selten.«

»Schade. Sie sollten sich die Zeit dafür nehmen. Kommen Sie nach Welzheim. Dort gibt es eine große Sternwarte. Oder zu mir.« Er schaute zum Fenster hinaus, sah den Regen und die dicken Wolken. »Falls das Wetter sich ändert, natürlich.« Er lächelte. »Sie werden lachen, aber ich bin auf der Suche. Jede Nacht.«

»Nach einem neuen Stern?«, fragte Braig.

»So ähnlich«, antwortete Böhmer. »Wissen Sie, wie viele Fixsterne wie unsere Sonne es gibt?« Er wies zum Fenster. »Allein in unserer Galaxie unzählige Milliarden. Fast alle dieser Fixsterne haben Planeten, die sie umrunden. Galaxien wie unsere Milchstraße existieren aber ebenfalls unzählige Milliarden. Wissen Sie, was das bedeutet?«

Böhmer schwieg einen Moment, ließ Braig Zeit, über das Gesagte nachzudenken.

»Es gibt Milliarden mal Milliarden von Planeten, die ähnlich wie unsere Erde ihre Sonne umkreisen. Da soll unser unbedeutender Planet der einzige sein, auf dem intelligentes Leben existiert?« Er schüttelte den Kopf. »Das kann schon nach mathematischer Wahrscheinlichkeit nicht sein. In Wirklichkeit muss es unzählige Planeten geben, auf denen ähnliche Bedingungen herrschen wie auf unserer Erde, auf denen Leben, intelligentes Leben entstand. Intelligentes Leben, verstehen Sie, nicht diese durch und durch kranken Wesen hier. Nicht Gestalten, die in Massen übereinander herfallen und sich gegenseitig töten. Nein, intelligentes Leben, das diesen Ausdruck verdient.« Markus Böhmer wies zum Fenster, schaute Richtung Himmel. Braig sah, wie seine Augen leuchteten. »Diesen Planeten möchte ich entdecken. Irgendwo im weiten Weltall muss es ihn geben.«

»Das Paradies«, träumte Braig. »Es muss am anderen Ende des Universums liegen. Weit, weit von uns weg.«

39. Kapitel

Sie hatte keine Ruhe gegeben, bis er ihr den Namen des Mannes doch noch genannt hatte. Den Namen und seine Anschrift.

»Er ist eine Nummer zu groß für uns«, hatte er betont, »gegen ihn haben wir keine Chance.«

»Du sprichst aus Erfahrung?«

Gronau war stehen geblieben, hatte ihr einen ernsten Blick zugeworfen. Sein Kopfnicken sprach Bände.

»Ein missverständliches Wort in einem meiner Artikel. Noch am selben Tag hatten ich und die Zeitung drei verschiedene Rechtsanwaltssozietäten am Hals.« Er hatte einen Stuhl zurückgeschoben, sich gesetzt. »Die Auseinandersetzung ging über zwei Jahre hinweg. Dabei hatte ich weder ihn noch einen seiner Freunde erwähnt. Ich war nur in seine Nähe gekommen. Mit einer feinen Andeutung.«

Samstags war sie zum ersten Mal dort. Sie hatte sich einen Mietwagen genommen, war mehrmals an seinem Anwesen vorbeigefahren. Eine protzige Villa, doch in typisch schwäbischem Understatement von der Straße her nur zu erahnen. Sie war den Hügel auf der gegenüberliegenden Seite des Tales hochgelaufen, hatte sich seinen Besitz betrachtet. Die Villa, den Pool, das Parkgelände drum herum. Die Praxis, eine kleine Privatklinik, lag einen Steinwurf entfernt.

»Wir kommen an den Mann nicht heran«, hatte sich einer der Kriminalbeamten vor Monaten in einer schwachen Stunde vor ihren Ohren erleichtert.

Weinend war sie in seinem Büro zusammengebrochen, hatte ihm das Leid ihrer Familie geklagt.

»Er hat zu viele Beziehungen. Die Prominenten gehen bei ihm ein und aus. Das Netz hält alles ab.«

Am Sonntagmorgen hatte sie den Gottesdienst in der nahen Kirche besucht, sich dann unter die Besucher gemischt. »Der

Doktor kommt nicht?,« hatte sie scheinbar ahnungslos gefragt.

»Der doch net! Der verkehrt in bessere Kreise! Mit dene feine Pinkel könnet mir net mithalte!«

»Dann bekomme ich ihn hier im Ort nie zu sehen?«

»Nur abends kurz nach siebe. Da macht der bei Wind und Wetter seinen Waldlauf. Jeden Tag zur gleiche Zeit!«

Sie hatte sich den Weg genau beschreiben lassen, war ihn abmarschiert, am gleichen Mittag noch im strömenden Regen. Den Hügel hoch über die Wiesen, dann den Waldrand entlang und die steile Böschung aufwärts. An der Steilkante des Berges blieb sie überrascht stehen. Sie starrte hinunter, mehr als einhundert Meter, fast senkrecht, wusste, dass sie den Ort gefunden hatte. Der Weg war nass und rutschig, die Kante nur wenige Armlängen entfernt.

Lisa Neumann trat zur Seite, sah vor ihren Augen, wie es geschehen würde. Abends, nach sieben war es dunkel, stockdunkel im November. Alles, was sie brauchte, war Mut. Sie würde auf ihn zutreten, ihn zur Kante hintreiben und dann zusehen, wie er ins Straucheln geriet ...

KBV-KRIMI

Oliver Schillng

Herrgöttle

KBV-Krimi Nr. 103
Taschenbuch, 254 Seiten
ISBN 3-934638-29-5

»Herrgöttle« – so nennen sie den alten Herrn Göttle auf der Pflegestation M3, einem letzten Aufbewahrungsort für demente Greise.
Thomas Haas dagegen hat noch viel Zeit, die er ziellos in der behaglichen Langeweile seiner Heimatstadt Heilbronn vertrödelt. Thomas ist so ziemlich der Einzige, der sich für die Insassen der M3 interessiert, seit auch sein geliebter Großvater dort eingeliefert wurde.
Als er Göttles Tochter kennen lernt und mit ihr eine Affäre beginnt, wird aus dem Interesse Neugier: Göttles Vergangenheit scheint zwielichtig und Thomas stößt darin unverhofft auf Spuren seines Vaters, der vor Jahren nach einem Bordellbesuch erstochen wurde. Als Thomas den Spuren folgt, gerät er in den kriminellen Sumpf der Stadt – und Leuten in die Quere, die seine Neugier stört …

Justin Larutan

Kidnapped in Benztown

KBV-Krimi Nr. 80
Taschenbuch, 253 Seiten
ISBN 3-934638-80-5

Frank Vodenka, ein mittelmäßiger Privatdetektiv, lebt nach seiner Scheidung vereinsamt in Feuerbach. In einer Edeldisko lernt er ein junges Mädchen kennen – Julia. Die Liebe seines Lebens? Sie verbringt einzigartige Stunden mit ihm, verschwindet aber noch in derselben Nacht spurlos. Frank möchte sie unbedingt wiedersehen; doch alle – auch Leute, die sie ihm persönlich als ihre Freunde vorgestellt hat – behaupten, das Mädchen nicht zu kennen. Frank beginnt der Sache nachzugehen und wird dabei nichts ahnend in einen Strudel dunkler Machenschaften hineingezogen …
Ein spannender, sprachlich ausdrucksvoller und atmosphärisch dichter Krimi aus der HipHop-Hauptstadt Stuttgart.

Klaus Wanninger

Schwaben-Rache

KBV-Krimi Nr. 49
Taschenbuch, 282 Seiten
ISBN 3-934638-49-X

Stimmen schreckten sie aus ihren Gedanken. Es mussten sich Männer unmittelbar vor dem Haus befinden, vielleicht sogar schon im Eingangsbereich. Sie stritten, wechselten zumindest einige deutliche Worte miteinander.
Sie musste die Schreibmaschine unbedingt als Beweismaterial sicherstellen. Warum hatte sie ihre Pistole nicht mitgenommen? Sie war aus reiner Vorsicht unbewaffnet ins Haus eingedrungen. Sollte das Unternehmen schiefgehen und sie des Einbruchs bezichtigt werden, konnte man ihr wenigstens nicht das Mitführen einer Waffe zum Vorwurf machen. Dummheit, unverzeihliche Dummheit.
Die Eingangstür unten knarrte. Das Licht im Erdgeschoss ging an. Irgendjemand war schon im Haus. Sie musste verschwinden!

KBV-KRIMI

Olov Svedelid

Hassels Hölle

KBV-Krimi Nr. 119

Taschenbuch, 380 Seiten

ISBN 3-937001-35-2

Roland Hassel von der Stockholmer Polizei träumt von einem Karrieresprung. Daher akzeptiert er es sogar, zwischendurch für Interpol den Laufburschen zu spielen. Er soll von einem Schweden, der in Nigeria gearbeitet hat, Informationen übernehmen. Doch dieser Bengt Ölund wird ermordet; das Beweismaterial verschwindet. Offenbar ist der Fall brisanter als es den Anschein hatte. Hassel macht sich auf den Weg nach Lagos – und landet in der Hölle!

Wieder legt Olov Svedelid einen Thriller von internationalem Niveau vor. Weltweit sterben Jahr für Jahr Tausende von Menschen, weil sie mit überlagerten oder gefälschten, wirkungslosen Medikamenten behandelt werden. Wer hinter dem lukrativen Handel mit Markenwaren steckt – Roland Hassel findet es schließlich heraus.

Susanne Amtsberg

Irrwasser

KBV-Krimi Nr. 115

Taschenbuch, 288 Seiten

ISBN 3-937001-33-6

Die Journalistin Toni Smerell taucht im vergessenen Gebirgsort Tiefenbach kopfüber in einen der letzten Mythen unserer Zeit. Sie soll das Geheimnis vom »Wolkenfänger« ergründen, während verheerende Regenfälle den Ort ins Tal zu reißen drohen. Im Auftrag des Zeitmagazins *Now* soll sie den Wissenschaftler Prof. Dr. Steffen Tropper aufspüren – einen modernen Regenmacher, der sich hier angeblich versteckt hält. Bald weicht der Regen ihr auf Taschenformat zurechtgestutztes Leben auf. Was tun, wenn unsere Wirklichkeit zu einem grandiosen Fake verkommt, wenn einem ganzen Dorf ein Mord als die billige Lösung erscheint? Gemeinsam mit dem Feuerwehrmann Mark entdeckt Toni jenes Lebenselixier, das so manche Gesetzmäßigkeit seiner Spezies verneint: das Wasser.

Mathias Christiansen

Die dünne Linie

KBV-Krimi Nr. 116

Taschenbuch, 212 Seiten

ISBN 3-937001-37-9

Es ist ein schwarzer Tag für Justitia, als einer ihrer treuesten Diener, der Staatsanwalt Drigalsky, im Kriminalgericht Moabit gefunden wird – in einer Lache seines eigenen Bluts, erschlagen und seiner Zunge beraubt. Der Berliner Kriminalhauptkommissar Werner Brodersen leitet die Ermittlungen und staunt nicht schlecht, als man in der Wohnung des Ermordeten ein ganzes Waffenarsenal findet – und dubiose Hinweise auf eine Raketenabschussbasis. Führte der angesehene Staatsanwalt ein Doppelleben zwischen Rechtsprechung und Kriminalität? Als wenige Tage nach dem Mord in einer Berliner Postwurfsendung die abgetrennte Zunge des Staatsanwalts gefunden wird, dämmert dem Kommissar, dass hier noch in ganz anderer Richtung gesucht werden muss …